PARIS É PARA SEMPRE

ELLEN FELDMAN

PARIS É PARA SEMPRE

Tradução: Elisa Nazarian

VESTÍGIO

Copyright © 2021 Ellen Feldman. Publicado mediante acordo com a autora.
É vedada a comercialização desta edição nos seguintes territórios: Portugal, Angola, Moçambique, Macau, São Tomé e Príncipe, Cabo Verde e Guiné-Bissau.

Título original: *Paris Never Leaves You*

Todos os direitos reservados pela Editora Vestígio. Nenhuma parte desta publicação poderá ser reproduzida, seja por meios mecânicos, eletrônicos, seja via cópia xerográfica, sem a autorização prévia da Editora.

EDITOR RESPONSÁVEL
Arnaud Vin

EDITOR ASSISTENTE
Eduardo Soares

PREPARAÇÃO
Sonia Junqueira

REVISÃO
Eduardo Soares

CAPA
Diogo Droschi
(sobre a tela Hotel Room, de Edward Hopper)

DIAGRAMAÇÃO
Guilherme Fagundes

Hotel Room, 1931
Óleo sobre tela. 152.4 x 165.7 cm
Localização: Museo Nacional Thyssen-Bornemisza, Madrid

© Hopper, Edward/ AUTVIS, Brasil, 2021.

Dados Internacionais de Catalogação na Publicação (CIP)
Câmara Brasileira do Livro, SP, Brasil

Feldman, Ellen
 Paris é para sempre / Ellen Feldman ; tradução Elisa Nazarian. -- 1. ed. -- São Paulo : Vestígio, 2021.

 ISBN 978-65-86551-14-3

 1. Ficção norte-americana 2. Paris (França) - Ficção 3. Nova York (Estados Unidos) - Ficção 4. Guerra Mundial, 1939-1945 I. Título.

21-55628   CDD-813

Índices para catálogo sistemático:
1. Ficção : Literatura norte-americana 813

Aline Graziele Benitez - Bibliotecária - CRB-1/3129

A **VESTÍGIO** É UMA EDITORA DO **GRUPO AUTÊNTICA**

São Paulo
Av. Paulista, 2.073 . Conjunto Nacional
Horsa I . Sala 309 . Cerqueira César .
01311-940 São Paulo . SP
Tel.: (55 11) 3034 4468

Belo Horizonte
Rua Carlos Turner, 420
Silveira . 31140-520
Belo Horizonte . MG
Tel.: (55 31) 3465 4500

www.editoravestigio.com.br
SAC: atendimentoleitor@grupoautentica.com.br

Para Stacy Schiff.
E mais uma vez, para Stephen Reibel.

*Odiar, a não ser de maneira abstrata,
é mais difícil do que possa parecer.*
Flora Groult, *Diary in Duo:
Paris, 1940-1945*

Não julgue o próximo até ter estado em seu lugar.
Hillel, o Ancião

Prólogo

Paris, 1944

Eles estavam arrancando as estrelas. Dedos sujos, com unhas quebradas, incrustadas de terra, puxavam, despregavam e extirpavam. Quem diria que ainda tinham forças? Uma mulher mordia as linhas que mantinham a dela firme em sua jaqueta rasgada. Devia ter sido uma boa costureira no seu tempo. Os que conseguiam arrancar suas estrelas jogavam-nas no chão. Um homem cuspiu na dele. Quem diria que tinha saliva e força? A boca de Charlotte estava seca e fedida por causa da desidratação. Homens, mulheres e crianças pisoteavam os retalhos gastos de tecido, afundando-os na lama, estendendo um tapete de miséria manchada de amarelo sobre a área cercada de solo francês.

Charlotte agachou-se ao lado de Vivi e começou a puxar os pontos que prendiam a estrela da filha em sua blusa rosa suja. A lei determinara que apenas crianças a partir dos 6 anos tinham que usar a estrela, e Vivi tinha 4, mas a blusa tinha sido abandonada quando, num momento de desespero burocrático, outra criança fora acrescentada abruptamente a um transporte onde faltava uma pessoa para completar os mil corpos exigidos. Charlotte pegara a blusa antes que qualquer outro conseguisse fazê-lo – os pertences eram permitidos no campo, se eles ainda tivessem algum –, mas não tinha removido a estrela. Usar uma blusa com uma sombra escura de seis pontas, onde costumava haver uma estrela, mesmo que você tivesse apenas 4 anos, era arrumar confusão. Agora, Charlotte podia removê-la. Só depois de fazê-lo foi que se levantou e começou a arrancar a sua.

Pelo resto da vida, todas as vezes em que se sentou em um avião e escutou uma aeromoça sorridente avisar que, em situação de emergência, deveria colocar sua própria máscara de oxigênio antes de cuidar da criança que viajasse com ela, se lembraria dessa manhã e pensaria que as companhias aéreas agiam com lógica, mas não com o coração.

*

Deparou-se com a cena em uma praça em Drancy, o subúrbio a dez quilômetros a nordeste da cidade, não o campo de detenção e deportação de judeus, comunistas, socialistas e outros inimigos do Reich. Se ela ainda não soubesse que ficar naquela área era mais seguro do que voltar para suas velhas paragens, os incidentes daquele dia a teriam convencido. Não tinha desejado assistir, mas também não conseguiu sair dali. Ficou cravada no lugar, hipnotizada pelo ódio, imobilizada pelo medo.

Eles haviam despido a mulher, deixando-a de sutiã e calcinha, restos acinzentados de dignidade ou modéstia, ou de uma decência pouco lembrada de tempos melhores. O sutiã estava rasgado no mamilo, impossível dizer se pela violência do momento ou por uma paixão antiga. Um velho com a barba manchada de tabaco estendeu a mão suja e beliscou a carne rosada. A multidão urrou de satisfação. Um rapaz empunhando um rifle usou-o para cutucar a mulher, primeiro de um lado, depois do outro, até ela começar a tropeçar nos saltos altos que ainda usava. Os sapatos tornavam sua nudez mais obscena. Conforme ela tropeçava, a multidão avistava uma mancha marrom nos fundilhos de sua calcinha rasgada. Novamente, era impossível dizer se aquilo era sinal de terror do momento ou desleixo antigo, mas as gozações ficaram mais altas. Elas abafaram o som do sino da igreja que tinha começado a tocar, e continuaram depois que o sino silenciou. Eram apenas 2 da tarde.

Collabo, uma mulher gritou no meio do povo, *collabo horizontale*,[1] outra gritou, e as mulheres da turba assumiram os gritos e passaram-nos

---

[1] "*Collabo horizontale*" ou "colaboradora horizontal" é o rótulo dado às mulheres francesas que supostamente tiveram relações com oficiais e soldados alemães durante a Segunda Guerra Mundial, após a ocupação nazista do país, em 1940. Vistas como traidoras, muitas foram punidas publicamente após a libertação da

à volta como teriam, sob outras circunstâncias, passado um bebê de mão em mão. Ambos os instintos eram primitivos e protetores, embora, nesse caso, em interesse próprio. Apenas as mais rígidas ou mais esquecidas entre elas, as que nunca haviam dado um aceno de cabeça educado a um soldado aquartelado, ou pronunciado um *merci* para uma porta segura à sua passagem, não se colocariam no lugar daquela mulher encolhida de vergonha, enquanto seu cabelo ia ao chão em tufos ensebados. Seus dias de carne, ovos e xampu por baixo do pano tinham acabado havia muito tempo.

Charlotte pensou nas áreas do próprio couro cabeludo em que faltava cabelo, resultado da má nutrição. Tinha conseguido conviver com isso, mas quando os tufos do cabelo fino de bebê de Vivi começaram a sair em suas mãos, parou de escová-los, como se isso fosse servir para alguma coisa.

No grupo, as mulheres gritaram sua raiva, mas os homens, principalmente os homens calados, eram mais perigosos, e não apenas por brandirem seus rifles e empunharem tesouras de poda e navalhas. Os homens exalavam malícia sexual. Alguns deles apertavam as virilhas, enquanto insultavam, socavam e chutavam a mulher. Outros suavam, sorriam com malícia e limpavam o cuspe da boca com as costas das mãos, depois passavam a língua sobre os lábios, como se pudessem sentir o gosto da excitação. Seu país tinha sido vencido, eles haviam sido humilhados, mas infligir essa vingança, esse ato de justiça, essa mulher seminua manchada de sangue, lágrimas e fezes tornava-os homens novamente.

Dois garotos – não poderiam ter mais de 16, 17 anos – começaram a empurrar a mulher em direção a um caminhão estacionado num canto da praça, sua careca reluzindo ao sol da tarde, que se inclinava além do campanário da igreja. As três mulheres, uma quase nua, duas semivestidas, esparramadas na carroceria, não ergueram os olhos quando os meninos empurraram a recém-chegada para o meio delas.

Agora, a multidão fechava o círculo ao redor de outra mulher. Essa segurava um bebê. Seu vestido sujo de algodão pendia sem cinto, uma das mangas rasgada, mas ela ainda o vestia. Talvez a presença do bebê envergonhasse os homens, ou talvez só refreasse a voltagem sexual. Ela não

---

França, em 1944. De forma geral, "*collabo*" designa qualquer pessoa ou organização que tenha colaborado com os alemães ou com o Governo de Vichy – o Estado francês, deslocado para a "zona livre", durante a Ocupação. [N.E.]

aninhava o bebê junto a si, da maneira que uma mulher costuma segurar uma criança: segurava-o debaixo do braço, como um pacote. Suas pernas pendiam soltas; a cabeça, sem apoio, caía de lado no pescoço frágil; os olhos estavam fechados e seu rostinho estava crispado contra o mundo.

Charlotte pegou Vivi, que estava agarrada à sua saia, no colo, e escondeu o rosto da filha em seu pescoço. Aquilo não era para ser visto por uma criança. Não era para ser testemunhado por ninguém.

Um dos homens, que parecia estar no comando, se é que se pudesse dizer que alguém estava no comando, agarrou a mulher pelo cabelo e puxou sua cabeça para trás. O som que ela soltou era mais um balido do que um grito. Charlotte esperou que o bebê começasse a chorar. Ele apenas contraiu mais o rosto.

O cabelo começou a cair no chão. Era mais comprido do que o da mulher que eles haviam deixado em roupas íntimas, e levou mais tempo. Talvez tenha sido isso que levou o homem da multidão a fazer aquilo. Estava ficando entediado. Enquanto o *tondeur* tosquiava a mulher, o homem investiu e desenhou uma suástica em sua testa. O público urrou de euforia.

Ainda choramingando, ainda agarrando o bebê silencioso, a mulher foi empurrada para o caminhão, e outra foi arrastada para o centro da praça. Segurando Vivi com mais força, Charlotte começou a abrir caminho em meio à turba. Embriagadas, agora de justiça e do vinho que uma mulher empreendedora e seu filho jovem tinham começado a vender, mas ainda não saciadas, as pessoas fizeram pressão contra ela, incitando-a a ficar, atormentando-a por sua falta de patriotismo. Ela colocou a mão atrás da cabeça de Vivi para protegê-la e continuou andando.

À beira da multidão, Berthe Bernheim, a mulher do campo cujos pontos haviam sido tão bem feitos que ela precisou arrancar a estrela com os dentes, deteve-a.

"Você não pode ir embora", ela disse, apontando para um grupo de mulheres e um homem no canto da praça, esperando sua vez com o *tondeur*. "Não acabou."

Charlotte sacudiu a cabeça. "Do jeito que a coisa vai, não acabará nunca", ela disse, e seguiu em frente.

Berthe Bernheim ficou parada, vendo-a ir embora. "Uma santinha aquela ali", observou, para ninguém em particular.

Um

Nova York, 1954

Charlotte avistou a carta assim que entrou em seu escritório. Não havia motivo para ela ter chamado sua atenção. A mesa estava forrada de papéis e envelopes. Pilhas de manuscritos e livros enchiam as prateleiras do pequeno cubículo e se espalhavam pelas duas cadeiras. Com certeza, o envelope via aérea não se sobressaía. A maioria dos livros que ela publicava eram edições americanas de livros europeus, e uma boa quantidade de correspondência chegava naqueles envelopes azuis de papel fino. A única explicação para aquilo ter chamado sua atenção era ela já ter verificado o correio da manhã, e a remessa da tarde ainda não haver chegado. Talvez, por engano, a carta tivesse ido para outro editor, e ele ou ela a tivesse deixado na mesa de Charlotte, enquanto ela estava no andar de cima, no departamento de arte. Ou talvez o departamento de expedição a tivesse esquecido na triagem matinal.

A Gibbon & Field era uma editora de prestígio, mas havia certa indolência à espreita nos bastidores. Esse era o defeito de Horace Field, o diretor. Era indulgente demais, ou talvez apenas de uma esperteza manipuladora. Charlotte teve o primeiro indício desse seu traço no primeiro Natal em que trabalhava na casa. Ao deixarem o escritório ao mesmo tempo, numa tarde, ela e Horace entraram juntos no elevador e deram com um rapaz da produção lutando para equilibrar dois ou três livros de arte enormes e vários outros com um formato mais convencional. Ao ver Horace, ele corou de um jeito desconfortável.

"Estou vendo que você levou nosso anúncio a sério, Seth", Horace disse. "Tem um livro para cada um em sua lista de Natal."

O rapaz ficou ainda mais vermelho e disparou para fora do elevador assim que as portas se abriram. Aquilo era incomum. Normalmente, a equipe esperava Horace entrar e sair do elevador e de todos os outros lugares.

"Você vai descontar os livros do salário dele?", Charlotte perguntou enquanto eles atravessavam o hall de entrada atrás do rapaz.

"Nem pensar."

"Isso lhe daria uma lição."

"A única lição que eu quero que ele aprenda, Charlie, é a dar duro para a maior glória da G&F."

"E você acha que encorajá-lo a sair porta afora, carregado de livros furtados, fará isso?"

"Acho que da próxima vez em que ele pedir um aumento e não ganhar, vai se lembrar dos livros que furtou e se sentir culpado ou, pelo menos, ressarcido. A mesma coisa acontece com as despesas superfaturadas que os editores e viajantes declaram. Eles acham que estão se safando, mas uma consciência pesada fomenta o remorso. Talvez até a lealdade. Eles sentem que devem algo à casa, como retribuição. É por isso que me preocupo com você. Aqueles relatórios de despesas que você preenche são uma tragédia. Se os outros editores souberem disso, nunca te perdoarão por estragar o esquema."

A filosofia de Horace permeava toda a editora, desde o vultoso roubo do departamento de produção, dirigido por um homem que diziam ter ligações com a Máfia, até o furto insignificante e a preguiça geral da sala de expedição. Devia ter sido por isso que a carta fora entregue com atraso. E o único motivo de ela tê-la notado foi o horário. Não tinha nada a ver com um sexto sentido, no qual, com certeza, não acreditava.

Charlotte sentou-se atrás da mesa e pegou o envelope. Seu nome e o endereço da G&F estavam escritos à mão, não datilografados. A caligrafia não era conhecida. Não havia endereço de remetente no canto superior esquerdo. Virou o envelope. Assim que viu o nome, entendeu por que não tinha reconhecido a caligrafia. Quando é que eles tinham colocado alguma coisa por escrito? Não, isso não era verdade. Ele havia lhe escrito uma vez, cerca de um ano depois que a guerra acabou. A carta tinha vagado meses, passando pelos registros de Drancy e por várias agências até chegar a Nova York. Charlotte havia se consolado com aquilo. Ele não sabia onde ela estava, e continuava na Alemanha. Nunca respondeu àquela carta. O endereço de remetente desta era Bogotá, Colômbia. Então, ele tinha finalmente ido embora. Ela ficou feliz. Também ficou aliviada. A América do Sul ainda ficava bem longe.

O que a perturbou não era onde ele estava, mas que agora ele soubesse onde ela estava. Achava que tinha sido muito cautelosa. Na lista telefônica não constava seu endereço nem seu número de telefone. As pessoas que a haviam ajudado a se instalar na nova vida – assistentes sociais e humanitários de várias organizações de refugiados; seus colegas ali e em outras editoras; a esposa de Horace Field, Hannah – tinham achado a omissão tola e antissocial. "Como você espera construir uma nova vida em um país novo, se ninguém consegue te achar?". Hannah perguntara. Charlotte não havia argumentado com ela. Simplesmente continuou pagando a pequena taxa para permanecer fora da lista. Aos poucos, Hannah e todos os demais pararam de perguntar e creditaram o fato ao que ela havia passado. Ninguém, incluindo Hannah, sabia o que fora aquilo, mas isso não os impedia de especular.

Não era muito fácil achá-la no escritório, embora aparentemente ele tivesse conseguido. Seu nome não aparecia na lista de editores disposta no lado esquerdo do papel timbrado da empresa. A maioria das editoras não listava os editores no papel timbrado, mas essa era outra das indulgências peculiares de Horace Field. Um ano depois de ela ter ido trabalhar na G&F, ele perguntara se ela queria ser incluída.

"Pense nisso como uma propina", ele dissera.

"Propina?" Ela falava quatro línguas, podia ler em mais duas e tinha se formado na Sorbonne em Literatura Inglesa, mas naquele tempo continuava penando com algumas gírias americanas.

"Uma compensação pelo salário de fome que te pagamos."

"Pelo menos, você não insinuou que eu completava a diferença roubando livros", ela tinha dito, acrescentando que não queria seu nome no papel timbrado, mas mesmo assim agradecia.

No entanto, apesar da ausência na lista telefônica e no papel timbrado da empresa, seu nome aparecia ocasionalmente nos agradecimentos de livros em que havia trabalhado. *E agradeço a Charlotte Foret por conduzir minha nave em segurança pelas águas turbulentas do mundo editorial americano. Meus sinceros agradecimentos a Charlotte Foret, a primeira a ver que um livro sobre a Idade de Ouro Holandesa, escrito por um holandês, interessaria ao público americano.* A questão era como ele havia conseguido ter em mãos uma edição americana na Europa ou, agora, na América do Sul. Os diversos consulados tinham bibliotecas para espalhar a palavra americana entre as populações locais, mas os livros publicados por ela raramente espalhavam a palavra americana. Mesmo assim, ele devia ter encontrado um. Ou a teria rastreado por meio de uma agência de refugiados. Chegando à América, ela havia se distanciado dos grupos de *émigrés* ou imigrantes, ou refugiados – escolha o termo – mas teve que preencher os papéis costumeiros e obter os documentos necessários para chegar lá. Era rastreável.

Ficou parada, olhando para o envelope. Não era registrado. Não havia prova de que o tivesse recebido. Mesmo que houvesse, não havia lei que dissesse que ela precisava responder a toda carta que recebesse. Ela se esforçava por responder àquelas que acompanhavam manuscritos de candidatos a escritor, mas tinha um padrão para isso. *Embora sua tese seja convincente, temo que o assunto em questão não se encaixe em nosso catálogo. Embora o livro seja muito bem escrito, temo que os personagens não estejam bem construídos/a trama não é verossímil/ não existe um público americano para esse tipo de história.* Mas ela não tinha uma carta-modelo para aquela situação, qualquer que fosse ela. Lembranças? Tanto quanto ela, ele não iria querer se lembrar daqueles dias. Amor? Mesmo então, ela tinha dito intimamente para não ser ridícula. Dinheiro? Com a naturalização, no ano anterior, ela era americana, e todo aquele que não fosse americano sabia que quem o era, deveria ser rico, mas de todas as acusações que ela fizera contra ele, aquela era a menos provável.

Charlotte ouviu som de vozes no corredor e sentiu cheiro de fumo de cachimbo flutuando por sobre o vidro fosco. O cachimbo pertencia a Carl Covington, homem levemente afeminado, com uma juba branca que deixava um pouquinho comprida demais. Carl pretendia ser um patriarca importante do mundo editorial, mas era difícil ser um patriarca importante do mundo editorial quando a casa para a qual você trabalhava pertencia a um prodígio ligeiramente envelhecido do mundo editorial. As vozes pertenciam a Faith Silver, cuja pretensão à fama era uma breve amizade com Dorothy Parker quando as duas estavam no auge, e Bill Quarrels, um rapaz arrogante, avantajado, com um corpo brutal e grande e cabeça de adolescente. Segundo uma das secretárias que pegava o trem com Bill na mesma cidade de Westchester, toda manhã, ao descer na estação Grand Central, ele punha a mão no bolso e tirava a aliança, e toda tarde, ao pegar o trem para casa, enfiava-a de volta. Os três estavam a caminho da reunião editorial de quarta-feira.

Faith enfiou a cabeça com seu cabelo escuro e curto, penteado *à la* Dorothy Parker, na divisória do cubículo. "É hora de arregaçar as mangas para o combate", disse.

Charlotte levantou os olhos do envelope azul claro. Como se tivesse vontade própria, ele caiu no cesto de lixo. Ela se levantou. "Chego em um minuto."

As vozes seguiram pelo corredor.

Ela começou a juntar papéis, depois pensou melhor, abriu a última gaveta da mesa, pegou sua bolsa e tirou o pó compacto e o batom. Julgava importante comparecer a essas reuniões muito bem preparada.

Ao levantar a esponjinha do pó e começar o retoque, aproximou o espelho do pó compacto para examinar a pele. A textura fina de porcelana que a envaidecera quando menina agora estava mais grosseira, mas pelo menos o aspecto amarelo doentio daqueles anos havia sumido. Alisou a mecha branca que corria pelo cabelo escuro. Ocasionalmente, pensava em tingi-la, mas por algum motivo nunca chegou a fazer isso. Não estava presa a ela como um lembrete, só gostava do efeito dramático. Com a ponta dos dedos, massageou a teia de linhas finas debaixo dos olhos, como se com isso pudesse fazê-las desaparecer, embora soubesse ser impossível. Talvez não fosse nem desejável. Algumas semanas antes, uma vendedora ousada do departamento de cosméticos da Saks da 5ª Avenida havia tentado lhe vender um creme para se livrar delas. "Apagará seu passado", tinha dito.

A promessa tinha um apelo tão aterrorizante que ela largou o batom Helena Rubinstein que estava prestes a comprar, virou as costas e saiu da loja. Só um idiota tentaria apagar o passado. A única esperança era montar guarda contra ele.

Mesmo agora, em seus sonhos, escutava Vivi chorando, não os choramingos e soluços infantis de um desconforto passageiro, mas uma raiva histérica resultante de uma barriga vazia e ossos enregelados, da agonia das erupções cutâneas, picadas e feridas purulentas. Às vezes, o choro no sonho era tão alto que a despertava com um sobressalto, e ela pulava da cama antes de perceber que o som estava apenas em sua cabeça. Depois, ainda suando, atravessava o curto corredor que ia do seu quarto ao quarto da filha e ficava ao lado de sua cama, escutando a respiração tranquila e segura de Vivi na milagrosa noite de Nova York, que não era atravessada por botas na escada ou batidas na porta, mas apenas pela sirene ocasional gritando que a ajuda, e não o transtorno, estava a caminho.

As horas em que estava acordada traziam pesadelos diferentes em relação à filha. Toda tosse era o primeiro sinal de tuberculose, todo estômago enjoado, o prenúncio de um vírus que estivera dormente, toda coceira, a volta de infecção. O conhecimento de que naqueles dias havia penicilina para tratá-la não diminuía o terror. Não tinha como Vivi escapar sem consequências. Seu pequeno corpo de 14 anos tinha que conter um desastre dormente.

Sentada na plateia das apresentações escolares, ela comparava Vivi com as outras meninas. Seria ela a mais fraca da ninhada? Seus ossos estariam permanentemente deformados pela má nutrição? O medo e o remorso da mãe teriam deixado marcas em sua psique? Mas, parada ao lado das colegas com sua blusa branca engomada e o pulôver azul, Vivi não demonstrava ter passado por sofrimentos. Seu cabelo brilhava, escuro e sedoso, com o reflexo das luzes do alto, as pernas esticavam-se longas e inquietas nas meias 3/4 azul-marinho, seu sorriso aberto revelava um aspecto radiante e dentes de uma brancura improvável. Todas as horas que Charlotte havia passado na fila por comida, todo bocado que não tinha comido para que Vivi pudesse se alimentar, todo risco que tinha corrido, até as concessões que havia feito tinham valido a pena. Vivi parecia exatamente igual às colegas, só que melhor.

No entanto, algumas diferenças a destacavam. Ela era a única com bolsa de estudos em sua classe de doze alunas, havendo apenas uma bolsista em cada classe. As outras meninas moravam em apartamentos amplos, duplex e coberturas nas avenidas Park e 5ª, com pais, irmãos, cachorros e empregados. Vivi morava com a mãe num apartamento pequeno, de quatro cômodos, no último andar de um velho casarão estilo *brownstone* (na América, um prédio de 70 anos era considerado velho), na East 91st Street. No Natal, as outras meninas iam para a casa dos avós, que moravam em paisagens dignas de Currier e Ives, ou esquiar ao norte ou a oeste, tomar sol no sul. Vivi e a mãe levavam uma arvorezinha para casa, comprada em uma banca na 96th Street, colocavam-na em um canto da sala de visitas e a decoravam com enfeites comprados na B. Altman no primeiro ano em que estavam ali, e que eram acrescidos anualmente. Os enfeites eram novos, mas a árvore, Charlotte insistia, era uma tradição. Sua família sempre celebrara o Natal. Tinha sido preciso Hitler, ela gostava de dizer, para torná-la judia. Isso era outra coisa que diferenciava Vivi. Havia menos judias na escola do que alunas com bolsas de estudos. Nenhum desses aspectos jamais era mencionado, pelo menos em companhia educada, como dizem.

O fato é que, apesar dessas privações e desvantagens, Vivi florescia. Justamente na noite anterior, sentada na sala de visitas, Charlotte havia erguido os olhos do manuscrito que estava lendo e viu Vivi na sala de jantar fazendo sua lição de casa. Havia uma escrivaninha em seu quarto, mas ela gostava de ficar perto da mãe. Os especialistas que Charlotte lia diziam que logo aquilo acabaria, mas ela não acreditava. Os especialistas lidavam com generalizações, ela e Vivi eram singulares. Vivi estava sentada, com um pé calçado com seu oxford marrom do uniforme enfiado debaixo dela, uma cortina sedosa de cabelos escuros caindo para a frente, enquanto ela se inclinava sobre o livro, os lábios apertados, em concentração. Olhando para ela do outro lado da sala, Charlotte mal conseguiu refrear um grito de alegria pelo absoluto milagre que era aquilo.

Guardou a bolsa na gaveta, deixou o cubículo e seguiu pelo corredor até a sala de reuniões.

Horace Field já estava em seu lugar, na cabeceira da longa mesa. Era sempre o primeiro a chegar às reuniões. Em parte, isso era resultado de sua impaciência, mas apenas em parte. Estava recostado no encosto da cadeira, mas a pose relaxada e o folgado paletó Harris de *tweed* não conseguiam esconder a força latente dos ombros e braços musculosos. Às vezes Charlotte especulava se ele ainda se via como o rapaz esguio e saltitante, o antigo tenista da faculdade que ela tinha visto numa fotografia em um velho número do *Publishers Weekly* anterior à guerra. Na foto, ele usava um bigode aparado, e enquanto estava em sua mesa, analisando-a, ela teve certeza de que ele deixara crescer o bigode para parecer mais velho. Na época, tinha estado com ele uma vez, brevemente, mas ela mesma era jovem demais para perceber o quanto ele era jovem. Ele de fato tinha sido um prodígio. Agora, não havia mais bigode, e começavam a surgir entradas em seu cabelo. Charlotte notara que, quando Carl Covington olhava para ele, não conseguia deixar de afagar a própria cabeleira branca. Horace também devia ter notado isso, porque uma vez brigou com Carl para parar de ficar se acariciando como um maldito cachorro. O rosto de Horace, independentemente das entradas, ainda era o de um garotão, a não ser ocasionalmente, quando não sabia que estava sendo observado. Então, linhas de expressão... não, linhas de fúria apareciam entre seus olhos, que eram azul-claros e alertas. Ninguém iria enganá-lo.

"Gentileza sua juntar-se a nós, *General*", ele disse, usando a pronúncia francesa do título, quando ela pegou uma cadeira. Em particular, ela era Charlie; na frente dos outros, era Charles ou General, ambas pronunciadas com sotaque francês. Ela preferia que não fossem. Os apelidos, mesmo os formais, sugeriam uma intimidade que não existia. Ele tinha sido generoso com ela, e era agradecida, mas generosidade e gratidão não significam intimidade. Em sua opinião, eles precisavam do relacionamento oposto. Especialmente com ele. O rapaz daquela velha fotografia tinha sido famoso por ser, se não um garanhão, pelo menos um perigoso conquistador, embora ela tivesse toda a certeza de que aqueles dias eram coisa do passado.

Os outros editores já estavam sentados ao redor da mesa, inquietos como cavalos de corrida esperando a largada, bufando mentalmente e escavando o chão na ansiedade de se destacar do bando com um best-seller infalível ou, pelo menos, com uma tirada invejável em sua própria apresentação, ou uma gozação divertida na apresentação de um colega. Começaram.

Carl Covington tinha uma biografia de Lincoln escrita por um erudito influente.

"Outra não", disse Bill Quarrels.

"A regra de uma década", Carl respondeu. "Se não houver uma biografia em dez anos, está na hora de uma nova. E livros sobre Lincoln vendem."

Walter Price, gerente de vendas, concordou com a cabeça. "Livros sobre Lincoln vendem. E também livros sobre médicos e livros sobre cachorros. Então, o que eu não entendo é por que nenhum de vocês, gênios, conseguiu achar um livro sobre o cachorro do médico de Lincoln que eu possa vender."

A discussão voltou-se para os números de vendas anteriores do autor, a quantia provável para os direitos em brochura (novo fenômeno a partir da guerra), e o mínimo que o agente aceitaria. Horace não falou muito, mas fez um gesto eloquente de cabeça ao final da discussão. Carl disse que faria uma oferta.

Bill Quarrels tinha um romance escrito por um fuzileiro naval que combatera no Pacífico.

"Espere, deixe-me adivinhar", Carl disse, "o nome do autor é James Jones".

"O mercado de livros de guerra chegou ao máximo", Walter avisou.

Ele e Carl eram velhos demais na época da guerra, Bill, jovem demais. Nenhum deles olhou para Horace, enquanto falava.

Seguiram para Faith. Ela propunha um romance de estreia sobre a vida em uma cidadezinha da Nova Inglaterra. Admitia ser discreto, mas lindamente escrito, e eles não publicavam livros comerciais exatamente para poder se dar ao luxo de publicar pequenas joias literárias como aquela? Ninguém se preocupou em responder a essa pergunta em particular, embora Charlotte, que tinha lido o manuscrito, apoiasse a opinião literária de Faith. Horace balançou a cabeça, aprovando. Ninguém mencionou dinheiro. Não era preciso. Faith trabalhava nisso tempo bastante para saber que um adiantamento de direitos autorais adequado a um livro como aquele seria algumas centenas de dólares.

Charlotte apresentou um livro sobre a interação política, diplomática e artística na Itália renascentista. Aquilo também foi recebido em silêncio. Ela tinha o que equivalia a seu próprio pequeno feudo na G&F. Apenas Horace tinha interesse nos livros que ela trazia, a não ser que fossem romances estrangeiros com risco de serem banidos. Então, subitamente, todos queriam dar uma olhada. Mas esse último passou raspando com um aceno de aprovação. Novamente um adiantamento insignificante foi dado como certo.

Seguiram nessa toada durante a maior parte das duas horas. Os editores apresentavam livros, formavam conchavos, mudavam de lado. O processo lembrou a Charlotte os conclaves papais sobre os quais tinha lido. Só faltava a fumaça branca no final do encontro.

Tinha juntado seus papéis e estava se encaminhando para a porta quando Bill Quarrels a alcançou.

"Você teve chance de dar uma olhada naquele romance? Aquele sobre o espião americano lançado atrás do *front* na França, antes da invasão?"

"Você não recebeu meu memorando?"

"Você só disse que era muito inacreditavelmente sensual."

"Eu disse que era sensualmente inacreditável. Qualquer espião que passasse tanto tempo entre os lençóis estaria morto 24 horas depois de descer de paraquedas dentro do campo de batalha. 48, se fosse do lado de fora."

Ele inclinou o corpanzil em direção a ela. "Experiência própria?"

Charlotte estava em dúvida sobre se deveria responder, quando aconteceu. Parados na porta com as costas voltadas para a sala de reuniões, nenhum dos dois percebeu. Horace Field, impulsionando com os braços colossais as rodas de sua cadeira, passou zunindo entre os dois. Por um fio de cabelo, ela não foi atingida, mas Horace rolou sobre o sapato de pele de cabra do pé direito de Bill Quarrels. Horace chegava cedo às reuniões, porque não gostava que as pessoas o vissem manobrando sua cadeira de rodas, mas isso não significava que não fosse hábil com ela.

"Ai!", Bill gritou, pulando tarde demais para fora do caminho.

"Me desculpe, Bill", Horace gritou de volta, acelerando pelo corredor.

*

Charlotte não tinha se esquecido da carta jogada no cesto de lixo. De tempos em tempos, durante a reunião editorial, vira-se pensando nela. Não queria lê-la, mas sabia que leria. Não sabia muito bem por quê. Não podia apagar o passado, apesar da promessa feita pela mulher no departamento de maquiagem da Saks, mas não tinha intenção de se espojar nele. Ainda assim, não parecia certo não lê-la. Resolveu pegá-la de volta no cesto de lixo assim que voltasse para sua sala, mas não tinha imaginado encontrar Vincent Aiello, o chefe de produção, esperando em seu cubículo.

"Sabe aquele seu policial que se passa no Marrocos?"

Por um momento, Charlotte pensou que ele realmente poderia ter lido um dos livros cuja produção ele dirigia e queria lhe dizer que tinha gostado.

"Já estão costurados", ele disse.

"Estão adiantados. Que bom!"

"Não tão bom. Está faltando a última página."

"Isto é uma pegadinha, certo?"

Ele deu de ombros.

"É um policial, Vincent. Não que não seria um desastre se não fosse. Mas os leitores querem descobrir quem é o assassino."

"Olhe pelo lado bom. Agora é um policial faça-você-mesmo. Poderíamos começar uma tendência totalmente nova."

"Foi impressa toda a tiragem?"

"Até o último exemplar."

"Isso vai sair do seu orçamento, não do meu."

"Pro diabo com orçamentos. Estou pagando alguém para quebrar os joelhos do encadernador."

Ele sorriu de lado, como que desafiando-a a acreditar nos rumores a seu respeito.

*

Charlotte estava parada na Avenida Madison, esperando o ônibus e refletindo sobre a edição impressa do policial não solucionado, quando se lembrou da carta. Por um instante, pensou em voltar, depois olhou para o relógio e decidiu o contrário. Não se incomodava em deixar

Vivi sozinha por algumas horas depois da escola – principalmente se Hannah Field tivesse terminado de ver os pacientes naquele dia e atraísse Vivi com seus bolos e biscoitos caseiros –, mas gostava de chegar em casa a tempo de fazer o jantar e comê-lo decentemente sentada.

Pegaria a carta assim que chegasse, de manhã. E se aquela fosse uma das noites em que a equipe de limpeza vinha esvaziar os cestos, tanto pior. Não que ela tivesse alguma intenção de responder. Na verdade, tanto melhor. A responsabilidade não seria dela.

Dois

Ao anoitecer, Charlotte desceu do ônibus e caminhou pela 91st Street prestando atenção por onde pisava. A chuva tinha parado, mas um tapete de folhas molhadas deixava a calçada escorregadia. Jorrava luz das grandes janelas salientes e das claraboias minuciosamente trabalhadas das casas estilo *brownstone*, cintilando nas poças. De vez em quando ela parava e olhava aqueles cômodos tão iluminados. A vida que acontecia lá dentro intrigava-a. A aura de segurança a hipnotizava, embora soubesse que era uma miragem. Agora, ali parada, o leve aroma de lenha queimando deixou-a nostálgica, embora não pudesse dizer do quê. Com certeza não era do fedor acre de papéis queimando. Então se lembrou. O cheiro lembrava um fogo ardendo na lareira da casa de sua avó, em uma noite úmida em Concarneau. Ela e a mãe sempre quiseram ir para o sul nas férias de verão – uma das poucas questões em que ela e a mãe estavam fechadas contra o pai –, mas o pai era inflexível quanto a visitar sua própria mãe. Quanto mais Charlotte crescia, mais entediada e carrancuda ficava naquelas semanas na Bretanha, mas daria tudo para tê-las agora, para si mesma e para Vivi. Imaginava as duas caminhando pela longa rua ladeada de álamos, e via Vivi sair correndo à primeira visão do mar. Endireitou os ombros para afastar a imagem e recomeçou a andar.

Na metade do quarteirão, abriu o portão de ferro forjado e desceu três degraus. Uma rampa curta de cimento corria ao lado. Algumas pessoas diziam que Horace Field continuava morando em uma *brownstone* por pura perversidade. Se ele e Hannah tivessem se mudado para um prédio de apartamentos, ele poderia ter disparado da rua para o hall de entrada e para o elevador com facilidade. Outros insistiam que o fato de ele permanecer na casa em que tinha crescido provava que não era o cínico que fingia ser. Charlotte tinha uma terceira explicação, embora nunca a tivesse mencionado a ninguém, nem mesmo a Horace, especialmente Horace. O porteiro e os ascensoristas, naqueles prédios de apartamentos, teriam se esfalfado tentando ajudar um homem numa cadeira de rodas, e não apenas pela gorjeta de Natal. Em geral, eles eram um grupo atencioso, pelo menos aparentemente, e muitos deles haviam estado na guerra. Horace não teria tolerado isso. A solicitude o teria deixado constrangido. A condescendência o deixaria furioso. Assim, ele havia construído a rampa para os degraus do lado de fora da *brownstone* e instalado um elevador do lado de dentro.

Charlotte fechou o portão atrás dela, atravessou o pátio de lajotas, viçoso de crisântemos laranja e amarelos que reluziam ao anoitecer, e abriu a porta de vidro e ferro forjado que dava para o vestíbulo.

Mais tarde, ao pensar sobre o incidente, culpou a carta que havia jogado no cesto de lixo. Não estava pensando nela naquele momento, mas ela deveria estar espreitando em seu inconsciente. Não havia outra explicação para sua alucinação.

Uma mulher estava parada com a mão na cabeça, os dedos apontando para a têmpora, como se fossem o cano de uma arma. Repentinamente, Charlotte viu-se de volta no corredor frio e úmido do prédio da Rua Vavin. Os olhos da concierge, duros e escuros como pedaços de carvão, acompanham-na, e a Vivi, pelo espaço sombrio. Assim que elas chegam à escada, a concierge, naquele velho prédio de apartamentos aonde sua memória a havia transportado, move o dedo na têmpora, como se puxasse um gatilho. "*Après les boches*",[2] ela diz entredentes, e as palavras queimam como vapor.

Então, numa outra noite, e isso foi pouco antes da liberação, quando Charlotte está carregando Vivi no colo, a concierge sai da portaria para impedir sua passagem. Parada a apenas centímetros de distância, ergue

---

[2] *Boche* é um termo usado pelos franceses para se referirem, de forma pejorativa, aos alemães. A frase dita pela concierge se traduz como "Depois dos *boches*". [N.E.]

a mão de pistola engatilhada, não para sua própria têmpora, mas para a testa de Vivi. "*Après les boches*", murmura, como se estivesse cantando uma cantiga de ninar, e puxa o gatilho imaginário.

Charlotte agarrou a maçaneta e fechou os olhos. Ao abri-los, estava de volta ao pequeno vestíbulo elegante, com o chão de ladrilhos branco-e-pretos, olhando uma mulher que não era sua antiga concierge, mas devia ser uma das pacientes de Hannah Field ajeitando o chapéu em frente ao espelho de moldura dourada. A mulher virou-se, fez um sinal com a cabeça para Charlotte, abriu a porta pesada que dava para fora e sumiu na noite.

Charlotte permaneceu no vestíbulo, suando repentinamente em sua capa, embora não tivesse se dado ao trabalho de colocar nela o forro mais quente naquela manhã. Detestou-se pelo medo, mas também detestou a mulher por trazê-lo de volta. *Après les boches*. A frase estava sempre ali à espera, nas profundezas sombrias e poluídas de seu inconsciente, só aguardando para vir à superfície. Essa e a outra expressão ainda mais arrepiante, mas ela não iria pensar nisso.

Começou a subir as escadas. Raramente usava o elevador. Sempre parecia uma invasão à privacidade de Horace e Hannah. Além disso, o costume americano de se mover para baixo em alguma coisa que não fossem as próprias pernas soava-lhe autoindulgente. E ela gostava do exercício. Estava feliz que a magreza tivesse sumido. Tinha lido em algum lugar que a parisiense média perdera vinte quilos durante a Ocupação. Mas ela não queria engordar demais.

Quando chegou ao primeiro patamar, ele pareceu escuro. Olhou para cima. Uma das lâmpadas na luminária do alto estava queimada. Isso não era comum. Hannah administrava a casa com mão de ferro. Olhou para o hall de entrada, lá embaixo. Estava envolto em sombras. E a mulher estava quase de costas, enquanto ajeitava o chapéu. Qualquer um poderia tê-la confundido com outra pessoa.

*

As duas estavam relaxando ao brilho do papel de parede amarelo com ramos brancos, escolhido por Hannah antes de elas se mudarem para lá. A maioria dos proprietários, Charlotte tinha se inteirado depois, teria jogado uma camada de tinta em um apartamento que estivesse sendo preparado para um novo inquilino e pararia por aí, mas, como Hannah dizia com frequência desde que conhecera Charlotte e Vivi no navio naquela manhã, quase nove anos atrás, elas eram mais do que inquilinas. Horace conhecera o pai de Charlotte antes da guerra, e Hannah estava ansiosa por ter uma criança na casa. Assim, tinha posto papel de parede, além de pintar; levara Vivi para comprar cortinas e um tapete, e até substituíra a velha geladeira moribunda por um modelo novo. Charlotte não tinha percebido isso na época, mas agora sabia que o fato de Hannah conseguir pôr as mãos em um novo eletrodoméstico tão em seguida à guerra era uma prova da sua desenvoltura.

O padrão do papel de parede na sala onde Charlotte e Vivi agora relaxavam era chamado Inocência. Onde, a não ser na América, pensou Charlotte, as pessoas acreditariam que poderiam envolver um cômodo em *naïvité*? Mesmo assim, admirava o gosto de Hannah.

O espelho sobre a lareira era inclinado, então ela podia ver o reflexo das duas sentadas à mesinha, no ângulo entre a lareira e a porta vaivém da cozinha, ela de camisa e calça que tinha vestido para preparar o jantar, Vivi ainda de uniforme de escola. O papel de parede era tão ensolarado, a luz proveniente das arandelas da parede e dos abajures tão suave, que realmente parecia que elas estavam relaxando na luminosidade.

Então, Vivi falou: "Por que você não fala nunca sobre o meu pai?".

"Por que você nunca fala sobre o meu pai?", Charlotte corrigiu-a. Não estava ganhando tempo. Pelo menos, não era esse o único motivo.

"Por que você nunca fala sobre o meu pai?", Vivi repetiu.

Não era uma pergunta nova. De tempos em tempos, Vivi perguntava sobre o pai que nunca conhecera. Mas aquela era a primeira vez que aquilo vinha como uma acusação. Ou será que Charlotte escutara assim somente por causa do encontro imaginário com a concierge, no vestíbulo?

"Eu falo sobre ele. Falo sobre ele o tempo todo. O que você quer saber?"

Ela deu de ombros. "Como ele era?"

Charlotte pensou por um momento. Agora não estava ganhando tempo, estava tentando se lembrar. Mas era como tentar recapturar a sensação de um delírio febril depois que sua temperatura voltou ao normal. Depois que a temperatura mundial voltou ao normal. Às vezes ela se perguntava se eles teriam se casado se não tivesse havido a guerra, se ele não tivesse sido convocado, se eles não tivessem sentido a pressão do tempo, se não tivessem se visto como atores numa peça ou num filme trágico. Será que a pele dela ficaria tão quente sob o toque dele em tempos menos acalorados? Eles teriam conseguido se abraçar com ternura, e não com desespero? Ela não se arrependia de nada. Sentia-se agradecida pelo que tinham tido. E sem Laurent, ela não teria tido Vivi. Mas a assombrosa intensidade não era algo para se contar a uma criança.

"Ele tinha uma mente original", ela disse, por fim.

"O que isso quer dizer?"

"Quer dizer que eu nunca me entediava com ele. Mais do que isso, eu ficava deslumbrada com ele. Ele via coisas que as outras pessoas não viam, fazia associações que os outros não faziam." Assim era melhor. Ela estava pegando o jeito.

"O que mais?"

"Ele tinha um código moral bem calibrado."

"Um o quê?"

"Um senso de certo e errado bem desenvolvido."

"Ah."

Estava na cara que não era isso que Vivi procurava.

"Ele ficaria orgulhoso de você." Charlotte tentou de novo.

"Como você sabe?"

"Porque você é inteligente. Ele dava muita importância a isso. E bonita." Vivi fez uma careta autodepreciativa. "Ele também dava muita importância a isso, pelo menos nas mulheres. E você também tem um código moral."

"Tenho?"

"Você se preocupa com as pessoas. Tenta fazer a coisa certa."

Vivi refletiu sobre isso por um momento. "Às vezes não tenho certeza do que seja a coisa certa."

"Nisso, você está em boa companhia."

"Mesmo quando a pessoa é adulta?"

"Especialmente quando a pessoa é adulta."

"Mas você disse que meu pai sabia."

Charlotte pensou a respeito. Laurent tinha tido princípios e escrúpulos, mas não tinha enfrentado muitas escolhas. Uma das vantagens, talvez a única vantagem de morrer jovem. Não contaria isso a Vivi. "Ele fez o possível", disse.

Vivi finalmente deu uma mordida em sua omelete. "Conte mais sobre ele."

Charlotte ficou pensando. Era uma editora. Lidava com palavras, imagens e histórias o dia todo. Com certeza, poderia criar um pai para prender a imaginação de Vivi.

"Ele ficou enlouquecido quando você nasceu."

"Eu pensei que ele não estava lá quando eu nasci."

Ela está sozinha no quarto branco desnudo, mais sozinha do que jamais estivera em sua vida fácil e resguardada. As freiras vêm e vão a intervalos, mas não servem de ajuda. Pelo menos, não servem como conforto. Ela está por conta própria. Nascemos sós e morremos sós, Laurent costumava dizer. Também parimos sós, ela quer dizer a alguém, mas não há ninguém a quem dizer. Laurent está fora, no *front*, embora nesse tumulto ninguém saiba onde fica o *front*. As freiras e outros pacientes choram quando o rádio, sob controle dos alemães, proclama que o exército francês não passa de uma ralé que não faz ideia de para qual direção fugir. Sua mãe morreu três anos antes. Charlotte ainda não consegue superar a injustiça daquele sincronismo. Tinha sido uma criança rebelde, mais apegada ao pai iconoclasta do que à mãe mais convencional, mas justamente quando tinha começado a conhecer a mulher vulnerável por detrás da *persona* pública elegantemente vestida, de comportamento irrepreensível, a mãe sucumbira a um câncer rápido e virulento. O pai, um editor de esquerda, amigo do primeiro-ministro judeu socialista, Léon Blum, escapou por pouco, antes da invasão alemã. Não precisaram lhe dizer que seu nome estava na lista deles. Os pais idosos de Laurent estão a salvo, ela espera, no sul da França. Queriam que ela fosse com eles, mas ela teve medo de parir o bebê na estrada. Além disso, e se Laurent, de algum modo, conseguisse voltar para casa? Ela tem que estar ali para recebê-lo. Tinha se recusado a ir com Simone pelo mesmo motivo. "Neste caso, fico com você", Simone disse, mas

Charlotte foi inflexível e, no final, Simone não insistiu muito. Elas tinham sido amigas, quase como irmãs, sempre diziam, já que nenhuma das duas tinha uma, desde os dias em que brincavam juntas, ainda garotinhas, nos jardins de Luxemburgo, mas agora Simone tinha sua própria filha para se preocupar. Pegou Sofie, então com 3 anos, e também partiu.

Até os comerciantes locais tinham fugido. Ela os tinha visto ao ir a pé até o hospital, pessoas tomando táxis de assalto, amarrando seus pertences a automóveis, enchendo caminhões com camas, panelas e frigideiras, retratos de antepassados e gaiolas cheias de canários e periquitos. Charlotte não entende isso. Cachorros e gatos, sim, mas passarinhos, quando a cidade está sangrando, quando o mundo está chegando ao fim? Cinzas caem do céu. Fumaça arde em seus olhos e seca seu nariz e sua garganta. Os departamentos governamentais, consulado e embaixadas estrangeiros estão queimando seus documentos.

Então, ela não sabe quanto tempo depois, Paris silencia. Ela ouve o silêncio nos intervalos em que para de gritar. A ausência de ruído é ameaçadora. A cidade não pode ficar tão quieta. Sem automóveis, sem buzinas, sem a cacofonia de vozes humanas. Charlotte fica ali deitada, pensando estar sonhando. Essa é a única explicação para o silêncio. Então, ouve passarinhos. Não está sonhando, está morta. Por que outro motivo uma freira estaria pairando acima dela, o rosto cinza e enrugado esmagado pelo véu apertado a ponto de ficar disforme, dizendo-lhe que tinha acabado? Então, tanto ela quanto Laurent estavam enganados. Existe vida após a morte e é silenciosa, cheira a antisséptico e conta com uma equipe de freiras que parecem atormentadas, mas não antipáticas.

Só mais tarde, quando elas colocam Vivi em seus braços, é que percebe que não está morta, e que a cidade está calada por estar vazia, e ela tem uma filha. O terror se acerca. Antes disso, só tinha a própria sobrevivência com que se preocupar. Agora, olha para aquele pacotinho de rosto roxo e entende o significado de responsabilidade. Repentinamente, entende a cautela de sua mãe. Sua infância tinha sido vivida em uma época menos perigosa, mas segurança é coisa que não existe. O medo piora quando os jornais voltam a sair e ela lê os anúncios. Mães procurando bebês perdidos na debandada. Pessoas procurando alguém, qualquer um que reclame crianças perdidas, cuja única resposta a perguntas sobre quem são e de onde vêm é um simples balido pedindo: *maman*.

Ela fica no hospital por quanto tempo, uma semana, dez dias? Tempo suficiente para que a cidade volte a se agitar, mas os ruídos são novos e irreconhecíveis. O primeiro alarido soa como uma avalanche ou furacão, a natureza satisfazendo sua vingança. Pergunta que barulho é aquele a uma jovem freira, aquela cujo rosto flutua pálido e magro dentro do véu. "Botas", a freira responde. "Todos os dias eles organizam um desfile pela Champs Élysées. Completo, com banda militar." Com certeza, Charlotte reconhece os acordes sob o bramido do desastre antinatural. "Dá para ouvir isso em todo canto. Caso a gente não lembre que eles estão aqui", a freira acrescenta.

Não é apenas o desfile. As botas estão por toda a cidade, martelando calçadas, punindo calçamentos de pedras, chutando portas, pisando forte dentro de prédios, até ali no hospital. Vão de enfermaria em enfermaria, de quarto em quarto. Quando chegam às mães e bebês, são educados, até amigáveis. Um para ao lado da sua cama. Pede seus documentos. Ela os entrega. O olhar dele é superficial. Ele os devolve. Depois, justo quando ela está prestes a suspirar de alívio, ele se inclina e aninha a cabeça de Vivi em sua mãozorra. É uma sorte ela estar paralisada de terror. Caso contrário, tiraria sua mão com um tapa.

Gradualmente, as pessoas começam a voltar. Simone volta com Sofie a reboque. Vários outros amigos fazem o mesmo, mas alguns não podem ou não querem. Josephine, que estava em Portugal visitando um homem por quem se apaixonara quando a fronteira foi fechada, está retida em segurança; Bette leciona em Grenoble; os pais de Laurent permanecem em Avignon; seu próprio pai se mantém em movimento; ou foi o que ela soube sobre todos eles. Existe pouco serviço de correio, ou nenhum, de e para a zona não ocupada.

"Como é que você sabe que ele ficou enlouquecido", Vivi insiste, "se ele já tinha partido para a guerra?".

Foi pega mentindo. "Cartas, é claro. Foi ele quem deu o seu nome." Pelo menos isso era verdade. "Eu queria te chamar Gabrielle, mas ele escreveu dizendo que você tinha que ser Vivienne." Se fosse uma menina, ela não acrescentou. "Você tinha que ser vida."

Vivi ficou com o garfo na metade do caminho, encarando a mãe. "Você quer dizer que ele sabia que ia morrer?"

"Ele estava no exército. Sabia que essa era uma possibilidade. Por isso você era tão importante para ele. Para nós dois."

Vivi não comentou isso, e Charlotte não contou o resto da história. Era verdade que Laurent teria ficado empolgado, orgulhoso e esperançoso, mas não tinha tido chance. Quando Vivi nasceu, ele estava morto, embora Charlotte só soubesse disso depois. O exército, que, assim como o país, estava em desordem e desgraça, levara dois meses para notificá-la. Esses não eram detalhes que ela quisesse passar para Vivi. O buraco deixado pela ausência de Laurent já era por demais escancarado. O abismo deixado pelo fato de ele jamais ter tido conhecimento da existência dela seria intransponível.

"Posso te perguntar o que provocou este assunto?"

Vivi deu de ombros. "Eu só estava pensando."

Charlotte não acreditou nisso nem por um minuto. Deu um gole no vinho e esperou.

"Hoje nós tivemos que fazer uma rodada na classe, dizendo o que nossos pais faziam", Vivi disse, por fim.

Charlotte poderia matá-los, poderia mesmo. A insensibilidade, a estupidez.

"O pai da Barbara Sinclair é alguma coisa na ONU. O da Kitty Foster é um médico que inventou uma operação. Esqueci qual. O pai da Camilla Brower tem uma revista."

"Seu avô tinha uma editora."

"Eles não perguntaram dos avôs."

"Deveriam ter perguntado."

"Tudo bem, mãe, eu não fui a única que não pôde responder." A solicitude em sua voz era como um prego sendo enfiado no quadro-negro do coração de Charlotte. Era ela quem deveria cuidar da filha, não o contrário. "O pai da Pru McCabe também morreu na guerra. Só que..." Sua voz foi sumindo.

"Só que o quê?"

"Ela tem uma foto dele de uniforme em cima da cômoda."

"Você também teria uma do seu pai, se o apartamento dos seus dois avós não tivesse sido tomado pelos alemães, e o nosso não tivesse sido saqueado pelos franceses, quando fomos levadas embora. Nós nunca voltamos, depois do campo. Não havia motivo. Não que tivéssemos boas lembranças para as quais voltar."

"Eu sei. Não quis dizer que a culpa fosse sua por eu não ter uma. Como ele era?"

Charlotte colocou mais vinho em sua taça. É lógico que conseguia se lembrar de como era o homem por quem tinha se apaixonado, mas, por mais que tentasse, nenhum rosto entrou em foco, apenas fragmentos. Um pescoço bronzeado sumindo na gola aberta de uma camisa, enquanto ela estava deitada com a cabeça em seu colo, olhando para ele, na praia aonde haviam ido passar dois dias depois do casamento. Os olhos espremidos contra a fumaça, ao acender um cigarro. Uma maneira de portar a cabeça, para parecer mais alto. Era sensível em relação a sua altura. Dedos longos, movendo-se incessantemente, praticando nós cirúrgicos quando tinha linha, nós imaginários, quando não tinha, um truque de médico. Não, aquelas não eram suas mãos.

"Ele era moreno. Cabelo escuro. Olhos escuros."

"Eu me pareço com ele?"

"Você tem os olhos dele, não apenas a cor, mas o formato", ela disse, embora também não conseguisse se lembrar disso. Sentia vergonha de si mesma. Isso era, realmente, uma amnésia intencional. "E seus cílios longos e castanhos. Eu costumava brincar que os cílios e sobrancelhas eram injustos num homem."

"Eu queria ter uma foto."

Charlotte ficou olhando para a filha. "Eu também, querida, eu também."

Ela queria, de fato queria. Chegou a pensar em tentar arrumar uma. Qual seria a dificuldade? Algumas cartas, alguns pedidos banais. Nem todos os apartamentos tinham sido tomados ou saqueados. Com certeza, algum amigo ou parente teria uma foto de Laurent. Ela só precisava escrever. Às vezes, pensava que era o mínimo que poderia fazer por Vivi. Às vezes, pensava que era a coisa mais idiota que poderia fazer por ela.

*

Passava das 10 quando Charlotte ergueu os olhos do manuscrito que tinha apoiado nos joelhos e viu Vivi parada na entrada do quarto, seu pijama era um brilho pálido contra o fundo escuro do corredor.

"Pensei que você estivesse dormindo."

Vivi deu os poucos passos para dentro do quarto e se sentou na beirada da cama. Charlotte moveu-se para abrir espaço para ela. Dormia numa cama de solteiro. O quarto não era grande, e não havia necessidade de nada mais confortável.

"Sabe o que você disse antes, sobre fazer a coisa certa?", Vivi perguntou.

Charlotte esperou.

"E como, às vezes, é difícil saber o que é certo?"

"Tenho a sensação de que já não estamos falando de situações hipotéticas. Acho que estamos falando de você."

Vivi concordou com a cabeça.

"Quer me contar sobre isso?"

"Eu estaria dedurando."

"Da minha boca não sai nada."

"E se você tivesse que escolher entre o que as regras dizem e uma coisa que sua melhor amiga fez?"

Charlotte decidiu que não era hora de citar E. M. Forster sobre a coragem de trair seu país e não seu amigo. "Você está falando da Alice?"

Vivi concordou com a cabeça.

"Que regras ela quebrou?"

"O código de honra da escola."

"Alice colou?"

"Numa prova de latim."

"Tem certeza?"

"Ela levou algumas declinações escritas na parte de dentro do punho da blusa. Mostrou para mim antes da prova."

"O que você disse?"

"Não tive chance de dizer nada. A professora estava entregando as perguntas."

"Você disse alguma coisa para ela depois da aula?"

Vivi balançou a cabeça. "Não posso entregar ela. É minha melhor amiga. Mas quando você estava falando sobre meu pai" – quase nunca usava a palavra, e agora a pronunciou com hesitação, como se quase não tivesse direito a ela – "tendo um código moral, comecei a pensar que talvez eu tivesse que fazer alguma coisa. Só não sei o quê".

Charlotte colocou o manuscrito de lado e pegou na mão da filha. Estava macia e úmida por causa do creme que tinha começado a passar à noite.

"É mesmo um dilema moral."

"Isso faz parecer ainda pior."

"Tudo bem, vamos considerar as alternativas. Você pode entregá-la."

"Ela nunca mais vai falar comigo. Ninguém da classe vai."

"Ou você pode não fazer nada e procurar esquecer."

"Mas e se ela fizer de novo? Se ela se safar desta vez e achar que está tudo bem, ela não vai fazer de novo?"

"Acho que você acabou de descobrir a solução."

"Descobri?"

"E se você disser pra ela que, desta vez, não vai dizer nada, mas que não é certo, e se ela fizer de novo você vai contar."

Vivi pensou nisso por um momento. "Não sei. Dá impressão de que eu mesma estou querendo me safar de alguma coisa. Não estou de fato seguindo o código de honra, mas também não estou sendo uma amiga tão boa."

"Acho que você está sendo uma amiga ótima. Está tentando salvá-la de uma vida de crimes. E o que está conseguindo com isso é um meio-termo. Em grande parte, a vida é isto, infelizmente. Ou, talvez, felizmente. O mundo não é preto e branco. É uma paisagem cinzenta e cheia de sombras."

"Imagino", Vivi disse, mas não pareceu convencida. Levantou-se e encaminhou-se para a porta. Ao chegar lá, virou-se. "Tecnicolor."

"O quê?"

"Se o mundo não for preto e branco, pelo menos pode ser em tecnicolor?"

Charlotte sorriu. "Eu te amo, Vivienne Gabrielle Foret, de verdade."

Três

"Por favor, mamãe." Vivi deu as costas para sua imagem, para as réplicas de sua imagem que se perpetuavam no espelho de três faces do provador, encarando a mãe. "Nunca mais peço nada, juro."
"Você não se incomodaria de registrar isso por escrito, não é?"
"Com sangue, se você quiser."
"Não precisa exagerar."
"Ah, tem dó, vamos exagerar." Vivi girou no pequeno provador, a saia de veludo vinho rodando sobre as pernas compridas até ela parar, zonza, encostada em uma parede. "Com tudo a que temos direito."
Charlotte estendeu a mão, levantou a etiqueta com o preço que balançava na manga do vestido e leu a cifra novamente, como se ela pudesse ter mudado desde a primeira vez que olhara. 49,95 dólares eram uma soma exorbitante a ser paga por um vestido para uma menina da idade de Vivi. Mesmo que tivessem o dinheiro, ela estaria relutante. Agora, fazia certo tempo que a discussão fervia em sua cabeça. Onde a compensação pelo sofrimento e pelas privações dos primeiros anos de Vivi parava e começavam os mimos em excesso? Verdade que o vestido seria para uma ocasião especial, mas Charlotte também se sentia ambivalente quanto a isso.
A avó de uma menina na classe de Vivi tinha se tornado obcecada com sua mortalidade. A mulher, que estava vivendo o resto de seus dias numa montanha de pedra calcária na 79th Street, tinha certeza de que não apenas não viveria para assistir ao casamento da única neta, ou mesmo sua festa de debutante, como esta não seria comemorada na

mansão da família, a qual, considerando os impostos sobre propriedade e herança e o custo dos empregados domésticos, àquela altura teria sido vendida para um país estrangeiro para funcionar como consulado ou embaixada, ou transformada na ala de um museu. Com essas desoladoras perspectivas em mente, tinha decidido que, em vez de esperar, ofereceria à neta um baile enquanto ainda estava viva e saudável, e a imponente construção com seu salão de baile elevado ainda permanecia nas garras da família.

Charlotte não tinha certeza se concordava com bailes para meninas de 14 anos. A ideia continha mais que um sopro da faceta desagradável de Colette. Mas ela não era tola ou cruel o bastante para tentar impedir Vivi de ir a um, quando o restante da classe iria.

Vivi observou a mãe estudando a etiqueta com o preço.

"Se for muito caro, aposto que a tia Hannah me daria ele no Natal. Ela anda perguntando o que eu quero."

Charlotte largou a etiqueta. "Não é caro demais, e não estamos precisando de caridade. Você tem razão, vamos exagerar."

O sorriso que se abriu no rosto de Vivi com a maior facilidade desdobrou-se na série de meninas refletidas no espelho. Mais tarde, quando devolveu o vestido, Charlotte se lembraria daquele bando de Vivis eufóricas estendendo-se pela eternidade.

*

Charlotte jamais teria sido enganada se ainda não estivesse se ressentindo daquele encontro absurdo com a paciente de Hannah, em frente ao espelho de moldura dourada, no vestíbulo. Àquela altura, deveria ter esquecido o incidente, mas ele a surpreendia em momentos estranhos e inesperados, como algum engraçadinho comum e brincalhão com um monte de truques desagradáveis na manga. Essa foi a única explicação para o acontecido no museu naquela tarde – não que de fato tivesse acontecido alguma coisa no museu naquela tarde.

Em dias passados, quando Vivi era pequena e elas estavam recentes em Nova York, passavam os dias vagando pelo zoológico ou pelo Museu de História Natural, de mãos dadas, surpreendendo-se com os brinquedos luxuosos a preços ultrajantes na FAO Schwarz e terminando na Rumpelmayer's,[3] onde Vivi ficava com um bigode de chocolate quente no rostinho e um dos ursinhos da casa enfiado a seu lado. Mas Vivi tinha ultrapassado esses prazeres infantis, bem como as tardes de final de semana com a mãe, a não ser que elas estivessem comprando um vestido para um baile ou algum outro evento importante. Era uma época em que ela escutava o canto da sereia das suas colegas. A atração era normal. A culpa de Vivi, não.

"O que você vai fazer esta tarde?", tinha perguntado a Charlotte, ao vestir o casaco. Ocasionalmente, a pergunta era ainda mais direta: "Você quer que eu fique por aqui e a gente faça alguma coisa juntas?". Mesmo quando Charlotte expunha seus planos com todos os detalhes: almoço com uma colega de outra editora, uma visita ao Frick para rever seus velhos amigos, os Rembrandt e os Turner, Vivi tinha o costume de hesitar ao sair pela porta e se virar para trás, olhando para a mãe. Uma vez, perguntou se Charlotte ficaria bem. Foi quando ela começou a sair do apartamento junto com a filha. Afastarem-se quando já estavam na rua era mais fácil para Vivi.

Naquela tarde, elas caminharam pela Avenida Park até o prédio na esquina da 88th Street, onde Alice vivia com sua família. A escolha do meio-termo como solução para o incidente da cola tinha funcionado: Alice tinha sido impedida de uma vida de crimes, e ela e Vivi continuavam grandes amigas. Parada na rua sob o grande toldo verde, Charlotte deu um beijo rápido na filha, disse para ela se divertir no cinema e foi indo embora. Então, se virou:

"Esqueci de perguntar o que vocês vão ver."

"*A última vez que vi Paris.*"

"Divirta-se", Charlotte repetiu, e dessa vez foi embora.

Disse consigo mesma para não ser ridícula. Era apenas o título de um filme. Nem mesmo era o título de verdade. A história de F. Scott Fitzgerald na qual o filme se baseava chamava-se "Babilônia revisitada".

---

[3] Antiga confeitaria de um austríaco com o mesmo nome, com várias lojas pela França e uma em Nova York, no antigo hotel St. Moritz, que funcionou de 1930 a 1990, quando o hotel foi fechado. Suas paredes eram forradas de ursos de pelúcia, e o local se tornou o preferido das crianças, que podiam pegar os ursos enquanto estivessem no local. [N.T.]

Apesar disso, a palavras de Vivi acompanharam-na pela Avenida Park e pela 5ª até ela chegar ao MoMA, onde finalmente deixou de tentar ver as obras e se sentou num banco, em uma das galerias. As pinturas, esculturas e outros frequentadores do museu desapareceram, assim como tudo no saguão, naquele dia, e ela se viu de volta ali.

*

O sino acima da porta da loja toca, e ela ergue os olhos, mas não consegue ver nada. O toldo sobre a vitrine é inútil nesta época do ano. É final de junho, e o sol recusa-se a se pôr. Inclina-se para dentro da loja, cegando-a e transformando-o numa silhueta. Ela não consegue ver seu rosto, nem o que ele está usando. Ele não passa de um esboço escuro escavado no brilho da tarde. Mas os dois jovens estudantes que estão dando uma olhada devem ter conseguido defini-lo contra a luminosidade, porque vão em direção à porta, esgueirando-se cada um por um lado dele, e saem da loja para o sol ofuscante que se recolhe.

Bon soir. As palavras quase saem de sua boca quando ele dá mais um passo em sua direção e ela reconhece o uniforme. Por mais de um ano, eles têm marchado pela cidade, desfilando para lá e para cá por bulevares, dispersando pessoas à sua passagem, forçando caminho em restaurantes, cinema e lojas, comprando tudo o que veem. Ela não pode impedi-lo de entrar, mas não precisa recebê-lo com efusividade. Nem precisa falar com ele. Engole a saudação e volta para o livro que está lendo, embora saiba que não vai conseguir se concentrar, não com ele na loja. No estoque, no fundo, Vivi choraminga num sono intranquilo.

Ele pergunta num francês fluente, mas com sotaque, se ela se incomoda que ele dê uma olhada. Ela mantém a cabeça baixa, os olhos focados nas palavras ininteligíveis, e balança a cabeça de um jeito reservado. Ele começa a vagar pela loja, pegando livros nas mesas, nas prateleiras, folheando-os, colocando-os de volta. Ela o acompanha com o canto dos olhos. Ele está recolocando os livros no lugar certo. É um dos cuidadosos.

Ele continua dando uma olhada. Ela finge ler. Seu silêncio parece não incomodá-lo. Por que incomodaria? Ele é o ocupante, o conquistador, o que não tem nada a temer. Mas ela sente o silêncio como uma presença palpável, quase tão audível quanto a choradeira que aumenta no cômodo dos fundos. Ela se levanta e segue em direção ao som. Não precisa se preocupar em ficar de olho nele. Conquistadores não roubam, se apropriam. Apartamentos, fábricas, salões de alta-costura, editoras.

Em sua maioria, os editores estavam loucos para colaborar. De que outro jeito poderiam conseguir o papel necessário e lucrar? E eles estão lucrando. A publicação de livros tinha tido uma parada durante o primeiro mês da Ocupação, depois ganhou vida novamente, embora numa versão insípida e acuada. Henri Filipacchi, da Hachette, fez uma lista de livros a serem banidos. Muitos dos seus colegas contribuíram. Bernard Grasset, da Éditions Grasset, enviou uma carta a seus colegas editores, aconselhando-os a fazerem sua autocensura, poupando assim o Departamento de Propaganda Alemão desse incômodo. Muitos deles concordaram com essa sugestão terrível, embora alguns tenham começado um jogo duplo perigoso. Gaston Gallimard janta com oficiais do Departamento de Propaganda – novamente, a escassez de papel –, enquanto se faz de cego para os comunistas que fazem o lançamento de sua publicação clandestina nos escritórios da sua empresa. Foi sorte seu pai ter fugido. Ele não toleraria um jogo duplo. Compareceria diante de um esquadrão de fuzilamento, ou sob uma guilhotina, que os alemães estavam usando novamente em execuções públicas, na prisão La Santé, na Rua de la Santé, em Montparnasse, antes de vender ao diabo sua adorada Éditions Aumont, que era sua alma. Em vez disso, fechou-a. Foi assim que Charlotte, que tinha começado a trabalhar ali depois da universidade, acabou administrando a livraria na Rua Touillier; isso e o fato de o velho amigo de seu pai, Étienne de la Bruyère, proprietário da Librairie la Bruyère, ter sido convocado pelos militares, capturado pelos alemães e mandado para trabalhos forçados.

Quando criança, tinha passado horas abençoadas na loja, enrodilhada em uma das alcovas de canto, abobadadas, com todos os livros que poderia querer, enquanto seu pai e Monsieur de la Bruyère discutiam o que seu pai estava publicando, Monsieur de la Bruyère vendendo e as pessoas comprando. A loja, como todas em Paris, perdeu um pouco de seu brilho desde a chegada dos alemães. O belo assoalho com desenho em espinha de peixe está arranhado. Não existe cera para assoalho disponível na Paris Ocupada. Pelo menos, nenhuma disponível para ninguém a não ser os Ocupantes e seus colaboradores. Os velhos tapetes indianos estão com ar de usados. Mas os painéis *art déco* esculpidos em mogno ainda emolduram as divisões de prateleiras, e ela ainda tem, se não todos os livros que poderia querer, graças à censura nazista, mais do que jamais conseguirá ler. O fato é que o oficial que está folheando livros pode pegar o que quiser, e sabe disso.

Charlotte entra no cômodo dos fundos, tira Vivi do berço que forrou com um acolchoado, e começa a embalá-la junto ao ombro, tentando fazê-la esquecer as dores da fome. Simone saiu há mais de uma hora. Com frequência, as filas duram mais tempo. Ela e Simone revezam-se, uma fazendo fila para o que quer que esteja parcamente disponível naquele dia, a outra tomando conta da loja. A filha de Simone tem um cartão J1 que dá direito a rações extras para crianças entre 3 e 6 anos. Charlotte tem um cartão que permite que mães em fase de amamentação, ou aquelas que afirmam ainda estar amamentando – até mesmo o alemão mais competente não tenta verificar se o leite de uma mulher secou – vão para o começo da fila. O cartão dela é mais valioso do que o de Simone. Distribuição extra não tem qualquer significado, quando não resta nada para distribuir. Uma semana antes, duas mil pessoas fizeram fila para trezentas porções de coelho, ou pelo menos foi o que correu pela fila. As filas são fábricas de boatos. É difícil acreditar no que as pessoas dizem, impossível não acreditar.

Ela volta para a frente da loja, ainda sacudindo uma Vivi chorosa junto ao ombro. Ele está parado, com um livro na mão, ao lado do balcão de mogno onde fica a caixa registradora. Enquanto vai para trás da registradora, Charlotte mantém a cabeça baixa, recusando-se a olhar para ele. A mão livre dele entra em seu campo de visão. Tem os dedos longos e esguios. Ela se pergunta, sem grande interesse, se ele toca piano. A Alemanha nem sempre foi assim. Foi o país de Bach, Beethoven e Wagner, as pessoas se diziam, numa tentativa de se consolar quando as tropas entraram pela primeira vez. Mas acontece que Wagner, tocado em alto volume, é bom para abafar os gritos dos torturados, ou pelo menos é o que dizem. Nesses dias, a cidade é movida a rumores, como costumava acontecer com o petróleo, quando ainda havia automóveis. A mão parece estar indo em direção a Vivi, como que para acalmá-la. Charlotte controla-se para não recuar um passo, mas não consegue deixar de se enrijecer. A mão recua. Talvez ele não seja insensível. Talvez ele tenha intuído o quanto ela acharia repugnante ele colocar um dedo ariano, até mesmo um longo e gracioso dedo ariano, em sua filha. A mão volta para sua linha de visão. Agora, está segurando francos. Ainda se recusando a olhar para ele, ela pega as notas, coloca-as na caixa registradora, conta o troco, vai entregá-lo para ele. Só então nota o título e o autor acima do preço do volume que ele segura. Sentia medo demais para fazer isso antes. É o livro de Stefan Zweig com um trecho sobre Freud. Está na chamada lista Otto de livros banidos.[4] Livros escritos por ou sobre judeus estão proibidos, e esse é as duas coisas. Era para ele ter sido entregue para ser mandado para o vasto armazém onde livros proibidos são reduzidos a polpa ou deixados se estragando, mas Simone pegou os exemplares que tinham em estoque e escondeu-os no depósito. Muitos livreiros estão vendendo livros por baixo do pano, parte por desafio, parte pelo ganho. Só que essa compra não é por baixo do pano. Ou Simone não percebeu o livro, ou deixou-o na estante de propósito, mais um de seus gestos fúteis e perigosos. Charlotte ama Simone como se fosse uma irmã, elas sempre dizem, mas às vezes poderia matá-la. Imagina que isso também seja típico de irmãs.

    A mão dela continua pairando perto da dele com o troco. Deve entregá-lo e deixar que saia da loja com o livro? Por muito menos, ela poderia ser presa. Deve dizer que foi um engano, que elas entregaram os outros exemplares, que devem ter esquecido esse em sua ânsia por obedecer? Não pode vendê-lo para ele, para ninguém, fará questão de frisar. É contra a lei. A explicação lhe dá enjoo, mas ela sabe que fará isso para salvar sua pele, a dela e a de Vivi.

---

[4] A *Lista Otto* é o mais conhecido nome de um documento publicado em 28 de setembro de 1940 e intitulado *Obras retiradas de circulação pelas editoras ou interditadas pelas autoridades alemães*, que lista os livros proibidos durante a ocupação alemã da França. Seu nome faz referência ao embaixador alemão em Paris à época, Otto Abetz. [N.E.]

Ela ergue os olhos e, assustada como está, quase tem de sufocar uma risada. A piada sobre Hitler, a epítome do arianismo loiro, de olhos azuis, queixo forte, está parada à sua frente em carne e osso. Esse militar da Wehrmacht tem cabelos escuros, olhos pretos e fundos por detrás de óculos sem aro e o rosto longo e ascético de um santo. Enquanto ela olha para ele, ele pega o troco da sua mão, faz uma leve inclinação e caminha em direção à porta com o livro contrabandeado. Enquanto o observa, nota que ele enfia o volume dentro da túnica antes de sair para a rua. Então, ele sabe que é um livro banido.

Um instante depois, os dois estudantes que tinham fugido ao verem o alemão voltam, e em seguida o sino toca novamente e Monsieur Grassin, outro amigo do seu pai, passa pela porta. Grassin, um etnógrafo no Palácio de Chaillot, visita a loja periodicamente. Prometeu a seu pai tomar conta da moça o melhor que pudesse. Infelizmente não está à altura da função. Membro da Resistência, ou é o que ela imagina, a cada noite ou a cada duas noites ele dorme em um lugar diferente. Não é fácil de ser encontrado, mas disse-lhe que se algum dia ela precisar da sua ajuda, deve colocar seu livro *Vendo e escrevendo cultura* na vitrine, como um sinal. "Mas tome cuidado com a multidão", ele brincou na época. "Você sabe como o assunto é popular."

"Eu estava esperando que o *boche* saísse", ele lhe diz, agora, depois pergunta como ela e Vivi estão. Não fica muito tempo, mas ela sabe que, apesar do sistema postal estar inativo, ele mandará dizer a seu pai que ela e Vivi estão, se não seguras, pelo menos sobrevivendo.

*

Charlotte perde o sono por causa do livro de Zweig com o trecho sobre Freud. Ela e Simone perdem. Mas nenhum veículo militar para em frente à loja, nenhum alemão entra batendo os pés, nem mesmo um *gendarme* – um policial francês – aparece. No entanto, o militar volta. Ela está novamente sozinha na loja. Ele pergunta se pode dar mais uma olhada. Ela fica novamente em silêncio. Por que ele não frequenta as barracas ao longo do Sena? Os cais estão lotados de alemães tentando, sem conseguir, perambular como os parisienses, esperando abrandar sua barbárie com uma infusão indevida de cultura e estilo franceses. Por que ele não leva seu interesse para a Rive-Gauche, uma grande livraria pretensiosa, a cargo de um colaboracionista, respaldada pelas autoridades da Ocupação e cheia de propaganda alemã e lixo francês aprovado? Mas ele se apegou à loja. Vem na semana seguinte, e na outra depois dessa. Às vezes, ela está sentada atrás da caixa registradora, às vezes quem está é Simone, às vezes são as duas. Livros e dinheiro passam entre uma das duas e o oficial, mas poucas palavras. De vez em quando ele pergunta sobre um livro. Um dia ele pergunta sobre *Moby Dick*. Charlotte fica tensa. Melville está na lista Otto. Estaria ele tentando pegá-la numa armadilha? Ela explica que está proibida de ter o livro. Na vez seguinte ele pergunta sobre um volume de contos de Thomas Mann, que também está banido. Quando ela diz a ele que esse também está proibido, ele compra um exemplar de Proust que, curiosamente, considerando sua ascendência judaica, não está. Na semana depois dessa, ele compra um exemplar de *O ser e o tempo*, de Heidegger. Talvez não seja um espião, apenas um homem com interesses ecléticos.

"O *boche* tem bom gosto", Simone diz depois de mais uma das suas visitas. "Essa é mais uma coisa que detesto nele e em todos os outros com pretensões literárias."

Charlotte sabe que ela está pensando no oficial de alta patente que ameaçou fechar a Shakespeare & Company e confiscar todo o seu estoque, depois que Sylvia Beach recusou-se a lhe vender seu último exemplar, ou foi o que ela disse, de *Finnegans Wake*. Assim que ele saiu da loja, ela se pôs a ligar para os amigos e colegas. Em duas horas, eles tinham esvaziado a loja de todos os livros, incluindo as prateleiras e as instalações elétricas. Quando o oficial chegou com seus homens para efetuar sua ameaça, a Shakespeare & Company deixara de existir, graças a um pintor de paredes que havia apagado o nome na fachada da Rua de l'Odéon, 12. Eles não encontraram a loja, mas prenderam Sylvia e puseram-na num campo de concentração. Foi solta após seis meses, e corre o boato de que está escondida aqui, em Paris. Charlotte poderia jurar que a viu um final de tarde, pouco antes do toque de recolher, parada nas sombras na Rua de l'Odéon, olhando para o número 12. Não se aproximou dela.

Sylvia deveria ter ido se esconder no sul, depois do incidente, como fizeram Gertrude Stein e Alice Toklas, não que estivessem de fato escondidas. Pelo que Charlotte soube, viviam em segurança, e bem, em sua casa no Bugey, sob a proteção do velho amigo de Gertrude, Bernard Faÿ, famoso antissemita, indicado como diretor da Bibliotheque Nationale, depois que um judeu foi demitido do posto. Stein, uma judia, é outro exemplo de figura literária que jogou dos dois lados. Antes da guerra, disse a um jornal americano que Hitler merecia o Prêmio Nobel da Paz, mas sua admiração não impediu os censores de colocar seus livros na lista Otto. O pai de Charlotte rompera com Stein por causa da observação sobre Hitler, bem como seu apoio a Franco, embora este último não parecesse ter incomodado Picasso, amigo de Stein, que faz, talvez, o jogo duplo mais perigoso de todos. Dá dinheiro para a Resistência e é conhecido por abrigar fugitivos (ou, pelo menos, é o que dizem; ninguém sabe ao certo, e a maioria das pessoas não quer saber: quanto menos se sabe, mais seguro você está), mas recebe visitantes alemães em seu ateliê, enquanto instrui Françoise Gilot a segui-los por lá para ter certeza de que não plantem nada. Não obstante, os artistas plásticos vivem com mais tranquilidade sob o tacão nazista do que os escritores, cujas mensagens são mais explícitas.

Esse militar alemão, no entanto, parece menos perigoso. É sempre educado. Tenta se amoldar, tanto quanto um homem naquele odioso uniforme verde acinzentado possa se amoldar. Quase consegue. Os outros clientes começam a se acostumar com ele. Já não largam os livros que estão vendo e deixam a loja lentamente, quando ele chega. Até mesmo o professor idoso, demitido do liceu Condorcet por ser judeu, e que vem com frequência à loja para se sentar num canto, na cadeira de couro gasto, e ler os volumes que já não pode comprar, ignora-o. Mas também, nesses dias, o professor parece perceber cada vez menos; vive em um mundo criado pelas palavras nas páginas.

Um dia, quando ela está na caixa registradora, dá uma olhadinha no militar, parado com um livro na mão, os dedos da outra mão fazendo um tipo de exercício complicado como, ela notou, fazem com frequência, mas ele não está olhando o livro. Está com o olhar fixo no relógio na parede do fundo. Está acertado no horário francês. Os alemães haviam decretado que toda a França Ocupada deveria agora funcionar no horário alemão. Charlotte acerta-o no horário alemão. Simone fica atrasando-o em uma hora. Maldita Simone e sua bravata sem sentido. Eles não precisam de desculpa para prender e se apropriar, mas, mesmo assim, por que lhes dar uma para servir de justificativa?

O militar olha do relógio de parede para seu relógio de pulso, depois volta para o relógio de parede. Charlotte abaixa os olhos e espera que ele fale. A não ser pela respiração difícil do velho professor, que não está bem – como é que ele poderia estar bem sob tais circunstâncias? –, a loja permanece em silêncio. O militar vai até outra prateleira e tira um livro. Ela quase deseja que ele tivesse dito algo sobre o relógio. É mais difícil detestar os educados, os que parecem razoáveis, que deixam você seguir o tempo pelo sol, e não pela força. Ela não quer começar a ver esse militar, qualquer militar, qualquer alemão, como humano. É perigoso demais.

Na próxima vez em que ele aparece, uma semana ou dez dias depois – Charlotte se recusa a manter um registro das suas visitas –, ela está sozinha na loja. Simone está na fila para suas rações, e não há outros clientes. Isso é incomum nesses dias. Apesar da escassez de papel, a Ocupação está se transformando em uma bênção para editoras e livrarias. Com o toque de recolher e as carências, existe pouca coisa para se fazer à noite além de ler ou fazer amor, e não existem muitas oportunidades para este último. Uma quantidade enorme de homens desapareceu como prisioneiros de guerra ou em campos de trabalho, fugiu para a Inglaterra ou para o norte da África, ou foi morta em batalha. Ela está sentada na cadeira de couro rasgado, no canto, com Vivi no colo, folheando um livro ilustrado.

"*Bonjour*", ele diz.

Ela não responde.

Ele começa a dar uma olhada. Ela reduz a voz a um sussurro, enquanto lê as rimas absurdas para a filha. Quando ergue os olhos depois de um tempo, vê que ele as está observando.

"Qual é a idade dela?", ele pergunta, em seu francês correto, mas com sotaque.

Charlotte não quer responder, mas como pode resistir a falar sobre Vivi? "Dezoito meses."

O olhar de surpresa que atravessa o rosto dele é a confirmação dos seus piores pesadelos. A falta de comida está cobrando seu preço. Para o resto da vida Vivi será doente e pouco desenvolvida.

No dia seguinte, ele volta com seu estratagema mais astuto, ou seu gesto mais generoso. Quem poderia dizer? Traz uma laranja. "Para a criança", diz, e coloca-a sobre o balcão.

Charlotte fica olhando para aquilo. Como pode olhar para qualquer outra coisa? Não se lembra da última vez em que viu uma laranja. Ela brilha como se estivesse acesa por dentro.

"Vitamina C", ele acrescenta.

Ela continua olhando para aquilo.

"Sou médico", ele diz, como se fosse preciso um diploma em medicina para saber que uma criança em fase de crescimento precisa de vitamina C.

Ela ainda continua olhando para a laranja, sem pegá-la.

Ele se vira de costas, pega um livro da mesa, dá uma olhada, coloca-o no lugar, diz *au revoir* e sai da loja. Está facilitando a vida dela.

*

"Como foi o filme?", Charlotte perguntou quando Vivi chegou em casa naquela noite.

"Triste. Elizabeth Taylor morre porque Van Johnson fica bêbado e a tranca para fora numa tempestade de neve. Então, a irmã de Elizabeth, Donna Reed, não deixa ele ter a custódia da filha deles. Diz que é porque ele é um mau pai, mas na verdade é porque Donna Reed estava apaixonada por ele, mas ele escolheu Elizabeth Taylor, e não ela." Fica pensativa por um momento. "Mas no fim a menina vai viver com o pai, então dá tudo certo."

Charlotte começou a dizer que na história de Fitzgerald o protagonista não ganha a custódia, depois mudou de ideia. Era como o papel de parede amarelo. Quer preservar a ilusão para Vivi o máximo de tempo possível.

*

Charlotte estava no fogão salteando cogumelos quando Vivi chegou em casa, várias noites depois. Parou na porta da cozinha, recostando-se no batente, ainda com o casaco de pelo de camelo, segurando seus livros junto ao corpo como se fossem uma armadura.

"Pode devolver o vestido."

"O quê?" Charlotte desligou o fogo da frigideira e olhou para a filha. Achava, de fato, que não tinha ouvido direito, com o ruído da leve centelha do gás.

"Eu disse que você pode devolver o vestido. Seja como for, é caro demais."

"Não é caro demais. Está tudo bem."

"Não preciso dele. Não vou ao baile."

"Claro que você vai ao baile."

"Não fui convidada."

"Como assim, não foi convidada? O convite está na sua cômoda!"

"Foi revogado, foi essa a palavra que Eleanor usou." Eleanor Hathaway era a colega cuja avó enfrentava a mortalidade. "Ela diz que não é culpa dela."

"O que não é culpa dela?"

"Que ela não possa me convidar. Ela diz que a avó dela não deixa."

Impossível, como pareceria a Charlotte, mais tarde, ela continuou sem entender. Vasculhou o cérebro tentando se lembrar se de algum modo teria ofendido a velha, ou a mãe de Eleanor. As mães das colegas de Vivi eram educadas, mas Charlotte não se enganava pensando ser uma delas ou mesmo que elas gostassem dela. Tinham pena dela – pobre Charlotte Foret, precisou ir trabalhar –, mas, acima de tudo, desaprovavam-na. Ela conseguia se vestir com o dobro de estilo com um quarto do que elas gastavam em roupas, comentavam entre si. A observação, transmitida por Vivi, não era feita como um elogio, pelo menos não de todo. Havia também alguma especulação sobre seu sotaque, que parecia aumentar e diminuir. Ela tinha que reconhecer que elas tinham razão nisso. Nos anos em que vinha morando na América, ela tinha descoberto que um *r* vibrado e um *e* alongado, ocasionalmente vinham a calhar. E uma vez, de um reservado em banheiro de escola em alguma noite de reunião de pais, escutou uma mãe dizer a outra que Charlotte Foret tinha uma maneira de acender o cigarro e jogar fora o fósforo que lhe dizia para ir cuidar da sua vida. Sorte que ela não era uma fumante inveterada.

"A avó dela nem te conhece."

"Ela sabe que sou judia. Eu sei o que você sempre diz, que você não era judia até Hitler te transformar em uma. Mas não é assim que as outras pessoas veem."

"Até aqui?"

Vivi levantou os ombros magros, num gesto de pretensa despreocupação, mas que resultou numa aparência de derrota.

"Espero que o baile seja um fracasso. Espero que um dia antes nasça uma espinha bem grande no rosto de Eleanor."

"E eu espero que a mãe dela apodreça naquele círculo do inferno reservado para os preconceituosos", Charlotte disse.

Então era assim que eles te atingiam na América. Sem batidas policiais, sem campos de concentração, apenas uma crueldade insidiosa para com suas crianças.

*

Vivi voltou ao assunto durante o jantar.

"E o meu pai?"

"O que tem o seu pai?"

"Ele precisou de Hitler para virar judeu?"

"Ele era tão religioso quanto eu."

Vivi não fez nenhum comentário, mas sua expressão foi reveladora. Estava cética. Também estava desesperada para ter algo em que se agarrar. Tudo bem. Charlotte também queria que ela tivesse algo em que se agarrar. Mas não isso.

Quatro

Carl Covington, o futuro magnata do mundo editorial, orgulhava-se de suas festas de lançamento. A lista de convidados era seleta. Nenhum editor júnior ou assistente de marketing bêbado e se empanturrando de enroladinhos de salsicha e ostras envolvidas em bacon podia ser avistado. O ambiente era deslumbrante. Ele e a mulher moravam numa cobertura em Central Park West, com vista para o reservatório cintilante e uma sala de visitas forrada de livros que atingia dois andares. Gostava de dizer que era sua pequena biblioteca Morgan. Seus brindes ao autor ou autora da noite e seu novo livro eram efusivos. As festas eram um grande sucesso. Diziam que algumas pessoas se divertiam.

A comemoração daquela noite era em homenagem a um escritor que a cada doze meses lançava um *thriller* que se podia contar que mordiscaria os últimos números da lista de best-sellers do *Times*. Charlotte tinha parabenizado o autor, cumprimentado alguns críticos, conversado com um agente estrangeiro, comparado notas com um editor de outra casa, agradecido à esposa de Carl por uma noite deliciosa e se encaminhado para o corredor em busca de seu casaco, levado por um funcionário contratado quando ela chegara. Ao passar pela primeira porta, aberta para um escritório pouco iluminado, notou Horace sentado sob um círculo de luz vindo de um abajur de chão. Ele deve ter sentido sua presença à porta, porque ergueu os olhos do livro que estava lendo.

"Alguma coisa boa?", ela perguntou ao entrar.

"Se melhorar, estraga." Ele estendeu o livro com a lombada virada para ela. *O Portátil F. Scott Fitzgerald* estava impresso em preto na encadernação vinho. "Por que nós não pensamos em reeditar *Gatsby*? A Viking foi bem esperta. Sente-se. A não ser que esteja louca para voltar para lá." Ele fez um gesto em direção à sala de visitas.

"Tão louca quanto você parece estar."

Ela se sentou do outro lado do abajur de leitura. Ele franziu os olhos para ela por causa da luminosidade, depois estendeu a mão e puxou a corrente de uma das lâmpadas. "A luz da manhã não combina comigo". Fechou o livro e indicou o copo vazio dela. "Quer reabastecer? Eu me ofereceria, mas é mais fácil para você."

Ela ficou surpresa. Ele nunca se referia à sua incapacidade. Pelo menos, ela nunca tinha escutado ele fazer isso.

"Estou bem. Na verdade, eu estava quase indo embora." Ela se inclinou para a frente e colocou o copo vazio na mesa justo quando Bill Quarrels enfiou a cabeça na entrada da sala.

"Estou interrompendo alguma coisa?"

"Está", Horace respondeu, agressivo.

Bill recuou como se tivesse levado um soco. "Desculpa." Prolongou a palavra ao ir embora.

"Você precisa tomar cuidado com esse excesso de charme", Charlotte disse.

"E você precisa tomar cuidado com ele."

"É inofensivo."

"Se você acha." Ele ficou estudando-a por um momento. "Como estão as coisas no quarto andar?"

"Bem. Qualquer que fosse o problema com a pressão da água, Igor consertou."

"Minha esposa e o faz-tudo são uma equipe formidável, mas eu não estava perguntando sobre as instalações físicas. Estava me referindo ao moral do ambiente. Como está a Vivi?"

"Bem", ela repetiu.

"Não é isto que eu escuto na minha parte da casa."

"O que você quer dizer?"

"Quando eu cheguei em casa ontem à noite, fui até a cozinha pegar gelo. Vivi estava lá com a Hannah. Pareceu que era a sua filha quem precisava de um drinque."

"Sinto muito. Se ela estiver atrapalhando, mande-a para casa."

Ele sacudiu a cabeça. "Ora, Charlie, nós dois sabemos que uma coisa que Vivi não faz em nossa casa é atrapalhar. A Hannah a poria para morar lá, se você deixasse."

"Eu sei, e sou grata."

Ele ergueu uma sobrancelha. O problema com Horace era que ele observava as pessoas muito intimamente.

"Hannah disse que tinha alguma coisa a ver com uma festa na escola."

"É um baile, não uma festa. E não é na escola." Charlotte contou a ele sobre a avó que enfrentava a mortalidade e o convite revogado.

"Você parece surpresa."

"Não era para estar?" A voz dela soou incrédula.

"O nome Dreyfus te lembra alguma coisa? Sem mencionar acontecimentos mais recentes, dos quais acredito que você tenha tido experiência em primeira mão."

"Isso foi na França. Europa. O Velho Mundo."

"Ah, esqueci. A natureza humana muda quando atravessa o oceano."

"Só pensei que não seria tão virulento aqui. E não pensei que recairia sobre uma menina de 14 anos."

"Este é o seu problema. Você não pensa."

"Obrigada."

"Me desculpe. Estava me referindo a sua falta de radar."

"Agora você está dizendo que sou insensível."

"Não da maneira que você coloca."

"Então, como?"

"A maioria dos judeus, até judeus como eu…"

"Você é judeu?"

Ele ficou olhando para ela por um instante, depois jogou a cabeça para trás e começou a rir. "É a isto que me refiro, você não tem radar."

Ela sentiu o rosto enrubescendo. "Deduzi que Hannah fosse, por causa da sua clínica, mas não pensei que você fosse. Você não age como tal, não parece ser."

"Agora você soa como aquela antissemita moderna, Miss Havisham, sentada em sua mansão de *beaux arts*, expelindo veneno. Como é que um judeu se comporta ou se parece, Charlie?"

Ele a havia desmascarado, sem dúvida. "Só quis dizer que você nunca disse nada, nunca faz nada religioso."

"Ao contrário de você, é o que está dizendo?"

"Não fui criada como judia. Não me julgo uma."

"Não, você deixa isso para os outros. O que estou tentando dizer é que você é a única judia que eu já conheci que não é ligada nisso. Não, retiro o que disse. Seu pai também não era, mas também ele e eu só conversávamos sobre livros. Ele era um baita editor. Mas a maioria dos judeus, incluindo os do meio editorial que conheci no exterior, é obcecada com o tema. Até os judeus que estão tentando se fazer passar por não judeus, especialmente esses – o que, incidentalmente, não estou te acusando ou a seu pai de fazer –, estão sempre pensando nisso. Quem é e quem não é. Quem detesta a gente e quem finge não detestar. Quem tenta ignorar isso, quem anda com um cartaz anunciando isso e quem está procurando briga a respeito disso. Trata-se de uma tática de sobrevivência. E é universal. Pelo menos eu pensei que fosse até te conhecer. Você é a única judia que já conheci que é surda."

"Você faz a paranoia soar como virtude."

"Não é paranoia quando existe uma ameaça real. Imagino que você tenha ouvido falar em cotas. Fui contra elas quando estava em Harvard. Elas ainda existem. Você conhece a palavra 'restrito'? Tenho uma foto de um hotel no Maine. 'Proibido cachorros e judeus', diz a placa do lado de fora. Isso foi antes da guerra. Hoje em dia é um pouco mais sutil. Se você não acredita em mim, tente alugar um apartamento em alguns prédios de Manhattan, ou comprar uma casa em partes de Connecticut, sem falar nos vários outros estados deste nosso grande país. Tenho um amigo que conseguiu, mas teve que ter seu advogado brigando por ele. Mesmo assim, olhe o lado bom. Aquela velha vaca antissemita está preparando Vivi para o mundo."

"Coisa que você está sugerindo que eu não estou?"

Sua única resposta foi aquele frio olhar azul.

*

Na manhã seguinte, ela nem tinha tido a chance de tirar o casaco quando Horace entrou em sua sala.

"Vim pedir desculpas. Uma coisa que, incidentalmente, a Hannah diz que sou incapaz de fazer." Ele tinha abaixado a voz na segunda frase, e ela não teve certeza de tê-lo ouvido direito.

"Pelo quê?" Ela pendurou o casaco no cabideiro de pé que havia no canto e contornou Horace para se sentar à sua mesa.

"Aquele sermão de ontem à noite. Não sei onde eu estava com a cabeça, pontificando a você sobre ser judeu. É como se você decidisse me esclarecer sobre a maneira certa de viver como um aleijado, com o perdão da expressão. Não fique tão surpresa, Charlie. Você acha que eu não sabia que estava numa cadeira de rodas?"

"Nunca te escutei falar sobre isso."

"Do mesmo jeito que eu nunca te ouvi falar sobre o que te aconteceu em Paris. Você e eu somos farinha do mesmo saco. Os feridos que andam. Ou, no meu caso, o ferido que rola. O que também faz de nós os dois grandes mistérios deste lugar. Assuntos de infinita curiosidade e especulação. 'É verdade que ele foi ferido numa missão heroica?'" Ele sacode a cabeça. "Não foi numa missão, era apenas uma batalha, e não houve nada de heroico nela, mas uma missão heroica torna a história melhor, e nosso negócio é vender histórias. 'É verdade que ela foi torturada numa prisão da Gestapo? Ou que conseguiu se safar, junto com o bebê, do último transporte que deixou Drancy para Auschwitz?'" Horace levantou a mão. "Não estou perguntando, só estou contando o tipo de fofoca que roda por aqui exatamente porque não dizemos nada. Não estou sugerindo que a gente comece a se despir em público." Ele ficou calado por um momento, e ela se perguntou se ele estaria pensando na especulação mais intensa a seu próprio respeito. "Mas", ele prosseguiu, "não temos que ser tão suscetíveis um com o outro. Então, peço desculpas por aquele ridículo sermão de ontem à noite".

"Na verdade, não foi um sermão."

"O que quer que tenha sido, eu passei dos limites e peço desculpas."

Ele girou a cadeira, começou a deixar o cubículo, depois parou na entrada, mas não se virou de frente para ela. Ficou ali parado, apenas contemplando a área aberta das mesas das secretárias. "E enquanto estou distribuindo pedidos de desculpas, eu também poderia lançar um por aquela mentira da Hannah dizendo que sou incapaz de fazer isso. A frase tem um ranço de 'minha esposa não me compreende'." Agarrou as rodas da cadeira com suas mãozorras e deu-lhes um impulso forte, para impeli-las para fora do cubículo. "Compreende sim", disse, enquanto se afastava. Pelo menos, foi assim que soou.

*

Charlotte ficou pensando na frase que Horace poderia ou não ter falado. Desde o momento em que tinha conhecido Hannah Field na extensão barulhenta do vasto galpão de metal da zona alfandegária, em sua primeira manhã na América, Hannah deixara claro que assumiria sob seus cuidados tanto Charlotte, quanto Vivi. A maioria dos recém-chegados teria ficado agradecida, e Charlotte ficara. Mas também ficara apreensiva. Era reservada por natureza. Os últimos anos em Paris tinham acentuado isso. E então, houve o aviso, embora isso acontecesse um ou dois anos depois.

Ruth Miller era uma editora em outra casa, com quem Charlotte travou amizade. Era também amiga de Hannah, dos tempos da faculdade.

"Tome cuidado com ela", Ruth disse um dia, quando ela e Charlotte estavam tendo um almoço não profissional no Mary Elizabeth's, um salão de chá que servia sanduíches em pão sem casca, e carne e peixe misteriosos nadando em um molho branco ou marrom igualmente misterioso. O lugar deixava-as deprimidas e agredia seu paladar, mas era conveniente, tinha bom preço e ficava a um passo da Schrafft's.

"Ela tem sido extremamente generosa", Charlotte disse num tom inexpressivo.

"Se Hannah não for generosa, não será nada. Você conhece aquele personagem de *A saga dos Forsytes*, aquele que assumia fracassados? Essa é a Hannah. Mas espere só o fracassado voltar a ficar em pé, e lá se vai ele."

"Não sei se entendi direito o que você quer dizer", Charlotte disse, embora tivesse a sensação de ter entendido.

"Depois da guerra, eu me envolvi com um cafajeste. Ele bebia, era mulherengo e estava sempre precisando de dinheiro que eu, é claro, dava. O que são alguns dólares quando tem amor envolvido? Não sou boa para avaliar caráter. Pelo menos não era, naquele tempo. Hannah não poderia ter sido mais solidária. Ouviu minhas queixas, fez o possível para descobrir nele alguns aspectos positivos, e nem uma vez me induziu a me livrar do vagabundo. Mas quando eu me livrei dele, quando voltei a andar com minhas próprias pernas e assumi Nick, ela me largou como a proverbial batata quente. Acho que o que provocou isso foram as admiráveis qualidades dele. Ela deixou de me telefonar, parou de retornar minhas ligações. Uma vez, juro que ela até atravessou a rua para me evitar. O curioso é que, se ela fosse um homem, eu teria entendido na mesma hora. Mas ela também era mulher, e tão solidária! Levei mais tempo para perceber que a amizade com Hannah tinha acabado do que para me livrar do cafajeste."

Charlotte ficou em sua sala lembrando-se da história, e pensando no comentário de Horace. Mesmo numa cadeira de rodas, ele não era um fracassado.

*

"Andei pensando." Vivi levantou-se da posição de bruços no chão da sala de visitas e se sentou para encarar Charlotte, que estava no sofá. Elas tinham andado trocando entre si seções do *Times* de domingo, cheio de anúncios de luvas, gravatas e outros presentes natalinos. Um sol fraco de inverno escorria pelas duas janelas face-sul que davam para a rua, que cochilava na tranquilidade da manhã de domingo, interrompida apenas pelo pedestre ocasional passeando com um cachorro, ou por um táxi rodando com um passageiro.

"É sempre um bom exercício. Alguma coisa em particular?"

"O baile."

Charlotte pousou a seção que estava lendo. "O fato de você não ter sido convidada não tem nada a ver com você, pessoalmente", ela repetiu. "Só com aquela velha preconceituosa."

"Eu sei disso. Mas isso me fez pensar em outra coisa."

Charlotte esperou.

"Se eu sou judia, eu deveria ser judia."

"Aparentemente, você é", Charlotte disse depois de um tempo.

Vivi pensou nisso. "Eu gostaria de me lembrar mais do tempo em que estava no campo."

"Fico feliz que não se lembre."

"Não consigo nem visualizar o lugar."

"Você era muito pequena. E só ficamos lá um tempinho, até ele ser libertado."

"Como é que a gente se virou antes disso? Quero dizer, se eles estavam recolhendo os judeus, como é que não perceberam a gente todo esse tempo?"

"A gente tinha documentos falsos. Às vezes, a gente se escondia. Nem sempre os alemães eram tão eficientes como pensavam. Isso sem falar na polícia francesa. Em outras palavras, tivemos sorte."

"É isso que a tia Hannah diz que os pacientes dela que sobreviveram contam. Eles também dizem que nunca sabiam em quem confiar. Um velho amigo poderia te entregar, ou um completo estranho poderia arriscar a vida para te salvar."

"Acho que é verdade", Charlotte disse.

"As pessoas que ajudaram a gente..."

"Vivi! É passado. Acabou." Charlotte estendeu a seção de teatro que estava folheando. "Eu sei que você acha que *Peter Pan* é infantil..."

"Estou velha demais para ficar sentada na plateia gritando 'Eu acredito' para que alguma luz idiota no palco não se apague."

"Anotado. Mas tem alguma outra coisa que você gostaria de ver no período de festas? *Fanny* pode ser divertido. A gente poderia ir numa matinê, ou mesmo à noite, no período sem aulas. Qualquer coisa que você queira ver, dentro do possível."

"Uma igreja judaica."

"O quê?"

"Quero ir a uma igreja judaica. Sinagoga", ela se corrigiu. "Entenda o que eu digo. Se sou judia, tenho que saber alguma coisa sobre isso. Será que a gente não poderia ir só uma vez, para ver como é?"

"Eu sei como é."

"Pensei que não soubesse. Pensei que foi preciso Hitler para te tornar judia."

"Este é o meu ponto. Acho que ter religião é perigoso."

"Mas este é o *meu* ponto. Se as pessoas forem me tratar de certo jeito por eu ser judia, eu deveria saber por quê."

"Não existe lógica na intolerância. Não mais do que existe nos ritos e rituais religiosos. Em qualquer religião. Você acha que se fosse católica, dizendo uma dúzia de Ave Marias, sua alma estaria purificada?"

"Você sempre faz isso."

"Faço o quê?"

"Eu pergunto sobre ser judia e você me conta uma história sobre ir se confessar com sua amiga Bette, ou como todas as outras meninas com quem você brincava ganhavam vestidos brancos para a primeira comunhão."

"Eu cresci num país católico. A maioria das minhas amigas era católica, com exceção de uma judia. Só estou tentando dizer para você não acreditar em nenhuma religião. Seu pai concordava comigo. Nós dois éramos ateus. Acho que nunca conversamos sobre religião, a não ser para concordar sobre o tamanho do mal que ela fazia. Ele não ficaria nem um pouco mais feliz do que eu com este despertar religioso que você parece estar tendo."

Ela sabia que estava jogando sujo, mas, considerando as circunstâncias, era necessário. E a estratégia funcionou. Vivi pegou a seção de teatro e começou a folheá-la.

Cinco

Charlotte não sabia ao certo como aquilo tinha começado. Com certeza, uma carta que ela nem ao menos lera não poderia bagunçar sua vida tão completamente. Ainda assim, algo tinha rompido a barreira que ela havia levantado entre aquela época e agora.

Assim que chegou à América, tinha achado que a vida era menos um desafio para o qual havia se preparado e mais um choque à sua sensibilidade. Não conseguia se acostumar com as pessoas apressadas pelas calçadas, com passadas longas e seguras, ou passeando como se não tivessem uma preocupação no mundo, em vez de se esconder com ombros caídos e olhar desviado, atravessando ruas e se encolhendo em entradas de imóveis para evitar qualquer pessoa de uniforme, recuando de medo quando um soldado parava para pedir informações, porque ele poderia, com a mesma facilidade, estar disposto a uma intimidação, ou pior. Ficou surpresa com a ausência de cartazes proibindo-a de atravessar esse cruzamento ou de entrar naquela área, e com a pressão do trânsito fervilhando nas avenidas e manobrando nas ruas transversais, com as luzes que transformavam a noite em dia. Paris tinha permanecido escura por muito tempo. Mas a maior surpresa foi a abundância. Tinha partido de um mundo ainda perseguido pela fome, tolhido pela escassez, atolado em miséria, e aterrissado em um país explodindo de otimismo e decidido a compensar o tempo perdido. Pessoas empanturravam-se de carne e uísque, manteiga e açúcar. Construíam casas, compravam carros, aparelhos domésticos e roupas, e viajavam nas férias. Aos poucos, conforme foi se acostumando com aquele novo mundo superabastecido, a perplexidade tinha acabado. Abria os olhos em algumas manhãs e sentia como se estivesse acordando para um dia ensolarado depois de um longo pesadelo de retorcer lençóis. Agora, o pesadelo estava recomeçando a toldar não apenas suas noites, mas seus dias. Agora, o pesadelo estava se tornando mais imediato do que seu mundo real.

Um dia, parada em frente à vitrine do açougue, ficou zonza com a quantidade de carnes para assar, filés, costeletas e miúdos, e pediu uma dúzia de costeletas de carneiro. "Vai dar um jantar, Mrs. Foret?", o açougueiro perguntou enquanto embrulhava as peças no encorpado papel-manteiga. Constrangida demais para dizer que tinha se esquecido de onde estava, Charlotte passou quinze minutos rearrumando o *freezer* para que a carne coubesse. Ao sair do metrô na 86th Street, justo no limite de Yorkville, o som de uma conversa em alemão deixou-a paralisada, bloqueando a passagem na escada atrás dela. Um artigo inofensivo no jornal sobre o clube Polar Bear, em Coney Island, que oferecia natação todos os domingos de novembro a abril, empurrou-a de volta para a toca do coelho.

*

No começo, ela, Simone e todos os parisienses riem deles. Precisam de algo para rir, enquanto pedalam suas bicicletas sob as imensas faixas nazistas que se agitam e gritam ao vento, e os indícios que lhes dizem que têm que agradecer aos ingleses e judeus por sua derrota, e as trevas que pendem sobre a cidade até nos dias mais ensolarados. Quem pode deixar de rir desses meninos enormes de short e roupas de baixo, marchando em sincronia para as piscinas e quadras de jogos, fazendo algazarra a céu aberto, jogando água, gritando e exibindo sua brutal boa disposição e plena saúde. Seus peitos nus reluzem de suor no verão e quando chega o outono brilham duros e brancos como se fossem mármore, no ar que esfria. Os músculos de suas pernas e braços ondulam quando eles se movem. Quando relaxam depois dos exercícios, estendidos em gramados e bancos e, pior de tudo, em monumentos nacionais sob o olhar francês, exibem sua ereções com orgulho infantil. Olhem para nós, parecem dizer, olhem para nossos corpos disciplinados, belos, transbordando de vida, e o que são capazes de fazer. Não são como vocês, franceses alquebrados e vencidos. E, aos poucos, a população começa a olhar. Algumas mulheres encaram, outras tentam desviar os olhos por raiva e medo, não daqueles corpos, mas delas mesmas. Os homens também olham, alguns com raiva, outros com inveja, e outros sorrateiramente, desejosos, famintos. E, aos poucos, a brincadeira transforma-se em horror. Até os que estão arriscando a vida para sabotá-los não estão livres do fascínio do sexo, perigo e morte, tudo misturado em um coquetel erótico e mortífero. Uma vez, agindo como mensageira em uma organização a que se filiou, Simone vê-se em um vagão de trem cheio de soldados alemães. Em vez de mudar de vagão, ela passa a viagem flertando com eles. Isso foi antes de ser baixado o decreto sobre as estrelas. "Não foi esperto da minha parte", ela pergunta a Charlotte, quando volta, "me esconder às claras desse jeito?". *Esperto sim, mas também tem alguma coisa mais*, Charlotte pensa, mas não diz. Ela mesma está muito absorvida em lutar contra o fascínio.

A primavera reaparece depois de outro inverno insuportavelmente gelado e sem aquecimento. A primavera é uma provocação da natureza perante a Ocupação alemã, agora prestes a iniciar seu terceiro ano. Na ausência de fumaças de escapamentos, a cidade recende a lilases. Na ausência de motores e buzinas, há uma sinfonia de passarinhos.

Num domingo, Charlotte coloca Vivi na cestinha de sua bicicleta e pedala até os jardins de Luxemburgo. Não está preocupada que os alemães tenham se apossado do Palácio Luxemburgo e estejam entrincheirados ao redor do parque. Ou melhor, que os alemães tenham dominado Paris. Está preocupada onde quer que vá. Mas o sol saiu depois de vários dias de chuva, e a sensação de calor, a primavera tênue, mas ainda assim suave em sua pele, deixa-a corajosa, ou pelo menos, inquieta.

Charlotte encosta a bicicleta em uma árvore e ela e Vivi instalam-se em um trecho de grama que começa a verdejar. Não vai ocupar um dos bancos onde cartazes avisam que judeus estão proibidos de sentar. Ela poderia escapar impune, mas a interdição é moralmente repugnante. Embora não seja corajosa como Simone, tem seus escrúpulos. E ela e Vivi estão felizes na grama. Ela está tão feliz que, no início, não repara neles. Mas, aos pouquinhos, a batida da bola e os gritos e risadas interferem. Ela olha para cima, depois para longe, e torna a olhar para eles. Alguns estão jogando de calção, outros de cueca samba-canção, outros usam sungas pequenas que cobrem muito pouco. O Terceiro Reich idolatra o culto do corpo. A nudez é um sacramento.

O barulho e a exuberância também chamam a atenção de Vivi. Ela parou de brincar com o punhado de blocos trazidos por Charlotte e fica em pé, a mãozinha pousada no ombro da mãe, os olhos arregalados. Nunca viu tal alegria desinibida. Está acostumada com cochichos, alertas e medo.

Charlotte dá as costas para o espetáculo, pega um bloco, estende-o para a filha, mas Vivi não está interessada. Charlotte desiste e se reclina sobre os cotovelos, erguendo o rosto para o sol. Um dos homens chuta a bola. Ela cai a poucos metros de distância e rola para onde elas estão sentadas. Outro jogador vem correndo buscá-la e derrapa, parando em frente a elas. Seu peito lustroso de suor está moreno. Como ele conseguiu ficar tão moreno quando a estação está apenas começando? Os músculos das suas coxas retesam-se contra a pele. Ele fica parado, olhando para elas. Um sorriso branco atravessa seu rosto largo e tranquilo. Por um momento, ela se pergunta se é verdade o rumor de que Goebbels, o gênio da propaganda, mandou os soldados mais bonitos da Wehrmacht para ocupar Paris. Ele se curva, "*Verzeihung*" ["perdão"], diz, e ao se abaixar para pegar a bola, Vivi tenta ir até ele. Charlotte puxa-a para trás, mas Vivi se contorce, tentando se livrar de seus braços. O alemão ri, inclina-se para elas e bagunça o pequeno tufo de cabelo escuro de Vivi. Ele cheira a suor, não o fedor rançoso e azedo dos parisienses, da própria Charlotte, sem água adequada nem sabão, mas o cheiro de exercícios recentes ao ar livre. E ali sentada, vendo-o trotar de volta para o jogo, ela sente sua própria transpiração entre os seios e debaixo dos braços, no final das costas, e fica envergonhada.

Começa a juntar os blocos de Vivi, seu livro, seus chapéus e suéteres. É então que escuta uma voz conhecida atrás dela. Vira-se e olha para cima, mas o sol esta atrás dele e nos olhos dela, como aconteceu na primeira vez em que ele entrou na loja.

"Deixe-me ajudar você", ele diz, e estende a mão para suas coisas. Ela afasta a mão dele com um tapa, levanta-se, pega Vivi no colo e, empurrando a bicicleta com a outra mão, afasta-se dele sem dizer uma palavra. Só quando está longe é que para, prende Vivi na cestinha da bicicleta e monta.

Enquanto sai pedalando do jardim e vai pelas ruas, tenta desviar os olhos, mas onde quer que olhe, vê o mesmo cartaz. Isso a deixa furiosa. Namorados deitam entrelaçados na grama, beijam-se em bancos, caminham juntos, roçando os quadris, de braços dados, os corpos combinando. Quando foi que tantos homens voltaram? Ela se vira em direção ao Sena e passa pelo lugar onde mais tarde aparecerá o cadáver, o primeiro cadáver, mas os corpos em que ela pensa agora estão ardentes, ofensivamente vivos para ela. Quanto mais rápido suas longas pernas pedalam, mais zangada ela fica. Não com Laurent. Como poderia ficar zangada com Laurent?

Seis

Vivi não pretendia comprar aquilo. Na verdade, não tinha comprado, apenas pegado, não furtado, como faziam certas meninas com chocolates e chicletes, só para provar que conseguiam, mas aceitado como um presente.

A mãe a tinha mandado até a Goodman's, a loja de ferragens dobrando a esquina da Avenida Madison, para comprar lâmpadas de reposição para suas luzes de Natal. Elas ainda nem tinham tirado as luzes e os enfeites, mas a mãe gostava de estar preparada. Sempre tinha medo de que as lojas ficassem desfalcadas.

Vivi vagava pelos corredores, carregando as lâmpadas, olhando as velas, os enfeites e os presentes engraçados. Seu preferido, por ser muito estúpido, era um cofrinho de John Wayne que tirava uma arma da cartucheira sempre que você colocava uma moeda. Então, ela avistou uma espécie de candelabro com oito braços, e um braço mais alto no meio. Ficou surpresa por aquilo chamar sua atenção. Não era idiota como o cofrinho do John Wayne, nem cintilante como as decorações de Natal. Tinha um brilho opaco de bronze. Mais tarde, ela contaria que algo tinha chamado sua atenção, e sua mãe diria para não ser ridícula. A única coisa que tinha chamado sua atenção era Mr. Rosenblum. Sua mãe não gostava dele. Dizia que era simpático demais. Quando Vivi perguntou como alguém poderia ser simpático demais, sua mãe respondeu que queria dizer muito íntimo. Só mais tarde Vivi entendeu o que a mãe pretendia com isso.

Mr. Rosenblum usava seu costumeiro suéter marrom puído, com a conhecida camisa xadrez marrom e a gravata de lã marrom. As mangas do suéter estavam abaixadas. Isto também era normal. Quando o tempo esquentava, e nem mesmo os ventiladores conseguiam refrescar a loja, ele tirava o suéter, mas mantinha as mangas da camisa abotoadas em torno dos pulsos.

Ele se aproximou enquanto ela estava parada segurando as lâmpadas em uma mão e o candelabro, mais pesado do que esperava, na outra. Ele tinha um rosto comprido e desanimado, mas seu sorriso, quando queria exibi-lo, era grande, aberto e branco. Era tão grande, aberto e branco, que não parecia lhe pertencer. Parecia uma dessas máscaras que ficam presas por um elástico atrás da cabeça.

"Então, o que vai ser, Miss Vivienne Foret", ele devia saber seu sobrenome por causa do crediário, mas ela não sabia que ele conhecia seu primeiro nome, "as luzes de Natal ou a *menorah* de Chanukah?"

Era isso que o candelabro era. Ela devia ter percebido. Colocou-o de volta no balcão. "Eu só estava dando uma olhada nele", disse, com culpa. "Minha mãe me mandou comprar as luzes."

"Então, talvez neste ano você devesse fazer uma surpresa para sua mãe."

Ela sacudiu a cabeça. "Minha mãe não acredita em religião."

Ele olhou para as lâmpadas que ela segurava. "Então, o que você tem na mão?"

"Ela diz que o Natal é diferente. Não precisa ser religioso."

"Mas o Chanukah precisa? Aqui é a América, terra da liberdade, casa dos corajosos. Vá em frente, leve os dois. Ninguém vai cobrar a mais."

"O senhor é judeu?", ela perguntou.

"Não está na cara?"

"Eu também sou."

"Não é uma novidade."

"Minha mãe diz que não sabia que era judia até Hitler torná-la uma."

Ele deu de ombros. "Alguns de nós sabiam. Alguns de nós não eram tão espertos. No fim, não fez diferença." Continuou olhando para ela. "Mas uma menina inteligente como você... você é curiosa, certo?"

"Bom..." Ela hesitou. "Imagino que se outras pessoas souberem que sou judia..."

"Pode contar com isso."

"Então, eu deveria saber alguma coisa sobre ser judia."

"Como eu disse, uma menina inteligente. Vou te dizer uma coisa." Pegou o candelabro. "Leve a *menorah*."

"Não posso. Minha mãe me mandou comprar lâmpadas."

"Então, você compra as lâmpadas e leva a *menorah*. Um presente meu pra você." Ele voltou a sorrir aquele sorriso emprestado. "Tudo bem. Como trabalho aqui, eu tenho um desconto. Vou até pôr as velas. Assim, você não precisa esperar outro Hitler para te pôr a par do segredo."

Quando ele disse isso, pareceu uma boa ideia, mas agora, parada no vestíbulo branco e preto de sua casa, segurando a sacola com as luzes de Natal e o candelabro, já não tinha tanta certeza. Não, ela tinha certeza. Era uma ideia terrível. Sua mãe ficaria furiosa. Poderia levá-lo de volta para Mr. Rosenblum, mas não queria magoá-lo. Poderia pedir a tia Hannah para guardá-lo para ela. Tia Hannah gostava de Mr. Rosenblum. Foi ela quem contou a Vivi que os dentes dele eram tão grandes e brancos porque eram falsos. Tinha perdido todos no campo de concentração, e os dentistas do hospital Montefiore, onde tratavam os refugiados de graça, tinham feito uma dentadura nova para ele. Mas embora tia Hannah deixasse ela se safar de muita coisa, não a ajudaria a manter um segredo de sua mãe. Nem tio Horace, se ficasse sabendo.

A única solução seria escondê-lo. Ela o poria no fundo do armário, ou na estante atrás dos livros que eram de criança, mas dos quais não queria abrir mão. Não que fosse acender as velas que ele lhe dera, ou algo parecido. Só queria ficar com ele.

*

Sua mãe sempre pedia desculpas por todas as festas de Natal a que tinha de comparecer a trabalho, mas Vivi não se incomodava. Às vezes, quando sua mãe e tio Horace estavam em uma festa, ela e tia Hannah jantavam na grande mesa de fazenda da cozinha, com o chão de pedra e o elevador de cargas que ainda funcionava, embora ninguém jamais o usasse. Na casa de tia Hannah, ela tinha o tipo de jantares que tinha nas casas das amigas. Uma costeleta de cordeiro ou hambúrguer, vagens e batata assada. Vivi gostava da comida da mãe, mas sabia que suas amigas achavam estranho jantar omelete, e mais de uma vez, quando vieram jantar, ela as viu tentando esconder cogumelos não comidos em seus pratos. Às vezes, ela simplesmente gostava de ficar só no apartamento. Pelo menos, não se incomodava de ficar sozinha. Sentia-se menos culpada pelas vezes em que saía e deixava a mãe sozinha. E, nessa noite, tinha um motivo para ficar satisfeita por estar por conta própria.

Pegou a *menorah,* que estava atrás dos livros de Betsy-Tacy, colocou-a sobre a tampa do aquecedor em frente à janela e ficou olhando para ela. Foi quando teve a ideia. Não tinha planejado acender as velas que Mr. Rosenblum lhe dera, mas que mal poderia haver se fizesse isso e apagasse logo em seguida? Não seria como brincar com fogo. Só estaria acendendo algumas velas. Estaria vendo como é ser judia.

Assim, foi de volta até a estante, pegou as velas e levou-as até a *menorah.* Mr. Rosenblum disse que ela deveria acender primeiro a vela do alto, depois usá-la para acender as outras, partindo da direita para a esquerda. Ao contrário da maneira como se lê, ela havia dito. Não em hebraico, ele respondera. Você deveria acender uma vela na primeira noite, depois acrescentar uma a cada noite, até o final do período de festas. Vivi não fazia ideia de quando seria a primeira noite, mas como saber se sua mãe estaria fora então? Além disso, ela não estava celebrando a data festiva. Estava apenas vendo como seria, se estivesse.

Colocou uma vela no alto e outra no primeiro suporte à direita, depois riscou um fósforo, acendeu uma vela, e usou-a para acender a segunda. As chamas tremeluziram. O reflexo delas dançou contra a janela escura. Vivi atravessou o quarto até o interruptor ao lado da porta e desligou a luz do alto. Ficou ainda melhor. Era lindo. Pouco importava o que sua mãe dizia. Apostava que, se seu pai estivesse vivo, eles celebrariam Chanukah. Se seu pai estivesse vivo, ela seria como todo mundo, quase.

*

Horace abriu a porta de trás e rodou para o jardinzinho, que estava aparado, podado e encoberto para o inverno. Hannah era incansável. Ele não estava sendo irônico, nem na intimidade de sua própria mente. Ela cuidava da casa e do jardim e de uma grande quantidade de pacientes. Também teria cuidado dele, se ele tivesse deixado. Era por isso que estava fora, no jardim, em uma noite gélida de dezembro. Não, não era verdade. Aquilo não tinha nada a ver com Hannah. Era coisa só sua.

Agarrou as rodas com as duas mãos e se impulsionou para a frente, a cinco metros de casa, seis metros do final do jardim, cinco metros de volta. Um jardim do tamanho de um lenço não é lugar para se livrar de nada, mas ele não tinha escolha. No começo, quando saía adernando pelas ruas para cima e para baixo, ou tentava fazê-lo, alguém sempre o impedia. Posso lhe arrumar um táxi, senhor? Está tudo bem, cavalheiro? Ei, cara, precisa de ajuda? Hannah deixava-o em paz. Pelo menos agora. Nos primeiros tempos, não. Vinha rangendo pelo caminho de cascalhos, de salto alto – suas pernas eram sua melhor característica, depois da mente, ela gostava de dizer, e tinha prazer em exibi-las – e parava na frente dele, impedindo sua passagem. Mesmo no escuro seus olhos brilhavam com sua determinação de ajudar, e seus cabelos, que tinham uma tendência a escapar do coque francês, formavam um halo claro contra o céu.

"O que você está fazendo aqui sozinho, no meio da noite?", perguntava.

"Não é o meio da noite."

"O que estava fazendo aqui sozinho, no escuro?"

"O que parece que estou fazendo?"

"Não sei, é por isso que estou perguntando."

"Vou dar uma volta, minha versão de uma volta. E a ideia é ir sozinho, Hannah."

Ele sabia que aquilo era cruel, mas não conseguia evitar.

"Seria melhor se você falasse."

"É o que diz o Instituto William Alanson White."

Aquele foi outro golpe baixo. Ela tinha orgulho de sua filiação profissional. Reconhecia que jamais poderia ter sido médica. Era impressionável demais. Mas o credenciamento pelo Instituto permitia que tratasse da mente das pessoas sem ter que lidar com seus corpos. Mesmo assim, o fato de ele caçoar do lugar fazia dela a adulta e dele a criança que a provocava.

Pelo menos, aquelas discussões no pátio tinham parado antes que Charlie se mudasse para lá. Ele detestaria expô-la a elas. Não, não estava preocupado em expô-la, estava preocupado em expor a si mesmo. Não que ele e Hannah tivessem que ir lá para fora para discutir. Provavelmente, Charlotte tinha entreouvido sua cota de discussões internas. Nunca disse nada. Ao contrário de Hannah, não acreditava no poder de cura da palavra falada. Ele e Charlie eram farinha do mesmo saco, sem dúvida, cautelosos, reservados, envergonhados, embora nem em sonhos ele soubesse do que ela tinha que se envergonhar. Não, isso também não era verdade. A sobrevivência nunca vem com a consciência tranquila.

Chegou ao fim do caminho, virou a cadeira, girou rapidamente no final do jardim e tornou a virar para a direita. Foi então que viu. Agarrou as rodas para parar o movimento, e ficou olhando para cima, para a janela do último andar. Chamas. Havia malditas chamas na janela. Pulavam e tremeluziam, queimando buracos na noite.

Suas mãos giraram as rodas para a frente. A cadeira disparou pelo caminho, pela porta dos fundos e pelo corredor até o elevador. Primeiro ele apertou o botão. A gaiola começou a descer pesadamente pelo cabo. Sacudia. Rosnava como um animal perigoso. Levou a vida toda.

Quando finalmente chegou, Horace puxou a porta externa e empurrou a porta da gaiola para abrir. O metal gritou em protesto. Ele entrou com tal força que seus joelhos murchos bateram no fundo da gaiola. Seu punho socou o botão do número 4. A porta interna deslizou e fechou. Quando o elevador começou a subir lentamente, ele girou a cadeira para ficar de frente para a porta. A subida foi um pesadelo em câmera lenta. Gradualmente foram passando o 1, depois o 2, o 3, até, finalmente, aparecer o 4. Horace forçou a porta da gaiola a se abrir até a metade, e começou a empurrar a porta externa, mas tinha sido impaciente demais. A grade emperrou ainda a meio caminho. A porta travou. Ele a empurrou, mesmo sabendo que não adiantava fazer força. As palmas das suas mãos, escorregadias de suor, deslizavam pela porta. Sua respiração ficou áspera na gaiola silenciosa. Por um momento, ele fechou os olhos e tentou controlar a respiração. Abriu-os e conseguiu forçar a porta da gaiola a se fechar, depois tornou a apertar o 4. A cabine deu um solavanco no lugar. Ele abriu a grade, empurrou a porta externa, e girou para fora, seguindo pelo corredor.

A porta do apartamento estava fechada. Horace tocou a campainha, bateu a aldrava contra a placa, esmurrou com os dois punhos.

"Charlie!", gritou. "Vivi!"

Esperou. Não houve resposta. Tocou a campainha, bateu, esmurrou e gritou de novo. Mais tarde ele perceberia que ela tinha levado todo aquele tempo porque estava tentando esconder a prova, mas isso seria mais tarde. Agora, só sabia que alguém estava lá dentro brincando com fogo.

A porta abriu-se. Os olhos de Vivi eram pires apavorados no rosto lívido.

"As velas", ele gritou. "Apague essas malditas velas!"

"Que velas?", ela perguntou.

"Não venha com essa de 'que velas'. As malditas velas que você deixou acesas na janela. Apague!"

Ela continuou encarando-o.

"Eu disse pra apagar!"

"Estão apagadas."

Ele fechou os olhos por um momento, abriu-os, endireitou-se na cadeira e tentou esconder sua humilhação, mas não funcionou. Suava como costumava suar depois de umas duas horas na quadra de tênis, ao calor do meio-dia. Podia sentir as veias pulsando nas têmporas.

"Sua mãe não está em casa, está?" Pelo menos, sua voz não tremia.

Ela sacudiu a cabeça.

"Ela não te disse? Nesta casa a gente não brinca com fogo."

Ela ficou olhando para ele por um tempinho. "Eu não estava...", ela começou, depois parou. "Sinto muito, me esqueci."

*

Hannah esperava o marido no corredor quando a porta do elevador abriu-se. Horace passou por ela e entrou na sala de visitas. Hannah fechou a porta e ficou olhando, enquanto ele atravessava a sala até chegar ao aparador vitoriano com tampo de mármore que funcionava como bar. Agora parecia impossível para ela que um dia tivesse se orgulhado tanto daquele cômodo, de toda a casa. Tinha mandado restaurar os frisos e refazer os consolos de mármore sobre as lareiras, deu novo acabamento ao assoalho de madeira maciça e mandou raspar e arrancar as gerações de pintura e de papel de parede. "Lindo", os amigos haviam dito. "Muito autêntico", completaram. Mas não era autêntico. Era um cenário, e ela estava presa a ele durante a duração da peça.

Ficou parada no meio da sala, observando-o enquanto ele se servia de uma bebida. As mãos dele tremiam tanto que a garrafa retinia de encontro ao copo. Estava de costas para ela, mas seu rosto, refletido no espelho sobre a lareira, estava distorcido de raiva e algo mais. Vergonha. A vergonha devia tê-la impedido de falar, mas isso não aconteceu.

"Você não acha que foi um pouco bruto com ela?"

Segurando o copo em uma das mãos, Horace manobrou a cadeira com trancos breves e irritados até estar novamente de frente para ela.

"Só lembrei a ela que nesta casa não se brinca com fogo."

"Só lembrou a ela? Eu estava no quarto, você estava no quarto andar, e eu consegui te escutar!"

"Talvez agora ela não se esqueça."

"Ah, não vai se esquecer, sem dúvida."

Ele se afastou em direção a uma das janelas altas da frente, depois girou novamente para encará-la.

"Tudo bem, fui um pouco bruto com ela. Amanhã eu peço desculpas. A ela e a Charlotte."

"Você não gritou com a Charlotte."

Ele deu outro gole na bebida.

"Não sou estúpida, Horace."

"Nunca achei que fosse."

"Eu sei o que está havendo."

"Não está havendo nada."

"Não estou falando em sexo. Não me importaria com isso. Não mais."

"Não mais? Você não teria se importado com isso desde o dia em que voltei do hospital. Inferno! Você agradeceria se eu tivesse levado minhas pretensas paixões para outro lugar. Você pode não ser estúpida, mas é péssima para esconder aversão."

"Eu estava tentando ajudar."

"Estava tentando controlar. Faça isso, não faça isso. Era para ser sexo, não terapia corporal."

"Na verdade, era para ser fazer amor."

Ele ficou olhando fixo para ela pelo tempo que, para os dois, pareceu um longo momento. "Não vamos pretender o impossível."

"Isso não é justo."

"Justo! Você caminhou por este mundo por 38 anos, está casada com um aleijado e ainda acredita que a vida é justa?"

"O que eu acredito é que existe uma coisa chamada infidelidade emocional."

"Se pelo menos isso fosse motivo para divórcio no estado de Nova York! Mas mesmo que fosse, você não conseguiria recorrer a isso, conseguiria? Não suportaria se olhar no espelho e ver de volta o tipo de mulher que deixa um marido aleijado."

Ela começou a dizer que aquilo não era justo, depois se controlou. Não por ele ter repetido a mesma frase sobre a vida não ser justa, mas porque ele estava certo. E ela se detestou por isso.

*

"Você não gritou com Charlotte."

O som do seu próprio nome do outro lado da parede deteve-a na escada. Ela não se considerava uma bisbilhoteira, mas até a mulher mais escrupulosa não segue em frente quando percebe que está sendo discutida em assunto que as pessoas consideram particular, principalmente quando as vozes estão alteradas.

Charlotte continuou ali parada. As acusações estavam aumentando, mas seu nome não foi mais mencionado. Subiu mais dois degraus.

"Não estou falando de sexo. Não me importaria com isso. Não mais."

Ela tornou a parar. Não conseguia evitar. Não era como todos no escritório, imaginando, especulando, ele podia, ele não podia. Eles tinham um interesse lascivo. *E qual é o seu?*, uma voz disfarçada de sua consciência perguntou. Não tinha resposta para isso, ou melhor, tinha uma resposta, mas era ainda pior do que a lascívia. Era pessoal.

*

"O que eu não entendo, pra início de conversa", Charlotte disse, "é por que você estava acendendo velas." Ela e Vivi estavam de pé na sala de visitas, uma de frente para a outra. Vivi tinha confessado assim que a mãe entrou.

Vivi deu de ombros.

"Isso não é uma resposta."

"Só queria ver como ficava."

"Como ficava o quê?"

"A *menorah* quando acesa."

"As velas que você estava acendendo eram de uma *menorah*?"

"Só acendi por um minuto. Pelo menos, era o que eu ia fazer. Eu ia apagar mesmo que ele não tivesse subido aqui aos berros."

"Que raios você estava fazendo com uma *menorah*?"

"O Mr. Rosenblum, da Goodman's, me deu uma."

"Aquele velhinho que trabalha na loja de ferragens te deu uma *menorah*?"

"Quando fui comprar as luzes pra árvore. Ele disse que a América era um país livre. Eu podia celebrar todas as festas que quisesse."

"Desde quando o Mr. Rosenblum virou juiz do seu comportamento?"

"Não sei por que você está tão nervosa. É só uma espécie de castiçal. Mesmo sendo judaico."

Ela ouve as explosões acontecendo. Sete. Sete sinagogas. É ela quem conta, ou fica sabendo do número pelos boatos? Na manhã seguinte, as pessoas seguem seu caminho em meio aos escombros. Ela tropeça em um candelabro derretido, quase irreconhecível.

Fechou os olhos por um momento. Quando os abriu, a imagem se foi e ela estava novamente de frente para Vivi.

"Não tem nada a ver com o significado religioso", disse.

"Ah, claro."

"Não tem. Mas não temos segredos nesta família."

Charlotte poderia jurar que Vivi sorriu com ironia ao ouvir isso.

*

Meia hora depois, estava esperando no corredor quando Vivi, cheirando a sabonete e pasta de dente de hortelã, saiu do banheiro. Vivi abaixou os olhos e começou a passar, esgueirando-se. O gesto feriu Charlotte. Ela bloqueou a passagem e levantou o queixo de Vivi para ela ser forçada a encará-la.

"Você não precisa concordar comigo sobre religião", ela disse, "mas tem que me prometer que não vai mais brincar com fogo".

Vivi encostou-se à parede e abaixou os olhos novamente. "Acender velas por dois minutos não é brincar com fogo. Não tenho 5 anos."

"Eu sei disso, Mas mesmo assim é perigoso."

"Segundo a fobia de tio Horace."

Charlotte sentiu-se enrijecer. "Uma fobia implica num medo extremo ou irracional. Não vejo nada de extremo ou de irracional em ter medo de fogo, quando se está numa cadeira de rodas. Ele não pode usar escadas, e os elevadores são perigosos em caso de fogo, pelo menos é o que dizem os avisos. 'Em caso de fogo, use as escadas'."

Vivi deu de ombros. "Foi a tia Hannah quem disse que era uma fobia. E ela é psiquiatra."

"Ela pode ser psiquiatra, mas com certeza não é uma semanticista."

"O que é uma semanticista?"

"Uma mulher com compaixão."

Agora, os olhos de Vivi ergueram-se rapidamente, para encarar os olhos da mãe. "Não acredito que você disse isso."

Elas permaneceram frente a frente no corredor estreito.

"Sinto muito. Você tem razão. Isso não foi exatamente compassivo da minha parte. Semanticista é uma pessoa que estuda o significado das palavras."

*

Uma noite depois de Vivi ter acendido as velas na *menorah* e Horace ter perdido a cabeça em altos brados, ele tornou a pegar o elevador até o quarto andar. Dessa vez, não houve um ataque aos botões, um puxão para abrir cabines de aço, ou murros na porta, embora sua maneira ainda fosse brusca.

Tocou a campainha e esperou. Charlotte abriu a porta. Ele se arrependeu de não ter ido mais cedo. Preferiria fazer isso sem ela no apartamento.

Passou por ela e entrou na sala de visitas. "A menina está por aí?", perguntou, sem olhar nos olhos dela.

"Se está se referindo a Vivi, está no quarto fazendo a lição."

Ele olhou para ela, enfim. "Imagino que você saiba por que estou aqui."

"Quer que eu vá chamá-la?"

"Você se incomoda se eu for até lá?"

"Vá com calma."

"Coloquei minhas luvas de pelica antes de vir aqui."

Ele rodou a cadeira pela sala de visitas e pelo corredor curto.

Charlotte não foi atrás, mas ficou escutando.

"Oi, garota." A voz dele chegou à sala de visitas. Estava calorosa demais.

Se Vivi respondeu, Charlotte não conseguiu ouvir.

"Posso entrar?"

Mais uma vez, ela não conseguiu escutar a resposta de Vivi, mas ouviu as rodas de borracha rodarem sobre o ponto do assoalho que sempre rangia.

"Quanto a ontem à noite", ele disse, e agora sua voz ficou tão baixa que Charlotte também não conseguiu escutar as palavras, mas mais tarde Vivi contou-lhe a conversa.

"Ele disse que se arrependia de ter perdido a cabeça, mas esperava que eu entendesse. Não podia subir ou descer escadas, e não se deve usar elevador em caso de fogo. Disse que tinha pesadelos sobre isso o tempo todo. Disse que o presidente Roosevelt também costumava ter, embora ninguém soubesse disso a não ser depois que ele morreu."

"Eu te disse isso", Charlotte disse, "menos a parte sobre o falecido presidente".

"É, mas quando ele falou, foi diferente. Parecia envergonhado. Como uma criancinha que não quer reconhecer que tem medo do escuro. Não estava se fazendo de bobo, como sempre faz, ou faz com outras pessoas. Ele também faz muito isso. Ele só estava ... Sei lá... envergonhado", ela repetiu. "Fiquei com pena dele."

"Só não deixe ele saber disso."

"Não sou idiota, mamãe."

"E não acenda mais velas."

"Já prometi a ele."

*

Vivi viu o objeto sobre a lareira da sala assim que chegou em casa no final do dia, depois da escola. Era muito parecido com o que Mr. Rosenblum havia lhe dado, mas em vez de espaço para velas, havia lampadazinhas nos suportes. As lâmpadas não estavam acesas, mas um fio ia até tomada ao lado da lareira.

"O que é isso?", perguntou a Charlotte, quando ela saiu da cozinha.

"O que parece?"

"Pensei que você não acreditasse."

"Não acredito, mas decidi que se formos ter uma árvore, também podemos ter uma *menorah*. Uma celebração ecumênica. Paz na terra. Boa vontade entre os homens. E Deus nos abençoe e abençoe a todos."

Ela ficou olhando enquanto Vivi atravessava a sala até a lareira. "Como é que acende?"

"Gire a lâmpada."

Vivi girou a lâmpada de cima. Acendeu. Ficou olhando para ela por um momento, depois se virou para a mãe. "Onde você achou?"

"Nova York está cheia de *menorahs*. Mas esta veio do seu amigo, Mr. Rosenblum."

"Mr. Rosenblum te deu outra *menorah*?"

Charlotte sorriu e sacudiu a cabeça. "Um presente de graça para uma família. Minha regra, não a dele. Eu comprei."

"Você comprou uma *menorah*?"

Agora ela riu. "Gostaria que você parasse de repetir tudo que eu digo, como uma pergunta. Não é tão esquisito. Posso não acreditar numa religião formal, mas não sou pão-duro como o Scrooge, ou seja lá qual for seu equivalente judeu."

Vivi virou-se novamente para a *menorah*, e girou a primeira lâmpada à direita. Acendeu.

"Acho que é no outro sentido", Charlotte disse.

Vivi sacudiu a cabeça. "Foi o que eu pensei, mas Mr. Rosenblum disse que você acende da direita para a esquerda. Do jeito que se lê hebraico."

"Eu não sabia disso."

Vivi virou-se para a mãe. "Como você sempre diz, você poderia pôr o que sabe sobre ser judia na cabeça de um alfinete, e ainda haveria espaço para dois milhões de anjos."

*

A risada parou Charlotte na escada. Dessa vez, não poderia justificar o fato de ficar atenta à conversa por ouvir seu nome. Era pura curiosidade. Não, pura bisbilhotice. Queria saber do que Hannah e Horace estavam rindo. Não, isso também não era verdade. Queria pensar que estava enganada. Como é que eles poderiam estar rindo tão à vontade, com tanta intimidade, depois da discussão que ela entreouvira na outra noite? Mas podiam, e estavam.

Vários meses antes, Vivi tinha voltado de uma visita ao andar de baixo dizendo que Hannah tinha lhe mostrado um álbum de fotos do seu casamento.

"Ela era bonita mesmo."

"Ainda é… Para alguém ainda mais velha do que a sua mãe."

"E você precisava ver o vestido dela. Era comprido e colante, com uma cauda que não acabava nunca. Parecia coisa de cinema. Mas foi esquisito vê-lo em pé ao lado dela. Fiquei um pouco triste."

"Mais do que um pouco."

"Tinha uma foto dos dois se beijando. Também era esquisita."

"É costume os casais se beijarem quando se casam. Especialmente no final da cerimônia."

Vivi fez uma careta depreciativa. "Eu sei disso, mas aquilo foi tão, sei lá, romântico. Não penso neles desse jeito."

"Todos nós já fomos jovens."

"Você e meu pai eram românticos?"

"Como é que você acha que está aqui?"

"Você acha que vocês teriam continuado românticos? Ou seriam como tia Hannah e tio Horace?"

"A gente teria continuado românticos", ela disse, mas a pergunta a fez considerar não apenas seu breve casamento e o que teria acontecido se Laurent tivesse vivido – teriam envelhecido juntos ou separados? –, mas o de Horace e Hannah. Ele tinha começado a azedar antes da guerra ou foi, como o corpo de Horace, mais uma baixa do conflito? Ou talvez não tivesse azedado coisa nenhuma. Uma discussão entreouvida não acaba com um casamento. Talvez sua própria cautela com Hannah estivesse dando o tom para o que via. E o que ela tomava como um flerte de Horace poderia ser mera amizade. Ela conseguia decifrar os franceses, mas ainda era ingênua no que dizia respeito aos americanos. Se era um clichê que ninguém sabia o que acontecia entre quatro paredes, ela sabia menos do que a maioria. Simplesmente não tinha a experiência.

Sete

Numa manhã úmida da primeira semana de janeiro, Horace entrou no cubículo de Charlotte, conseguindo se desviar do guarda-chuva que ela havia deixado aberto no canto para secar, e girou a cadeira até estar de frente para ela, do outro lado da mesa. A chuva descia riscando a única janela, e o escritório estava escuro, mesmo com a luz do teto acesa.

"Tentei te dar uma carona hoje de manhã, mas quando toquei sua campainha do corredor lá de baixo, ninguém atendeu."

"Saí cedo", ela mentiu. "Queria falar com uma das professoras da Vivi."

Charlotte tinha escutado a campainha e ficou atrás das cortinas, espiando pela janela da sala de visitas, até o carro que vinha buscá-lo todas as manhãs ir embora. Morar no último andar da *brownstone* de Horace já a deixava suficientemente suspeita entre os colegas. Podia imaginar o que diriam se ela começasse a chegar com ele de manhã e saísse com ele à noite. Mesmo assim, teve suas dúvidas ao ficar na chuva esperando o ônibus.

Ele pegou uma caixa de manuscrito no colo, inclinou-se para a frente e colocou-a sobre a mesa. Ela olhou para a página de rosto. *Sob as estrelas amarelas.*

"Não é um livro de astronomia ou um guia para acampamento, caso você esteja se perguntando."

"Eu não estava."

"Não sei por que a agente não o mandou para você. É da sua alçada, não minha. De qualquer modo, dê uma olhada e me diga o que acha."

"Posso te dizer agora o que eu penso."

"Não é um pouco precipitado?"

"Minha avaliação pode ser precipitada, mas o livro é prematuro. Talvez daqui a dez anos. Pode ser que, então, as pessoas estejam preparadas. Mas agora não. Ainda não." Ela pensou na tarde na praça, logo depois da Liberação, a mulher em roupas íntimas sujas e rasgadas, a mãe segurando o bebê como um pacote indesejável, a população escarnecendo. "As emoções ainda estão muito à flor da pele."

"Foi isso que pensaram em relação ao diário de Anne Frank. Foi rejeitado por cinco editoras na Inglaterra e nove aqui. *Faz muito pouco tempo que a guerra acabou*, disseram. *Quem é que vai desembolsar três dólares pelas elucubrações de uma adolescente trancada no porão?*, perguntaram. Mas uma editora júnior chamada Barbara Zimmerman pensou diferente. A Doubleday imprimiu cinco mil cópias. O *Times* publicou uma matéria no domingo, e na segunda-feira a edição esgotou-se. Isso foi há três anos. Preciso te lembrar do que aconteceu a partir de lá, além do fato de que a Barbara já não é uma editora júnior?"

"A Barbara também escreveu uma introdução para o livro, na qual conseguiu que a Eleanor Roosevelt pusesse seu nome."

"Você faz alguma objeção a introduções feitas por *ghostwriters*?"

"Só não acho que o raio vá cair duas vezes no mesmo lugar. Não tão cedo."

Horace ficou olhando para ela do outro lado da mesa. Charlotte obrigou-se a segurar seu olhar. Recusou-se a se sentir culpada. Suprimir um livro não era comparável aos outros crimes que tinha cometido.

"Bela maneira de testemunhar", ele disse e saiu da sala. Dessa vez, decidiu ao chegar a seu próprio escritório, não pediria desculpas. Um dia ela teria que parar de se esconder.

Ela continuou olhando para a caixa do manuscrito que ele havia deixado. Não tinha intenção de lê-lo. Já tinha dado sua opinião. Nem ao menos queria aquilo na sua sala. Levantou-se, pegou a caixa, caminhou pela área comum e colocou-a sobre a mesa da secretária de Horace. A mulher deu uma olhada. "*Sob as estrelas amarelas*", leu. "É um romance?"

Charlotte poderia ter-lhe dado um tabefe, mas uma pessoa não sai estapeando mulheres maternais cujos únicos defeitos eram uma queda por fofoca de trabalho e uma ingenuidade em relação ao mundo. Ela nem ao menos poderia culpá-la por esse último aspecto. Metade das pessoas afetadas estivera na ignorância ou em negação, pelo menos no início.

*

É claro que o decreto não se aplica a judeus franceses, só a estrangeiros, eles insistem. É claro que não se refere a mim, um veterano condecorado na última guerra, um chefe de uma corporação importante, um dono de um salão ao qual metade dos generais alemães daria tudo para ser convidado, um ateu. Mas a promulgação é clara, ainda que as pessoas que insistem que o que está acontecendo não está se recusem a acreditar nela. Todos os judeus acima dos 6 anos são obrigados a usar uma estrela amarela de seis pontas, grande como a palma da mão de um adulto, circundada de preto, costurada – não alfinetada – com firmeza na roupa, no lado esquerdo do peito, e visível em todas as circunstâncias, com a palavra *JUIF* escrita sobre ela com letras pretas. É aí que surge outra questão, ou esperança de exceção. Para os judeus franceses, a palavra *juif* tem a conotação de imigrantes de outros países, especialmente do leste-europeu. Os cidadãos franceses de crença judaica, principalmente aqueles cujas famílias estão aqui por gerações, referem-se a si mesmos, quando chegam a se referir à filiação religiosa, como israelitas. Os alemães não fazem essa distinção. Um judeu é um judeu é um judeu, e como tal precisa ser arrebanhado nesse gueto psicológico de humilhação e vergonha, tão inescapável à sua maneira quanto os campos físicos criados com arame farpado, guardas e cachorros. Os judeus não mais poderão se disfarçar como franceses comuns, sejam homens, mulheres e até crianças. Precisam ser rotulados. É para o bem público.

No início, parece que o plano pode ser um tiro pela culatra. Alguns cidadãos gentios franceses começam a usar estrelas em branco ou com outras palavras impressas, tais como GOI ou LIBERDADE DE ESCOLHA. O protesto é leve, mas a punição para ele é rápida e séria, e como os gentios são detidos e presos, um menor número se arrisca a isso. Até então, os judeus andavam se infiltrando em vagões de metrô de primeira classe, o que lhes é proibido, sem serem notados, apesar das garantias nazistas de que os judeus podiam ser detectados pelos longos narizes aduncos, lábios caídos e outros sinais reveladores infalíveis. Quando uma mulher desprovida de qualquer um desses traços denunciadores, mas usando uma estrela embarca num vagão proibido, um soldado alemão ultrajado puxa a corda de emergência e a manda sair. O restante do vagão a acompanha, deixando-o sozinho em seu autêntico isolamento ariano. Outros cristãos expressam apoio sorrindo, acenando com a cabeça e oferecendo palavras de incentivo ao passarem pela rua. E alguns judeus, decididos a não se acovardarem, desfilam pelas avenidas com suas estrelas amarelas, cabeça erguida, rostos desafiando os outros a desaprovar ou se compadecer. Alguns até se sentam ao lado de alemães nos cafés. Simone é uma delas. No começo, ela se recusa a usar a insígnia; depois, usa-a como uma palavra de ordem.

Mas existem outros, e conforme o tempo passa e a novidade se desgasta, eles se tornam mais ousados. Pessoas encaram a mancha amarela berrante e cochicham entre si que nunca tinham imaginado, ele ou ela parecia tão refinado, tão inteligente, tão francês! Marginais, e alguns que não se consideram marginais, estapeiam, socam e chutam velhos, meninos, até mulheres que usam a estrela. Nos cafés, cidadãos confiáveis usurpam mesas ao ar livre, onde judeus estão sentados, e forçam-nos a ficar lá dentro. Repentinamente, supostos amigos estão ocupados. Talvez o mais cruel de tudo, crianças provocam seus colegas com palavrões, socos, pedras e exclusão.

Então, surgem outros regulamentos. Os judeus estão proibidos de frequentar restaurantes, cafés, cinemas, teatros, concertos, salas de música, piscinas, praias, museus, bibliotecas, exposições, monumentos históricos, eventos esportivos, corridas de cavalo, parques e até cabines telefônicas. Seus telefones pessoais já foram confiscados. As batidas policiais ficam mais amplas e violentas. E mesmo assim ninguém acredita. Os franceses comentam entre si que eles só estão prendendo os comunistas, os estrangeiros, os criminosos, apesar dos médicos e advogados, dos escritores e empresários respeitáveis que começam a desaparecer.

O professor que foi expulso do Lycée Condorcet está sentado na cadeira de couro do canto, lendo, a estrela amarela reluzente junto a seu puído casaco bege. Se os dois clientes que estão escolhendo e folheando livros notam a insígnia, não o demonstram. Nem o oficial alemão, que está de volta mais uma vez. Charlotte acostumou-se com ele. Os frequentadores também. Não cria problemas. É escrupuloso quanto a não atrapalhar ninguém, saindo de lado para deixar que as pessoas passem ou peguem um livro, realizando aquela leve inclinação rígida, como cumprimento, como se soubesse o quanto seu uniforme é odiado e quisesse provar que nem todos que o usam é o inimigo, embora, é claro, isso seja exatamente o que ele é.

A loja está tranquila, assim como a cidade lá fora. Não há alertas, nem gritos de sirenes, apenas o som abafado de portas de carro sendo fechadas e passos movendo-se apressados pela calçada. É verdade, o sino sobre a entrada toca por mais tempo do que o normal, enquanto cada um dos quatro militares solta a porta e o próximo a empurra atrás dele. Quem diria que precisassem de tantos para a tarefa em questão? Charlotte nota que eles não são da Gestapo, nem mesmo da Wehrmacht, mas *gendarmes* franceses. As chamas do antissemitismo, do anticomunismo e da xenofobia que sempre estiveram latentes entre a força policial francesa foram atiçadas pelas forças de ocupação até se tornar uma fogueira. Mesmo entre aqueles que não são tão inclinados, o medo por sua própria pele faz com que executem as ordens nazistas.

Uma vez dentro, os militares param e olham em volta, não para os livros, mas de um cliente a outro. Charlotte e os outros fingem prosseguir com o que estão fazendo, mas cada um deles está em suspenso, com os sentidos aguçados, os músculos tensos, esperando. Com o canto dos olhos, ela olha para o oficial alemão. Até ele parece subitamente atento. Ela se pergunta se ele faz parte disso, um agente disfarçado de observador. Ou talvez ele saiba o que está acontecendo tanto quanto todos os outros.

Sem uma palavra, ou mesmo um sinal entre eles, os quatro policiais vão até a alcova e cercam o professor. E aí está algo de que Charlotte se lembrará. Ele não tira os olhos do livro, Montesquieu, ela nota, continua lendo. Está ainda agarrado ao volume quando dois dos policiais agarram-no pelos braços, erguem-no da cadeira e começam a puxá-lo pela loja, sua calça surrada e os sapatos esfolados arrastando-se atrás dele, como se ele fosse uma boneca de pano. Ao chegarem à porta, um dos outros policiais tira o livro das suas mãos com um tapa.

Charlotte e os dois clientes assistem-nos empurrar e socar o professor para dentro do carro. Agora ele está tentando lutar, mas está em minoria, e eles são mais jovens e mais bem alimentados. Ela olha da cena para o oficial alemão. Ele finge – com certeza está fingindo – folhear um livro.

Ela pensa em todos os livros que ele compra, seus modos corretos, a laranja.

"Impeça-os", ela diz antes que consiga se controlar. "Ele é velho, não fez nada."

O oficial alemão ergue os olhos da página. Olha para ela e não para a briga que acontece além da vitrine, mas não fala nada.

"Por favor", ela diz.

Ele continua olhando para ela, mas Charlotte tem a sensação de que não a vê. Seus olhos estão mortos. Seu rosto é uma máscara.

"Não posso fazer nada", diz, por fim.

"Claro que pode. Eles são *gendarmes* franceses, você é um oficial alemão. Da força de ocupação."

"Sinto muito, madame. Não tenho autoridade."

Mais tarde, terminada a guerra, quando ela lê sobre os julgamentos – eu estava apenas cumprindo ordens, os réus alegarão, um depois do outro –, se lembrará das palavras do oficial alemão. Mas, àquela altura, não estará tão ansiosa para julgar ninguém.

*

É a vez de Charlotte ficar na fila para as rações, mas ela pede a Simone que vá em seu lugar. A tosse de Vivi piorou. Os espasmos esgotam seu corpinho. Sua testa está quente, e provavelmente ela está com febre, mas Charlotte não pode ter certeza. Quando os alemães apropriaram-se do apartamento do seu sogro, onde ela estava morando, teve que deixar a maior parte dos seus pertences, inclusive o termômetro. De qualquer modo, não tem acesso a aspirina. Os medicamentos estão ainda mais reduzidos do que a comida.

Mas Simone é determinada. "Agora que mandei Sophie para minha mãe, não temos o cartão dela, e na última vez em que tentei usar o seu, não funcionou. Talvez eu consiga enganar os *boches*, mas nenhum francês vai acreditar que estou amamentando. Não com estes daqui."

Ela abre o suéter pesado, que não tirou desde que o tempo esfriou no começo de outubro, e exibe os seios chatos debaixo do vestido. Os seios de Charlotte já não produzem leite, mas não estão tão chatos quanto os de Simone.

"Então, vou levar Vivi comigo."

"Nessa chuva? Você quer que seja lá o que ela tenha vire pneumonia? Ela vai ficar bem comigo."

Charlotte cede. Mais tarde, dirá consigo mesma que sua concordância não tem nada a ver com o fato de ser sábado e o oficial alemão frequentemente aparecer aos sábados. Não quer vê-lo. Nunca quis vê-lo, mas sua aversão aumentara desde o dia em que ele alegou falta de autoridade. Está zangada demais ou em conflito? Como é que alguém que lê filosofia, história e ficção, traz laranja para uma criança, deixa um velho ser arrastado sem motivo?

Ela pega a folha do cartão de racionamento, a sacola de corda e sai da loja. Seus sapatos altos de plataforma dificultam o andar. Se tivesse que recorrer a solas de madeira, deveria procurar sapatos baixos. Estes são absurdos, como os turbantes enormes que algumas mulheres começaram a usar para esconder cabelos sujos e sem estilo. A presença cada vez maior na cidade daqueles patéticos camundongos cinza, as alemãs com sua insistente deselegância em seus uniformes insípidos, servindo de enfermeiras, secretárias, datilógrafas, telefonistas e telegrafistas, aventurando-se a sair apenas aos pares, ou aos trios, como freiras, tornam as parisienses apenas mais determinadas a se agarrar a algum vestígio de elegância. Mas ela não acha nada elegante naqueles chapéus exagerados, embora seu cabelo esteja uma bagunça irregular, graças à habilidade de Simone com uma tesoura. O corte acentua a magreza que tomou conta de seu rosto e fez sua boca parecer ainda maior e mais vulnerável. Agora, a chuva ensopa seu lenço e escurece de umidade os ombros de seu casaco cinza, mas ela ainda tenta caminhar como uma francesa, não se arrastar como uma alemã em pesados sapatos oxford.

Ao se aproximar, vê que a fila serpenteia pela rua, dobrando a esquina. As pessoas reclamam quando ela segue até a frente. Charlotte acena seu cartão especial de racionamento, enquanto caminha. Alguns pedem desculpa, até lhe desejando boa sorte. Um bebê é motivo de alegria nestes tempos funestos. Outros gritam que ela é uma impostora, uma trapaceira, até uma *collabo*.

Ela chega à frente da fila e lhe permitem o acesso ao mercado. A mulher cuja vez ela usurpou resmunga com raiva. Charlotte ignora-a. Não, ela não a escuta. Os gritos de Vivi ecoando em seus ouvidos abafam a reclamação.

Ela se move rapidamente, determinada a conseguir o que pode, enquanto ainda resta. Negocia um quilo de manteiga e um pouco de pão preto. Não tem carne, nem mesmo coelho. Se ao menos tivesse amigos ou parentes no interior próximo, poderia pegar o trem ou mesmo uma bicicleta para ir buscar comida. Algumas semanas antes, a mãe de Simone mandou uma salsicha. Quando chegou, estava roxa. Elas tentaram tratá-la com vinagre, mas acabaram desistindo. Charlotte vira-se para o saco de feijões. Não estão racionados, mas continuam escassos. Uma mulher empurra-a, fazendo-a derrubar os feijões que está tentando pegar. Ela fica de joelhos e começa a recolhê-los. Antes mesmo de examiná-los, sabe que estão cheios de carunchos.

Mostra seu cartão de racionamento, paga e sai. A transação levou mais de uma hora. Sem seu cartão especial, levaria ainda mais tempo. Não haveria qualquer transação sem o cartão especial. Os suprimentos escassos já estão acabando.

Ao passar pela fila com suas compras na sacola de corda, mantém os olhos nas pedras do calçamento. Não consegue encarar o olhar das pessoas que ainda esperam, algumas amontoadas debaixo de guarda-chuvas tortos e quebrados, outras resignadas a se molhar, a mais uma indignidade. Seus olhares estão cheios demais de ódio. Até os que murmuraram antes em relação ao bebê, quando a deixaram passar, agora não conseguem disfarçar sua inveja. Por que ela deveria comer, por que até uma criança deveria comer, quando suas barrigas estão vazias?

Ela ouve os gritos antes de virar a esquina na Rua Toullier. Diz a si mesma que é sua imaginação, mas sabe que não é. É Vivi. Sai correndo. Suas plataformas de madeira ressoam no calçamento. Desvia-se das poucas pessoas que estão na rua. Até com o tempo bom, as pessoas já não passeiam por prazer. O *flaneur* morreu. Uma mulher manda-a parar. "Os *boches*", alerta. Como era de se esperar, dois soldados interceptam-na quando se aproxima da livraria. Parados à sua frente, impedindo-lhe a passagem, pedem para ver seus documentos.

Vocês não têm nada melhor para fazer do que ficar parados na chuva, esperando para tocaiar pessoas inocentes?, quer gritar para eles. Em vez disso, agarrando a sacola de corda em uma das mãos, busca seus documentos com a outra. O mais velho dos dois pega-os da mão dela, vai para debaixo de um toldo e começa a analisá-los. O mais novo, tão novo que seu rosto ainda está tomado de acne, fica vigiando-a, como se ela fosse uma criminosa pronta para fugir. O que está com os documentos diz algo em alemão para seu colega. Ela não consegue entender as palavras. Ele fala muito rápido, numa mistura de dialeto com gíria. Além disto, ela não consegue escutar nada com o som dos gritos de Vivi. Tenta explicar. Seu bebê está chorando. O soldado mais novo sorri como se o sofrimento de uma criança fosse uma piada. O mais velho sai de debaixo do toldo, devolve-lhe os documentos e lhe diz para não correr. Assustará as pessoas. Causará distúrbios. Quando eles se afastam para deixá-la passar, ela mal consegue deixar de sair na correria. É mais difícil quando vai se aproximando da loja e os gritos de Vivi ficam mais altos. Então, param. O silêncio cai sobre ela como um raio de sol que atravessa as nuvens. De alguma maneira, Simone conseguiu acalmá-la. Ou ela finalmente se cansou de chorar e caiu no sono, de exaustão. Charlotte sente seus ombros relaxarem. Continua andando, agora com mais firmeza nas ridículas plataformas de madeira.

Ao chegar à loja, abre a porta e entra. O único som é o do sino. Então, ele também silencia. O silêncio da loja é ainda maior do que o da rua. Simone não está à vista. Não há clientes. O lugar está vazio. Mas isso é estranho. Há um cantil de metal sobre o balcão, ao lado da caixa registradora. Ela torna a olhar ao redor da loja. Na alcova, sentado na poltrona de couro gasto – ainda a poltrona do professor, quando pensa nela – está o oficial alemão. Segura Vivi nos braços e, Charlotte não consegue acreditar no que vê, lhe dá uma mamadeira. O rosto de Vivi, coberto de brotoejas, apoia-se no pano grosseiro de seu uniforme. Sua boca suga ferozmente o bico de borracha.

O militar ergue os olhos e sorri. "Achei a mamadeira no fundo da loja. Antes, tomei o cuidado de lavá-la. Achei que a criança gostaria de um pouco de leite. Trouxe-o do refeitório." Ele aponta para o cantil no balcão, depois abaixa os olhos por um instante, como se estivesse constrangido. Como ele sabia que seu leite havia secado? "Tem mais comida, também." Ele indica a valise de médico preta no chão, ao seu lado.

Ela abre a boca para dizer que não pode aceitar, mas sabe que aceitará.

A mamadeira está quase vazia. As pálpebras de Vivi estão se fechando. Aos poucos, conforme o nível do leite diminui, ela para de sugar. Charlotte fica olhando para o homem que contempla a criança, sua filha, enquanto a embala. Algo em seu peito oscila. Quem é esse homem?

Ela endireita os ombros e retesa as costas. Não se deixará levar.

Atravessa a sala e toma Vivi dele. Ele se levanta.

"Trouxe o leite e a comida porque sempre que venho aqui a criança me parece faminta."

"Toda Paris está faminta."

Ele a ignora e continua. "Quando a vi abandonada, dei a mamadeira."

"Ela não estava abandonada", Charlotte reage com indignação: "Deixei-a em boas mãos. Era meu dia de ficar na fila da comida. Nós duas nos revezamos".

"Quando cheguei, a criança estava sozinha", ele insiste. "Sua irmã deve ter saído por um momento."

Ela começa a dizer que ela e Simone não são realmente irmãs, apenas se comportam assim, mas antes de dizê-lo, percebe o que aconteceu. Não, percebe o horror do que aconteceu. Simone não teria deixado Vivi sozinha, a não ser que fosse obrigada. Simone foi presa.

Ela vê a sombra passar pelo rosto dele quando chega à mesma conclusão. Agora ele está implicado. Agora é ele quem pode ser acusado. Os alemães, seu povo, levaram Simone embora.

"Você a prendeu", ela diz meio gritando, meio chorando.

"Não prendi ninguém", ele responde baixinho.

"Ah, sim, você não prende ninguém, não pode fazer nada, não tem autoridade."

Em vez de responder, ele coloca dois dedos na testa de Vivi. "Ela está com febre. Tomei a liberdade de lhe dar meia aspirina." Ele acena para a mala preta que continua ao lado da poltrona. "Sou médico", repete para ela.

Ah, ele é mesmo inteligente. Não tem autoridade para salvar Simone, nem o velho professor, mas tem habilidade para curar sua filha, é o que está lhe dizendo.

Ela abre a boca, embora não saiba se é para lhe agradecer ou cuspir no seu rosto. Não faz nem uma coisa, nem outra. Apenas continua segurando Vivi e olhando para ele, enquanto ele tira o resto de comida da maleta preta de médico, coloca-a sobre o balcão, vira-se e sai da loja. Vivi não se mexe com o som do sino sobre a porta.

*

Quando ele volta no dia seguinte, pergunta sobre Vivi. Charlotte diz que ela está tirando uma soneca no depósito. "Obrigada", acrescenta, antes de poder se conter. Ele sorri, e ela percebe que mais uma vez caiu na arapuca. Ele conseguiu que ela fosse educada. Mais do que educada, amistosa, grata, devedora.

Ele coloca a maleta preta de médico no balcão, abre-a, e começa a retirar comida. Um filão de pão, um pedaço de queijo. Há meses elas não têm queijo. Ele ainda está retirando comida quando o sino sobre a porta tilinta. Ela se vira para o som e imediatamente reconhece o homem. Raramente ele vem à loja, mas ela o vê com frequência na rua ou em outras lojas, ou jogando cartas com a concierge em sua portaria. Ele e a concierge são grandes amigos. Toda vez que Charlotte o encontra, precisa se obrigar a não desviar os olhos. O homem foi ferido na última guerra e, como em inúmeros outros ferimentos sofridos nas trincheiras, tendo só a cabeça acima do solo, seu rosto foi destruído. Ao lhe dar um novo rosto, os cirurgiões plásticos fizeram um bom trabalho. À distância, ele parece quase normal. De perto, é aterrorizante. O rosto substituto é rígido e parece feito de cera. Não pode expressar nem alegria, nem tristeza, raiva ou afeição. Cerca de uma semana antes, ela o viu na rua ralhando com uma moça que havia agradecido a um soldado alemão por ter pegado um envelope que ela deixara cair. Seu patriotismo ferrenho e o ódio violento aos alemães são compreensíveis, tendo em vista o que eles lhe fizeram, mas algo no contraste entre a veemência da sua raiva e a impassividade da sua expressão fez com que parecesse uma boneca mecânica fatal, capaz de destruição, mas imune ao bom senso.

Ela se vira para o oficial alemão. A comida já não está no balcão. Ele está parado no canto oposto, com um livro aberto nas mãos, a maleta preta de médico no chão, a seu lado.

O homem vaga pela loja pegando livros, mas sem abri-los, devolvendo-os ao lugar errado, encarando do oficial alemão para ela, e novamente para ele.

Por fim, sai.

O oficial pega a maleta, atravessa a loja e entrega-a para ela. "Ponha a comida lá atrás, onde ninguém possa ver."

Quando foi que eles se tornaram conspiradores?

*

Na próxima vez em que ele aparece, vários dias depois, ela lhe pergunta sobre Simone. Quando vê a expressão que cruza seu rosto, sabe que ele andou investigando, mas não iria contar-lhe a não ser que ela perguntasse.

"Está em Drancy. Dois policiais – *gendarmes*, não alemães – levaram-na, primeiro para a estação na Rua de Greffulhe, depois para o escritório alemão para ser interrogada. Aparentemente, tudo correu bem. Ela teria sido solta se não fosse por sua estrela."

"O que tem a estrela?"

"Estava presa com colchetes de pressão, em vez de costurada."

"Ela fez isso para poder usá-la num vestido, num suéter ou num casaco. Nunca saiu sem ela."

"O regulamento diz que precisa estar costurada na roupa."

"E por causa disso, eles a puseram num campo?"

"Eles são escrupulosos com coisas desse tipo."

"Eles? Você não é um deles?"

Sua única resposta é o olhar inexpressivo, aquele que diz que ele não tem autoridade.

"Posso visitá-la?"

"Não são permitidas visitas, nem mesmo de parentes."

"Posso lhe mandar alguma coisa? Um pouco desta comida?" Ela aponta para sua última doação. "Roupas quentes?" Pelo que sobrou no armário dos fundos, ela sabe que eles levaram Simone apenas com o vestido e o suéter às costas, e outro inverno brutal está começando. "Livros?"

"É difícil, agora que os SS assumiram o campo controlado pelos franceses." Ele hesita.

"Mas não impossível?"

"Dá para subornar os guardas", ele admite. "Se você fizer um pacote, farei com que ela receba."

Depois que ele sai, todo o horror da situação fica claro. O primeiro pensamento de Charlotte, depois de Simone, vai para a irmã e a mãe da amiga. Deveria mandar avisar a mãe dela? O que é mais generoso, a informação ou a ignorância? Ela se lembra de um dia, ambas tinham, talvez, 13 ou 14 anos, quando ela e Simone fugiram da escola e passaram a tarde se divertindo no Bois de Boulogne. Quando foram descobertas e receberam trabalhos extras para escrever e horas de compensação depois das aulas, Charlotte confessou sua transgressão para os pais, mas Simone conseguiu esconder tanto as punições, quanto o crime. Então, Simone estava salvando a própria pele. Agora, Charlotte tem a sensação de que ela iria querer salvar a paz de espírito da mãe, ou o pouco que ainda resta nestes dias.

Decide não contatar a mãe de Simone, na esperança de que ela seja solta logo, mas faz um pacote. Ele o entrega e volta com o recado de que Simone continua no campo. De início, ela fica furiosa. Por quanto tempo eles podem manter alguém por não costurar sua estrela de acordo? Depois, interpreta as palavras dele. Querem dizer que Simone não foi colocada em um transporte. Charlotte soube a respeito dos transportes, embora as histórias sejam inacreditáveis, como quase tudo que decorre de boatos. Minas de sal na Polônia e campos de trabalhos forçados na Alemanha têm um significado horroroso, mas uma velha inválida e curvada, um homem que perdeu a visão, uma criança de 3 anos podem trabalhar?

*

Ele continua a aparecer na loja. Se fosse um cliente normal, se os tempos fossem normais, ela comentaria com ele os livros que ele compra, ou, no mínimo, observaria que é um leitor voraz. Segura a língua.

A não ser para agradecer. *Ah, você é escrupulosa*, Charlotte se repreende em silêncio. Ela o mantém a um braço de distância, a não ser quando se aproxima para pegar a comida que ele traz. Mas sua discussão interior não é veemente demais. As pernas de Vivi já não são dois gravetos. Ela começa a ter uma barriguinha. Chora, mas não sem parar.

É claro que o silêncio não pode perdurar. Ele é esperto demais para isso. Pergunta o nome dela. Charlotte não responde. Tem absoluta certeza de que ele já sabe seu nome, mas dizê-lo de bom grado numa conversa educada parece íntimo demais. Mesmo assim, ele diz o seu: Julian Bauer. Não coloca sua patente militar antes do nome. Nem ao menos diz *herr doctor*, embora mencione sua profissão e prática quando pergunta sobre Vivi, quando relata sobre Simone, quando pergunta sobre certos livros, em toda oportunidade que aparece. Ela entende a estratégia. Jurei, antes de tudo, não fazer o mal, está lhe dizendo. Você está na Wehrmacht, quer gritar de volta. A Wehrmacht matou meu marido. A Wehrmacht levou meu pai a se esconder. A Wehrmacht está ocupando o meu país. A Wehrmacht levou minha amiga. Não, ele dirá em resposta a essa última afirmação. Eram *gendarmes* franceses. Não tenho autoridade.

Ainda assim, ele começa a se dirigir a ela como se tivessem uma relação amistosa. *Bonjour, madame*, diz, *bonsoir, madame*, sempre com uma leve inclinação. Curiosa, essa reverência. Mesmo sendo um gesto discreto, consegue agitar o ar, e aquele cheiro militar particularmente alemão, de couro e limpeza, principalmente limpeza – ela está muito cansada de carne não lavada, cabelos sujos e roupas encardidas – é mais atordoante do que o perfume mais inebriante.

Então, um dia, enquanto ele tira da maleta preta outro pedaço de queijo, duas batatas e leite, sempre leite para Vivi, pergunta casualmente, como se os dois estivessem pensando na comida, coisa que ela está, onde está seu marido.

Ela não responde. De todos os assuntos que não falará com ele, Laurent é o primeiro da lista, principalmente a partir do momento em que começou a ter os sonhos. Noite após noite, Laurent volta para ela, mas a cada vez algo dá errado. Ele lhe diz que já não a ama. Acusa-a de infidelidade. Diz que Vivi não é sua filha.

"Ele está aqui?", o militar pergunta.

Ela fica calada.

"Prisioneiro de guerra?"

Ela continua calada.

Quando ele se dá conta do acontecido, a loja silencia, a não ser pelo tique-taque do relógio, que ela acertou pelo horário alemão desde o dia em que ele reparou nele.

"Sinto muito", ele diz, enquanto a sineta sobre a porta tilinta e um cliente entra na loja. Ela se vira para devolver a comida à maleta de médico, mas ele já fez isso. Está protegendo-a. A ela e a Vivi. Tenta não pensar no que Laurent diria a respeito.

*

Por mais de uma semana, ele não aparece na loja. Ela diz consigo mesma que repara nisso apenas por causa da comida. Ela e Vivi se reacostumaram a comer. Duas noites antes, Vivi cuspiu os nabos que ela tinha feito para o jantar. Na noite anterior, empurrou a colher com sua mãozinha e chorou, mas acabou comendo um pouco.

Então, num fim de tarde, quando uma tempestade deixara o céu mais baixo, envolvendo a loja em sombras, Vivi tinha se deitado para sua soneca no cômodo dos fundos, e Charlotte estava sentada à caixa registradora, esforçando-se para ler no escuro. A sineta acima da porta vibra, a porta se abre e ele entra com uma lufada de vento úmido. Ela fica aliviada ao ver que ele está trazendo a maleta preta e se envergonha do sentimento. Pensa em Simone, ainda em Drancy. Nesses dias, reza para que ela continue em Drancy. Qualquer coisa é melhor do que a deportação.

Ele coloca a maleta no balcão, tira o quepe, sacode-o sobre o chão, tomando cuidado para não respingar nos livros, e alisa o cabelo escuro, não ariano. Depois tira os óculos, pega um lenço no bolso, seca e limpa uma lente, depois a outra.

"Sinto muito", diz. Ela pensa que se refere à chuva que trouxe para dentro da loja. Então, ele prossegue: "Fui mandado para casa." Ele empurra a maleta para mais perto dela.

Charlotte não entende sua expressão abatida. Deve ser gentileza dele, ou astúcia, ela volta a pensar, pedir desculpas por não trazer a comida que ela passou a esperar, mas com certeza ele não pode estar triste por ter ido para casa, de licença.

"Você deve ter ficado feliz em ver sua família."

"Não havia ninguém lá."

"Você não teve chance de dizer a eles que estava indo?"

"Mandei um telegrama, mas tarde demais."

Ela não pergunta tarde demais para o quê. Se eles estiverem de férias, ela ficará furiosa. Se tiverem morrido em um bombardeio aliado, será solidária, e isso é ainda mais perigoso. Recusa-se a sentir pena. Eles mesmos causaram isso. Mas não consegue sustentar a desumanidade. Ele deve ter perdido entes queridos. Ela conhece a sensação. E será que ele e sua família são realmente responsáveis pela guerra? Talvez eles estivessem tão pouco ansiosos pelo conflito quanto ela e Laurent.

Mais uma vez, Charlotte recua desse pensamento. Às vezes, acha que ele é ardiloso demais para ela. Mas por que seria ardiloso? Se estiver à procura de sexo, é facílimo de conseguir. A quantidade de comida que ele traz lhe compraria uma mulher diferente por noite, ou a mesma mulher por todas as noites que ele quisesse. Ela não está pensando em prostitutas, mas em francesas bonitas, famintas como ela. Às vezes acha que ele apenas se sente solitário. Volta a expulsar o pensamento. Não terá empatia por ele. Não o humanizará. Mas a lembrança de Laurent mais uma vez mina sua decisão, embora não haja semelhança entre o marido, a quem ela tenta se apegar, e esse homem, que ela tenta manter à distância. E se Laurent tivesse sobrevivido? E se a guerra tivesse transcorrido de outra maneira? Tenta imaginá-lo em Berlim, caminhando pelas ruas, indo a concertos e cinemas, fazendo amizade com uma mulher numa livraria. Não consegue. Mas então, com tudo o que anda acontecendo, com a luta constante pela sobrevivência, descobre que cada vez menos consegue se lembrar de como as coisas costumavam ser.

*

Na próxima vez em que ele vem à loja, não está carregando a maleta de médico. Ela tenta esconder sua decepção. Ele diz que acabou de tomar chá com seus superiores no Meurice. Isso é mais uma coisa sobre a qual ela especula, mas sobre a qual não fará perguntas. Como ele conseguiu ficar tanto tempo em Paris? Conforme a luta se intensifica na Rússia, mais e mais soldados e oficiais são mandados para o leste. Os parisienses ouvem-nos resmungar e presenciam o desespero com que se agarram ao prazer em seus últimos dias e horas, e veem, quase sentem o cheiro do medo que exalam. Um dos funcionários do Departamento de Propaganda foi destacado para lá como punição por receber propinas para encaminhar cotas extras de papel para certas editoras, ou assim dizem os boatos. Mas esse oficial, Julian (como Charlotte se recusa a pensar nele), parece ter encontrado para si mesmo uma posição permanente. Ela não consegue deixar de imaginar que ato pecaminoso ele possa ter cometido para conseguir isso.

Ele começa a tirar fatias de limão dos bolsos. "Não tem mais laranjas", diz, "mas consegui pegar isto quando ninguém estava olhando".

Ela para de pensar no que ele poderia ter feito e leva as fatias de limão para o fundo da loja. Ao voltar, um homem em terno risca-de-giz com aspecto improvavelmente novo, fenômeno estranho naqueles dias, e um chapéu Homburg bem escovado está entrando na loja. O oficial alemão vira de costas, vai até o outro canto da livraria e pega um livro. Não há nada de estranho nisso. Ele é sempre discreto quando há outras pessoas na loja. Sabe como pode ser perigoso para ela se parecer que os dois mantêm uma boa relação. Agora, ele até permanece de costas para eles, como se, de certo modo, pudesse disfarçar sua identidade, como se o uniforme não o entregasse. Não passou pela cabeça de Charlotte que ele poderia estar se escondendo para o próprio bem, e não dela.

O homem tira o chapéu, revelando uma testa larga, mas curta, aproxima-se do balcão e pergunta se ela tem um livro chamado *Esterilização para o aperfeiçoamento humano*. Charlotte diz que não. Ele franze o cenho.

"É uma obra importante."

"Não temos pedido dele."

"Estou pedindo agora."

"Tenho certeza de que poderá encontrá-lo em outra livraria."

Ele continua olhando para ela, como se a analisasse. "Você é a dona?", pergunta.

"O proprietário é um prisioneiro de guerra na Alemanha." Pelo menos, ela espera que Monsieur de la Bruyère ainda seja um prisioneiro de guerra, não uma vítima de trabalhos forçados.

Ele continua encarando-a. "Você tem outro trabalho: *Eugenia: a ciência do aperfeiçoamento humano através de uma melhoria na reprodução*? Foi escrito por um americano, Charles Davenport. Até recentemente, os americanos estavam à frente de nós em esterilização e outras medidas de eugenia, mas, graças ao Führer, nós os alcançamos e passamos à frente deles."

Ela lhe diz que eles também não têm esse livro.

"Você tem *Como reconhecer judeus?*"

"Não temos procura por isso."

Ele franze o cenho ainda mais. "Você tem algum livro sobre eugenia?"

Ela sacode a cabeça. "Sinto muito, senhor. Não há procura."

Agora, ele fica irritado. Acha que ela está caçoando dele, e talvez esteja. Não faria isso se ele estivesse usando um uniforme alemão, mas é apenas um francês cuja mente foi comprimida em uma camisa de força nazista.

"São obras de referência sobre o assunto. É fundamental que você as tenha", ele diz, e continua com o olhar fixo nela, como se esperasse que ela as encomendasse enquanto ele espera. Charlotte vai até uma mesa de livros, e começa a arrumá-los. Ele continua de olho nela até que, por fim, coloca o chapéu, vira-se e sai da loja. A sineta faz muito barulho quando ele bate a porta ao sair. Ela o segue com o olhar e, quando se vira, vê que o oficial alemão continua segurando o livro, mas não olha para ele, olha para o homem.

O militar vem até onde ela está parada. "Você sabe quem é ele?"

Ela sacode a cabeça. "Não é um cliente habitual."

"É o professor Georges Montandon, autor de um dos livros que pediu, *Como reconhecer judeus*. Segundo ele, é um especialista no assunto. Afirma que pode identificar um judeu à primeira vista."

"Homem talentoso."

"Ele diz que não é instinto, mas ciência."

Ela quer perguntar se ele acredita nisso. É médico, como nunca deixa que ela esqueça, um homem da ciência, mas não pergunta. Diz consigo mesma que não quer conversar com ele mais do que o necessário, mas sabe que é mais do que isso. Tem medo da resposta.

"A Comissão Geral contratou-o como especialista para desmascarar judeus escondidos sob documentos falsos."

Ela se pergunta por que ele está lhe contando isso. Só se dá conta mais tarde, naquela noite. Lembra-se de ele ter deduzido que ela e Simone eram irmãs. Acha que ela também é judia, mas se passando por uma gentia francesa. Estava tentando avisá-la para ter cuidado com o homem.

*

Eles entram animados na loja, três universitários, uma moça e dois rapazes, que Charlotte reconhece de visitas anteriores. Querem saber onde ficam os livros infantis. A garota procura um presente de aniversário para o sobrinho. Charlotte encaminha-os para um canto no fundo da loja. Para chegar lá, eles precisam passar pelo oficial alemão que está na seção de filosofia. Abaixam apenas um pouco a voz, ao passarem. Ele ficou conhecido a esse ponto.

Um dos meninos pega *Emil e os detetives* e entrega-o à garota. "Este era o meu preferido."

A menina olha para o livro. "Não livros de..."

O outro menino olha no seu olho e acena na direção do oficial alemão.

Ela não termina a frase, mas o primeiro garoto recoloca o livro na prateleira.

Por fim, eles decidem por uma tradução francesa de *O ursinho Pooh*. Ainda estão trocando frases sobre o urso descendo a escada aos trancos, subindo a escada aos trancos, subindo e subindo, enquanto a garota paga e eles saem da loja.

Charlotte fecha o caixa e vai até o canto arrumar os livros que eles andaram olhando. Enquanto reorganiza os títulos, escuta a voz atrás dela.

"Ele podia ver o mel, podia cheirar o mel, mas não conseguia alcançar o mel", diz em inglês. As palavras são fantasiosas, mas a voz dele está melancólica.

Ela se vira de frente para ele. "Você leu o livro para seu filho?"

"Não tenho filho. Não sou casado. Li para minha irmã, quando ela era pequena. Era seu livro preferido."

Ela escuta o pesar subjacente às palavras e lembra-se da resposta dada por ele ao voltar da licença para ir para casa. O telegrama chegou tarde demais. Todos tinham partido. Agora ela sabe que eles não haviam saído de férias. Os alemães trouxeram o bombardeio dos aliados sobre si mesmos, mas uma menina não pode ser responsabilizada. Ela se inclina para ele, inalando o cheiro de couro e limpeza, e sua mão, que entende mais de solidariedade humana do que ela, começa a se erguer para seu braço. Horrorizada consigo mesma, ela se reprime, mas é tarde demais. Ele viu.

Oito

Desta vez, ela não joga a carta fora. Estritamente falando, não jogou a anterior. Pelo menos, não pretendeu jogar. Estava simplesmente em pânico e lançou-a na cesta de lixo, e quando se lembrou de pegá-la de volta, a faxineira já tinha passado pela sala.

No princípio, não pensou que aquela carta tivesse algo a ver com ele, apesar do selo colombiano. Tinha publicado traduções de um punhado de livros sul-americanos. Virou a carta. Atrás havia o nome Rabino Sandor de Silva. Abriu o envelope com o abridor de cartas de aço, desdobrou o papel e começou a ler. O rabino queria saber o que ela poderia lhe dizer a respeito do Dr. Julian Bauer durante os anos em que o tinha conhecido em Paris.

Charlotte ficou olhando para o papel. A questão de fato era o que o Dr. Bauer havia contado ao rabino de Silva sobre o que ela andara fazendo naqueles anos em Paris. Estava tão entretida com a preocupação pela pergunta que não percebeu a presença de Horace, até ele estar sentado em frente a sua mesa. Aquelas rodas de borracha podiam ser silenciosas quando ele queria que fossem. Os olhos dela saltaram da carta e, involuntariamente, ela a escondeu sob o mata-borrão.

Ele sacudiu a cabeça e sorriu. "Não se preocupe, Charlotte. Posso ler de cabeça para baixo, um dos truques que se aprende trabalhando com impressores, como tenho certeza que você sabe, mas não vou fazer isso. É como a definição de um cavalheiro. Alguém que sabe tocar acordeão, mas não toca. Você teve uma chance de olhar para aquele manuscrito que te dei? O que foi rejeitado por toda a cidade?"

"*O trapézio vermelho*? Eu ia te escrever um relatório hoje. Você percebe que existe um motivo para ele ter sido rejeitado por toda a cidade, não é?"

"Porque meus colegas editores são um bando de filisteus sem gosto literário."

"Acho que isso é redundante."

"Ok, por serem um bando de covardes."

"Por não desejarem se envolver em batalhas legais por sabe-se lá quanto tempo, e possivelmente terminar com uma multa pesada, ou mesmo na prisão?"

"Mas aí é que está. Faz oito anos desde que a Doubleday lançou *Memórias do condado de Hecate*, seis desde que a Suprema Corte sustentou o decreto da obscenidade. Os costumes estão mudando. Está na hora de um novo teste."

"E se você estiver enganado? E se os tempos não tiverem mudado tanto quanto você pensa?"

"Tudo bem, também. Não tem como eu perder. Ou fazemos uma grande diferença nas leis de censura, ou vamos acabar sendo invadidos por um bando de detetives incentivados pela Legião Americana. Foi o que aconteceu com a Random House vários anos atrás. Com um livro de poesia. Nem consigo me lembrar do título, mas a poesia nunca vendeu tanto quanto aquela coleção depois que a notícia da batida se espalhou. Mas eu pedi sua opinião sobre o livro, não um conselho legal."

"É brilhante. Reconheço isso. Mas mesmo que você esqueça as cenas de sexo, os trechos de guerra são bem crus."

Ele ficou olhando para ela do outro lado da mesa. Ela nunca tinha visto seus olhos tão frios. "Acho que a palavra que você está buscando é 'honestos'. Mas isso não vai fazer com que seja censurado. A guerra não os ofende. Só o sexo e a luta por justiça social é que mexem com eles."

"Então, você vai publicá-lo?"

"Pode ter certeza. Eu já estava decidido a publicá-lo de qualquer maneira, mas o seu 'brilhante' é o selo de aprovação." Ele girou a cadeira e começou a deixar a sala. "Agora, volte para aquela carta. Não sei o que tem nela, mas pela maneira como você a enfiou debaixo do mata-borrão, e pelo seu ar culpado, deve ser material mais quente do que esse livro."

*

    Ao voltar para seu escritório, ele não soube por que a havia provocado. Não, isso não era verdade. Sabia exatamente por que a havia provocado. Estava tentando esclarecer as coisas. Não fazia ideia de qual era o assunto da carta que ela havia enfiado debaixo do mata-borrão, nem quem a havia enviado, mas sabia uma coisa: ela tinha ficado morta de medo. Hannah tinha um termo que usava a respeito dos seus pacientes mais frágeis: Ela ou ele não estava muito amarrado. Charlotte estava muito amarrada. No fim, ambas as condições resultavam na mesma coisa. Os que não estavam muito amarrados se desemaranhavam. Os que estavam estouravam. Charlotte pertencia ao último grupo. Ele sabia porque tinha intimidade com essa condição.

*

    Ela não retomou a carta depois que Horace deixou a sala. Ficou pensando no livro que ele ia publicar. Outras editoras não o lançariam por não querer briga. Ele estava ansioso por uma. Se não podia entrar no ringue físico, subiria no ringue moral. Mas ela tinha uma sensação de ser mais do que isso. Como havia dito, as cenas de guerra eram brutais, não apenas o sangue e as vísceras, as consequências físicas, mas o horror mental. Ela nunca havia estado na guerra, mas testemunhara recolhimentos de pessoas e brutalidade e, uma vez, um soldado nazista varrer uma multidão com a metralhadora só pela excitação da coisa. Tinha visto sede de sangue. Era disso que tratava aquele livro que ele estava decidido a publicar.

*

    Dessa vez ela não se enganou. A mesma paciente estava parada em frente ao espelho, no vestíbulo azulejado de preto e branco, arrumando o chapéu, um chapéu diferente com uma explosão de flores primaveris. Mas não passava disso, uma paciente de Hannah se arrumando, não uma concierge empunhando uma arma imaginária voltada para sua têmpora. A mulher virou-se para Charlotte e fez um aceno com a cabeça. Com o passar dos anos, Charlotte notara que alguns dos pacientes de Hannah cumprimentavam-na ao passar pelo hall; outros desviavam os olhos e se esgueiravam, como se tivessem sido flagrados em pleno delito. Nesses dias, um deles, um rapaz, às vezes parava para conversar, embora ela tivesse descoberto, recentemente, que ele não era um paciente e sim um analista que Hannah estava orientando. Agora, Charlotte acenou de volta para a mulher e subiu a escada.

Vivi estava esparramada no sofá, seus oxfords marrons no chão ao seu lado, os pés calçando meias 3/4 azul-marinho sobre o braço do sofá. O telefone que ficava na mesinha de canto estava com ela. A visão ainda fazia Charlotte pensar. Na idade de Vivi, ela não se atreveria a ficar largada nos sofás da sala de visitas da família, do quarto de vestir da mãe, do escritório do pai, ou em qualquer outro lugar. Seus pais não teriam permitido. E o único aparelho telefônico do apartamento da Rua Vaugirard ficava preso a uma parede, servindo para assuntos importantes dos adultos, não para fofocas de adolescentes. Mas ela não era seus pais, sobretudo não era sua mãe, Nova York em 1954 não era Paris em 1932, e ela tinha decidido, no dia em que subiu a rampa do navio em Le Havre, agarrando a mão de Vivi porque seria muito fácil uma criança escorregar por baixo do corrimão e mergulhar naquela distância estonteante até as águas negras que se agitavam ao redor do casco, que elas se tornariam americanas. Paris ficava para trás. Nada as prendia à França.

Deu um beijo na testa de Vivi, pendurou o casaco no armário e foi para seu quarto tirar o tailleur e os saltos altos. No caminho, notou que a luz no quarto de Vivi estava acesa e entrou para apagá-la. O hábito era um resquício da Ocupação. Ela era incapaz de deixar as luzes acesas ao sair de um cômodo, deixar a água correndo, ou desperdiçar qualquer coisa. Buscou o interruptor. Foi então que viu. O artigo estava sobre a escrivaninha de Vivi, entre seus livros de escola. Apenas uma palavra do título era visível: "Auschwitz".

Charlotte orgulhava-se de respeitar a privacidade da filha. As duas viviam em grande intimidade, e ela temia que aquele isolamento fosse excessivo, apenas uma com a outra. Então tomava cuidado para não abrir o diário de couro rosa que Vivi mantinha na gaveta da sua mesa de cabeceira, mesmo quando ela esquecia e o deixava para fora. Fazia o possível para não prestar atenção naquelas infindáveis conversas telefônicas que Vivi tinha com as amigas. Chegava até a se abster, e isso era o mais difícil, de perguntar sobre o que Vivi e Hannah conversavam nas noites em que ela chegava tarde em casa, e a filha descia para fazer hora com Hannah, depois da escola, ou para jantar. Mas respeitar a privacidade era uma coisa, fazer vista grossa era outra.

Charlotte moveu o livro para ver o restante do título "Do VIe Arrondissement para Auschwitz". Aquilo era pior do que ela pensava. "Por Simone Bloch Halevy", aparecia abaixo. A tontura súbita fez com que ela agarrasse as costas da cadeira da escrivaninha. Sabia que Simone havia escrito sobre a Ocupação. Alguns anos antes, remexendo nos livros usados da Argosy – nos volumes de segunda mão, baratos, na banca em frente à loja, não nas valiosas primeiras edições de dentro – deu com as memórias de Simone. Pegando o livro com cuidado, como se pudesse explodir em suas mãos, lera a dedicatória:

EM MEMÓRIA DOS MEUS PAIS
E DOS OUTROS 75.000 JUDEUS FRANCESES
E PARA SOPHIE

Charlotte não tinha passado dali. Fechou o volume e, com cuidado, colocou-o de volta na bancada, embora a explosão já tivesse acontecido. Pelo menos, Simone e a filha haviam sobrevivido, disse consigo mesma a caminho de casa. Isso fez com que se sentisse melhor em relação a elas, mas não em relação a si mesma.

Agora, olhando o artigo na escrivaninha de Vivi, perguntou-se de que revista ele teria sido recortado. Não havia identificação nem no alto, nem embaixo da página. Ela não reconheceu os tipos, nem o layout. A matéria-prima não era brilhante. Não era um artigo da *Life*, da *Time*, ou da *Saturday Evening Post*. Com certeza não era da *Seventeen*. Sendo assim, a pergunta não era onde ele havia sido impresso, mas como Vivi pusera as mãos nele. Charlotte não achava que poderia jogar a culpa em Mr. Rosenblum. Por um momento terrível, pensou que Simone poderia tê-las rastreado e mandado o artigo pelo correio. Mas se fosse esse o caso, teria mandado para Charlotte, e não para Vivi. Simone jamais responsabilizaria a filha pelos pecados da mãe.

Pegou o recorte e começou a ler. O primeiro parágrafo era uma descrição de uma infância privilegiada em Paris, de menininhas brincando nos jardins de Luxemburgo em seus adequados casacos azul-marinho com golas de veludo, chapéus de aba com fitas de gorgorão ao redor da copa, e luvas de pelica, tudo da Jones, na Avenida Victor-Hugo. No entanto, apesar do vestuário correto, elas corriam desabaladas, com as tranças voando debaixo daqueles chapéus, botinhas em disparada, ou tão livres quanto podiam sob os olhares atentos de suas severas babás inglesas. A imagem chegou furtivamente até Charlotte, como um bandido à noite, e atingiu-a com força. Ela fez uma ligeira pausa para recuperar o fôlego, e continuou lendo. Algumas das meninas eram chamadas de Bloch, Khan e Weil, outras de Aumont, Goderoy e Lefort. Não obstante, todas brincavam juntas, com os mesmos jogos, a mesma língua, a mesma gloriosa herança francesa, ou pelo menos era o que as menininhas chamadas Bloch, Kahn e Weil acreditavam. Mas aquelas menininhas com nomes que não eram de fato franceses, as que não iam à missa nem decidiam, por uma ou duas semanas, se tornar freiras, nem se apaixonavam por seus confessores, tinham sido ludibriadas. Não tinham um glorioso passado francês, apenas um futuro sombrio em uma cidade polonesa chamada Oświęcim.

Charlotte passou os olhos pelo restante do artigo. Sabia aonde Simone estava indo. O artigo era um esbravejar contra a desumanidade do homem. Era também um aviso contra os perigos da assimilação. No final da coluna, ela viu a biografia da autora. Simone Bloch Halevy era uma jornalista que dirigia uma rede de informações que tentava reunir judeus deportados com membros sobreviventes de suas famílias, caso existissem.

Charlotte devolveu o artigo à escrivaninha. Não iria extrapolar. Nem ao menos mencionaria aquilo a Vivi.

Foi Vivi quem trouxe o assunto à tona. Depois de desligar o telefone, entrou na cozinha onde a mãe picava alho, e entregou o artigo a ela.

"O que é isso?", Charlotte perguntou.

"Um artigo de revista. Achei que pudesse te interessar. Lembra muito as histórias que você conta sobre brincar nos jardins de Luxemburgo quando era pequena, ter uma babá inglesa e tudo o mais."

Charlotte enxugou as mãos, pegou o artigo e deu uma nova olhada. Sentiu os olhos de Vivi nela, enquanto lia. "Interessante." Devolveu-o à filha e voltou para a tábua de picar.

"Ela se parece muito com você, certo?", Vivi insistiu.

"A infância dela se parece com a minha, se é isso que você está dizendo."

"Mais do que isso. Ela também precisou de Hitler para aprender que era judia."

A faquinha lascou sua unha, mas não perfurou a pele. "Isso é uma provocação?"

Vivi deu de ombros. "Você me mandou para uma boa escola para aprender interpretação de texto."

Aquilo era uma provocação, mas Charlotte resolveu deixar passar.

"Onde foi que você conseguiu isso, afinal?"

"Tia Hannah. Recortou de uma revista. Ela disse que ele levanta algumas questões interessantes sobre as quais eu deveria pensar. Disse que eu estou numa idade em que estou lutando com minha identidade."

"Pra mim não parece muito uma luta. Você é Vivienne Gabrielle Foret, nascida na França, criada na América, radicada na cidade de Nova York, estudante da Endicott School, e uma menina extremamente simpática, na minha humilde opinião e na de várias outras pessoas também."

"E judia. Você esqueceu judia."

"E judia", Charlotte admitiu e empurrou o alho para a frigideira.

Nove

À medida que começam a sofrer reveses militares na Rússia e no norte da África, os alemães ficam mais cruéis e mais intratáveis. Os franceses tornam-se mais temerosos, mas também mais desafiadores. Paris é um barril de pólvora. Um leve incidente pode se transformar num confronto, um confronto, num banho de sangue. Vinte prisioneiros, escolhidos ao acaso, são fuzilados em troca de um alemão morto pela Resistência. É preciso dar exemplos. Embora as execuções já não sejam públicas, como eram no começo da Ocupação, quando nove membros da Resistência foram guilhotinados nas dependências da prisão La Santé, cartazes anunciando-as se tornaram assustadoramente comuns, tanto quanto as propagandas de peças, concertos e exposições. O canto da "La Marseillaise", proibido pelos governos alemão e de Vichy, é ouvido com mais frequência, especialmente de dentro dos caminhões que conduzem o condenado para o local da execução. A proibida palavra "*boche*" é murmurada um pouco mais alto e com mais frequência. Os rumores intensificam-se. Os policiais franceses arrancam uma menina de 3 anos de idade – a idade de Vivi, Charlotte pensa ao ouvir a história – da família gentia que a havia acolhido quando seus pais foram presos, a internam no campo Pithiviers e a colocam, sozinha, num transporte para o leste (se é que ser amontoada em vagões para gado com mais 999 seres humanos possa ser chamado de "sozinha"). Uma mulher no 20º *Arrondissement* joga seus dois filhos pela janela, para salvá-los de uma morte mais lenta e mais torturante. Em alguns relatos do caso, o *arrondissement* é diferente e as crianças são três ou quatro. Talvez isso seja um exagero, ou talvez mais mães estejam recorrendo ao impensável. As batidas aceleram-se. Os alemães e os *gendarmes* isolam bairros, bloqueiam entradas de metrô e capturam os habitantes como animais numa rede. Ocasionalmente, um gentio solidário tentará ajudar. Um policial previne conhecidos judeus a não sair em determinado dia por medo de serem presos na rua. Uma concierge avisa seus moradores judeus a não ficarem em casa porque o prédio sofrerá uma batida. Qual risco eles escolhem? Dizem que uma moradora de um prédio que dá para o mesmo pátio que a livraria, está abrigando crianças judias cujos pais foram deportados. Charlotte não sabe se a história é verdadeira e não tenta descobrir. Quanto menos sabe, mais segura a pessoa fica. Mas uma vez ela olha do pátio para o apartamento, e vê três pares de olhos logo acima do peitoril, arregalados e fixos e, ao que lhe parece, aterrorizados. Uma cortina se fecha rapidamente.

Homens e mulheres franceses reagem. Voam granadas contra um hotel ocupado pelos alemães perto da estação de metrô Havre-Caumartin, contra um restaurante reservado para oficiais da Wehrmacht, contra uma patrulha militar que cruza a Rua de Courcelles, contra um carro que carrega oficiais da Kriegsmarine. Trens que partem da Gare de l'Est a caminho da Alemanha e sabe-se lá onde mais são descarrilhados um atrás do outro. O general responsável por convocar rapazes franceses, entre 18 e 22 anos, para trabalhos forçados no Reich é assassinado. Mais próximo de onde Charlotte mora, um exemplar oco de *O capital*, cheio de dinamite, é deixado em uma mesa na livraria *collabo*, Rive-Gauche. A destruição de livros já não é uma tática apenas de um lado.

Mesmo inflamável como a cidade está, o oficial alemão continua visitando a loja e trazendo comida. Não parece perturbado pela mudança de rumo da sina alemã, mas talvez a mudança não esteja acontecendo de maneira tão dramática quanto os franceses querem acreditar. Vivi, que se acostumou com a presença dele, puxa sua mão ou a perna de sua calça quando ele fica parado folheando livros. No início, Charlotte tenta impedi-la, mas ele diz que gosta do interesse da menina. "Ela me lembra a minha irmã, quando era pequena." Charlotte ignora o comentário. É provável que ele nem ao menos tenha uma irmã, apesar de ter citado frases do *Ursinho Pooh*. Certa tarde, ele tira um livro da estante e leva-o até a velha poltrona de couro. Para ela é a poltrona do professor, mas não pode impedi-lo de se sentar ali. Ela nem ao menos tem certeza de querer fazer isso, tendo em vista o fato de que foi ali que ele se sentou ao dar a mamadeira para Vivi. Talvez alguma parte de Vivi se lembre, porque ela sobe em seu colo e se aconchega tranquilamente, com a cabeça junto ao tecido áspero do seu desprezado uniforme. Pode uma criança tão pequena sentir falta de um pai que nunca conheceu?

*

 Naquela noite, ela decide dormir na loja. Começou a fazer isso cada vez com mais frequência. Não é a única. Metade de Paris dorme num lugar impróprio nesses dias. Não tem nada a ver com sexo, apenas com sobrevivência. Quando as batidas começaram, homens judeus começaram a deixar suas famílias pouco antes do toque de recolher, embora isso mude constantemente, para passar a noite em algum outro lugar e assim não estar em casa quando os *gendarmes*, ou, com menos frequência, os alemães viessem prendê-los. Agora que eles também estão levando mulheres e crianças, famílias inteiras se dividem a cada noite e se encaminham para diferentes casas, rezando para que sejam seguras. Às vezes Charlotte reflete sobre a escolha. É preferível sofrer e talvez perecer junto, ou desejar que pelo menos um membro da família sobreviva?
 Ela tem seus próprios motivos para dormir no quarto atrás da loja. A roda traseira de sua bicicleta foi remendada tantas vezes que não tem mais conserto. Sem automóveis, nem gasolina, o metrô está lotado e, como os alemães fecham linhas e estações ao acaso – ou por capricho? –, é provável que os trens a deixem com Vivi em algum lugar distante e desconhecido da cidade. O blecaute torna a caminhada traiçoeira. O punhado de automóveis que restou precisa cobrir seus faróis com um material azul tão eficiente que a única maneira de um motorista saber que existe um pedestre por lá é com a batida e o estremecimento da colisão entre carro e corpo. Mesmo que ela pudesse usar uma lanterna para iluminar o caminho, é impossível conseguir pilhas. Além disso, o apartamento não é mais confortável do que a loja, e com certeza não é mais quente. Quando ela e Vivi estão lá, ficam na cozinha, perto do fogão, saindo somente para correr para a cama e se aconchegar debaixo dos edredons. Não são as únicas. Charlotte soube de pessoas que

reduzem seus apartamentos de oito, dez, doze cômodos a um quartinho entrincheirado. O cômodo dos fundos da loja é como uma caverna, protegido do vento pelo pátio, aquecido por uma tubulação de fornalha que passa por um closet apertado sob o beiral do telhado, quando existe combustível para a fornalha. O sofá é perfeito para uma pessoa, ela tem um bercinho para Vivi, e não precisa ficar sentada no escuro a noite toda por causa do blecaute. As janelas do apartamento são altas, e a luz escapa mesmo quando ela tenta cobri-la com cobertores. Na semana anterior, quando um dos cobertores escorregou, os *gendarmes* avistaram a luz, e a concierge, que tem problema numa das pernas, subiu a escada batendo os pés para repreendê-la por causar problema para todo o prédio. Aqui, ela pode fechar a porta da frente da loja, cobrir a única janelinha dos fundos com uma cortina pesada e ler sob a luz de um pequeno abajur, se houver eletricidade. Também pode grudar o ouvido no rádio e escutar a proibida BBC. É propaganda, mas superior à propaganda da Rádio-Paris alemã e à transmissão da *collabo* Rádio-Vichy. Ela não se sente segura na loja. Onde alguém consegue se sentir seguro em Paris, nesses dias? Mas se sente mais confortável. Até que o som a acorda.

No começo, ela pensa que o ruído vem de animais à noite. Gatos e cachorros abandonados pelos donos que já não podem alimentá-los, mas ainda não comidos pelos famintos moradores da cidade, rondam o pátio depois que escurece. Ratos passam apressados; camundongos correm pela loja, mas enquanto ela fica deitada escutando o som, percebe que ele não vem do pátio nem do prédio, é mais distante e mais mecânico.

Charlotte vira de lado para ter certeza de que Vivi está bem. Inocente e alimentada graças ao oficial alemão, ela dorme um sono profundo e infantil. Charlotte ergue o braço para olhar seu relógio, mas está escuro demais para ver as horas. Diz consigo mesma que o som é apenas de gatos e cachorros vira-latas que se tornaram selvagens pela fome, e vira para o outro lado esperando dormir. Às vezes, está tão exausta de frio, fome e pela luta pela sobrevivência que fica inconsciente assim que deita a cabeça no travesseiro. Às vezes, a preocupação e o horror dessa luta a mantêm acordada metade da noite.

Agora, o som está ficando mais alto, mais próximo e mais violento. Nem os animais virando latas de lixo, brigando ou uivando para a lua fazem tanto barulho. Ela percebe o ronco de caminhões; depois, os motores ficam em silêncio. Pensa em se levantar e ir devagarzinho até a frente da loja para ver o que acontece, mas teme estar procurando confusão. A loja está fechada. Ninguém sabe que elas estão ali.

Uma espécie de equipamento pesado está sendo arrastado pelo calçamento e pelas pedras. Talvez a guerra soe assim. Se a cidade for se tornar uma zona de batalha, será que ela deveria pegar Vivi e fugir, ou ficar e se esconder?

Charlotte decide sair da cama, afinal, e em silêncio, movendo-se lentamente com os pés descalços, tomando cuidado para não bater nas coisas, abre caminho em meio à escuridão da loja. Ao chegar perto da vitrine, ajoelha-se, rasteja os últimos metros e, mantendo a cabeça baixa, espia a rua. Soldados e policiais armam barricadas. Alguns estão montando metralhadoras. Estão todos fortemente armados. Precisam de tudo isso para arrebanhar judeus?

Mais uma vez, ela pensa em agarrar Vivi e fugir. Conhece cada rua e viela do bairro, e eles apenas começaram a montar as barricadas. Ela vai encontrar uma saída. Mas novamente a incerteza se instala. O perigo é menor na rua ou ali, escondidas? Rasteja de volta para o quarto atrás da loja. Vivi continua dormindo. Senta-se no sofá e procura pensar. Ela e Vivi não têm nada a temer. Seus documentos estão em ordem. Lembra-se do relógio marcando a hora francesa, o livro banido escrito por um judeu sobre um judeu, os documentos que Simone levava como mensageira quando flertou com os alemães no trem. Simone tomava cuidado para não lhe contar o que estava tramando, e ela se recusava a perguntar, mas isso não significa que os alemães estejam igualmente desinformados. Os *collabos* estão por toda parte, loucos para trocar informações por comida ou cigarros, ou por sua própria pele, dispostos a provar seu patriotismo pela nova França recentemente purificada, entregando a escória da velha. Dossiês minuciosamente detalhados, mantidos com precisão germânica, enchem gaveta após gaveta de arquivos oficiais. Até *gendarmes*, anteriormente desleixados, inspirados pelo exemplo de seus chefes alemães e seu próprio antissemitismo, tornaram-se mais eficientes. E se não houver motivo para uma detenção, é sempre possível conseguir um. Simone foi mandada para Drancy não por levar documentos proibidos, ou mesmo por deixar de usar uma estrela, mas por afixar a estrela de maneira inadequada.

Por outro lado, ela relembra a si mesma, ninguém sabe que ela está ali. A loja está fechada. Vão deduzir que esteja vazia. Mas talvez não deduzam nada. São detalhistas, esses alemães.

Charlotte percebe o ruído de botas correndo. Não, o estrondo de botas correndo. Existe uma quantidade enorme deles para que se distinga passos individuais. Vozes gritam em francês e alemão. Em uma ponta da rua mandam as pessoas saírem; na outra, avisam para ficarem em casa. Ah, são metódicos, sem dúvida. Irão de casa em casa, levando o tempo que for preciso, certificando-se de não excluir ninguém.

Subitamente, o quarto se enche de luz. É tão intensa que nem a cortina de blecaute a diminui. O pátio está claro como dia. Não, mais imaculado do que o dia. Está ardente. Eles devem ter instalado holofotes. Era de se pensar que a escuridão deixava o mundo mais ameaçador, mas o clarão excruciante da iluminação deixa-a cega de impotência. Mesmo que se atreva a levantar a cortina e olhar o pátio, não conseguirá ver nada.

Botas correm pelo pátio, homens gritam, pessoas berram. Vivi começou a chorar. Charlotte pega-a no berço e leva-a até o sofá, abraçando-a debaixo das cobertas, pedindo-lhe que não chore, dizendo que está tudo bem, tentando silenciá-la com a mentira, não que alguém pudesse ouvir o choro de uma única criança no tumulto que ocorre lá fora.

Estão batendo nas portas, o golpe surdo de punhos, o som mais incisivo da coronha de rifles, o estalo de madeira sendo arrebentada. Homens gritam, mulheres berram e crianças choram. Charlotte agarra Vivi contra si e reza para um Deus no qual não acredita. No pátio, um berro sobe ao céu e termina subitamente com um baque. Ela leva um momento para interpretar os sons. Alguém foi empurrado de uma janela, ou pulou.

Outra porta se espatifa. Tão próxima que deve ser a padaria do vizinho. Ela acreditava que eles não se incomodariam com lojas a essa hora. É por isso que eles vêm antes do amanhecer, para pegar as pessoas em casa, mal despertas, ainda sem suas roupas, vulneráveis. Charlotte reafirma a si mesma que uma padaria é diferente. Os funcionários já estarão em suas funções. Pelo clarão do pátio consegue ver seu relógio. São 5 horas. Isso significa que ali são 4 horas. Ela se tornou tão covarde que mantém tanto seu relógio de pulso, quanto o relógio da loja com o horário alemão.

No pátio, o grito agudo de uma criança a faz agarrar Vivi com mais força. Aquilo para de repente. Uma mulher começa a gemer. Novamente, Charlotte interpreta a sequência.

As batidas estão mais perto. Eles estão à porta da livraria. Se ela não abri-la, vão estilhaçar o vidro e forçar a entrada. Agarra Vivi junto a ela. Mais uma vez, sua mente dispara entre as opções. O closet no canto sob o beiral, aquele aquecido pelo cano da fornalha é quase imperceptível. Mas quase não é suficiente. Eles o verão. Se ela e Vivi forem encontradas se escondendo, isso significará que têm algo a esconder. Talvez seja melhor cooperar. Abrirá a porta, eles invadirão e pedirão seus documentos, ela mostrará, e eles passarão para o próximo apartamento ou a próxima loja. Mas a coisa não funciona assim. A partir do momento que eles entraram na cidade, anos atrás, ela presenciou sua cota de confrontos e batidas. Viu os efeitos nocivos. Quanto mais eles gritam, oprimem, chutam e golpeiam, mais eles querem. É sede de sangue. Não pode ser impedida, só exaurida.

De repente, as batidas na porta cessam. A gritaria no pátio continua, mas a frente da loja silenciou. Até Vivi parou de chorar e escuta.

Charlotte coloca-a no berço, põe o dedo nos lábios para avisá-la a ficar quieta, e vai novamente de mansinho até a frente da loja. Pelo vidro, vê as costas de um oficial da Wehrmacht e três *gendarmes* de frente para ele. Mesmo sem ver seu rosto, sabe que o oficial é o seu oficial. Não consegue ouvir o que ele diz, mas pode ver a maneira como os *gendarmes* escutam. Eles acenam com a cabeça, se entreolham, acenam novamente e saem.

O oficial continua parado na frente da loja. Outro grupo de *gendarmes* se aproxima. O que quer que ele diga funciona novamente. Eles se vão. A ponta da rua silenciou. Até o barulho no pátio está diminuindo. Agora, a algazarra vem dos ônibus estacionados além das barricadas. Pessoas gritam, choram e imploram. Ela se aproxima da porta. O oficial continua bloqueando-a. Enquanto ela fica agachada observando-o, ele dá alguns passos até a rua. Está forrada de fragmentos de vida, arrancados com raiva das mãos, jogados com terror – chapéus e sapatos, uma bolsa de mulher, uma fotografia emoldurada, uma cesta de corda com comida. Ele se inclina, pega um ursinho de criança, espana-o, segura-o por um momento, depois atravessa até o outro lado da rua e apoia-o no prédio. Volta e bate de mansinho na porta. "Madame Foret", sussurra.

Ela se levanta, vai até a porta e abre uma fresta. Ele entra e fecha-a.

"Como soube que eu estava aqui?", ela sussurra.

"Vivi me conta seus segredos. Diz que com frequência vocês passam a noite aqui. Quando eu soube da batida..." Sua voz se esvai.

"Obrigada."

"Seus documentos são bons?"

"Você quer saber se eles estão em ordem?"

"Estou perguntando se as falsificações são boas."

"Não são falsificações."

Ele fica parado, encarando-a. "Você ainda não confia em mim."

Antes que ela possa responder, escuta novamente o ruído de botas na rua, vindo em sua direção. Dessa vez, os gritos são em alemão. É a Wehrmacht ou a Gestapo, não *gendarmes*.

"Vá para o fundo", ele cochicha. "E mantenha a Vivi quieta." Ele se esgueira pela porta e fecha-a à sua passagem.

No quarto dos fundos, Vivi está se levantando no berço, olhos arregalados, a parte branca brilhando de medo. Começa a perguntar o que está acontecendo. Charlotte silencia-a e a pega no colo. Ela volta a perguntar, elevando a voz. Charlotte tampa a boca da filha com a mão. "É um jogo", cochicha em seu ouvido.

Vivi sacode a cabeça e tenta se afastar. Charlotte segura-a com mais força. "É esconde-esconde", cochicha.

Vivi sabe que não é um jogo, mas também sabe que sua mãe não está de brincadeira. Para de se retorcer. Charlotte escuta o sino sobre a porta. Ele deixou que eles entrassem. Você ainda não confia em mim, tinha dito. Ela estava começando a confiar, mas agora tem dúvidas.

Fica escutando as vozes em alemão. Os homens que ele deixou entrar – não sabe quantos são, no mínimo dois, pensa, pela conversa – dizem que precisam revistar as dependências. Ele diz que já fez isso. "Não tem ninguém aqui", insiste. "É uma loja, fica fechada à noite."

Eles exigem saber quem ele é. Ele insiste em ver suas credenciais. Seria ridículo, uma cena de comédia, se não fosse tão apavorante.

Uma após outra, as luzes estão se apagando no pátio. A escuridão teria facilitado se esconder, embora ela não imagine onde.

Ela os ouve passarem por ele, escuta o estalo do velho chão de madeira, enquanto eles andam pela loja. Ela deixou aberta uma fresta da porta do quarto dos fundos para escutar. Não se atreve a se levantar para fechá-la. Carregando Vivi, com um passo de cada vez, vai até o closet. A porta range ao ser aberta, mas as vozes altas e as botas pesadas abafam o som. Quando ela fecha a porta depois de entrar, escuta-os entrando no quarto dos fundos. Existe uma prateleira no primeiro terço da parede, e outra próxima ao teto. A madeira está velha e frágil. Pela primeira vez, Charlotte fica agradecida pela fome que acabou com o seu físico e a transformou em pouco mais do que ossos. Usando a primeira prateleira como degrau, carregando Vivi com um braço, ela consegue subir à prateleira mais alta. Recolhe as pernas e volta a tampar a boca de Vivi com a mão.

Eles estão se movimentando no quarto dos fundos. Um dos homens menciona as roupas de cama no sofá e no berço. O oficial, seu oficial, explica que foram deixados ali quando os *gendarmes* prenderam os moradores na varredura da área.

Botas movem-se, param, tornam a se mover, param em frente do closet. O trinco da porta vira. A porta abre-se. Charlotte obriga-se a não se mover, a não tentar se reduzir de tamanho. Prende a respiração no escuro. A porta fecha-se. As botas afastam-se, atravessam o quarto, entram na loja. A sineta sobre a porta tilinta, depois silencia. Ela se pergunta se é um truque. Não ousa sair para ver.

Vivi tenta torcer o rosto para longe da mão repressora da mãe. Charlotte segura-a com força. Seu corpinho se retorce. O aperto de Charlotte é como um torno.

Um único par de botas entra no cômodo. Depois, há silêncio. Ele deve estar olhando em torno. O som aproxima-se do closet. A porta abre-se. Ele faz força para enxergar no escuro, depois estica os braços para Vivi. Ela lhe entrega a filha.

Ainda segurando Vivi em um braço, ele estende o outro para ajudar Charlotte a descer. Por um momento, os dois ficam pressionados um contra o outro no quartinho apertado. Ele recua para deixá-la sair, leva Vivi até o berço e coloca-a ali. Charlotte vai atrás dele, cobre a filha, tira seu cabelo da testa, elogia-a como uma boa menina. Vivi fica ali, olhando para os dois. Charlotte vê que o terror começa a deixar os olhos da filha. Então, ele faz algo extraordinário, mais extraordinário, a seu ver, do que interceder por ela. Senta-se ao lado do berço e começa a cantar. Vivi não reconhece as palavras, ele está cantando em alemão, mas ela conhece a música. Canção de ninar de Brahms. A voz dele é fraca e monocórdica, mas Vivi não parece se importar. Suas pálpebras começam a se fechar. Ele termina. Vivi abre os olhos; "De novo", ela diz, e sua voz tem uma autoridade infantil, já sem medo, mas exigente. Ele recomeça a cantar. Quando termina a segunda vez, ela está dormindo. Quem é esse homem?

"Obrigada", Charlotte diz pela segunda vez naquela noite. Está aos cochichos, mas ele acena com a cabeça em direção à loja, e abre caminho para o cômodo da frente.

O mundo voltou a ficar escuro e silencioso. Eles levaram os holofotes do pátio. Os ônibus e caminhões se foram. O silêncio é sinistro. Repentinamente, é um bairro fantasma, a não ser pelo barulho ocasional de pés correndo. Ela se lembra de seu próprio plano de fuga naquela noite, mais cedo, e pensa que é o som de pessoas fugindo. Depois, percebe que, provavelmente, é a primeira leva de saqueadores tumultuando pelos apartamentos abandonados, levando o que houver de valor e algumas outras coisas. A ganância oportunista não é diferente da sede de sangue. Depois que começam, as pessoas não conseguem parar.

Um carro de polícia aderna pela rua. A sirene está desligada, mas os faróis varrem a loja. Ele a enfia na alcova no fundo da loja, atrás da velha poltrona de couro. É tarde demais para aquele carro, mas se surgir outro, só verão as costas de um uniforme da Wehrmacht.

Eles permanecem assim, ela de costas para as estantes de livros infantis, ele pairando sobre ela, à espera. Depois de um tempo, ela não faz ideia de quanto, Charlotte começa a se afastar dele, mas ele coloca uma mão sobre seu ombro para detê-la.

"Pode haver mais", diz, mas pela voz ela percebe que ele não está pensando em carros da polícia. Ela sente a aspereza da barba em sua testa, depois sua boca movendo-se para a dela. Diz a si mesma para se afastar, mas não consegue. O aperto na boca de seu estômago é familiar demais, insistente demais. Sente vergonha. É desavergonhada. Não tem vontade, mas seu corpo, sim. É lutar de volta para a vida. Sente-se cedendo e ergue o rosto para o dele. Ele desabotoa o suéter que ela vestira para dormir, depois enfia a mão dentro de sua camisola. Ela consegue reprimir o gemido, mas não tem controle sobre as mãos. Elas abrem sua farda, tiram o odioso uniforme. Charlotte recomeça a tremer. É o terror da noite, o alívio, e o toque de pele. Ah, que falta sentiu do toque de pele! É essa lembrança, a sensação da pele de Laurent, que a faz parar. Ela se desvencilha para longe, sobe a camisola até os seios, aperta o suéter junto a si. Não diz nada. Não precisa.

Ele fica parado, olhando para ela. Apenas seus olhos são visíveis na escuridão. Ela esperava raiva. Vê tristeza.

Ele abotoa o uniforme, puxa-o para ficar em ordem, vira-se e dirige-se para a porta. Suas botas rangem no chão de madeira. Sua sombra caminha como um fantasma na escuridão. Chega à porta. A sineta quebra o silêncio. E algo dentro dela.

Ela está do outro lado da loja. "Julian." É a primeira vez que diz seu nome.

Mais tarde, a vergonha voltará. Como pôde fazer amor com o inimigo? A amante do inimigo. É imperdoável. Ela é imperdoável. Mas tudo isso virá depois. Ela monta sobre ele na poltrona. A poltrona torna aquilo pior, pensará depois, mas não agora. Braços e pernas agarrando-se, boca faminta, corpo e alma famintos por anos de solidão, medo e negação. Impulsionado pela mesma solidão e fome e, embora ela não saiba disso então, um medo e uma vergonha ainda mais insistentes, ele cresce dentro dela. Estão agarrados um ao outro, boca com boca, pele com pele, sexo com sexo. Quando terminam – não, eles jamais terminarão –, quando param, as janelas da loja estão se acinzentando com o amanhecer, e um filete de luz revela a rua forrada de detritos da batida da noite anterior. A visão é como um tapa em sua alma. Ela sai de cima dele, dá as costas para a cena, veste a camisola, o suéter e abotoa-o. Ele continua sentado na poltrona, naquela poltrona. Ela quer tirá-lo dali e atirá-lo na rua. Não apenas porque alguém pode passar e vê-los. É seu próprio horror pelo que fez. As palavras "amante do inimigo", tão carregadas de erotismo na escuridão, agora exalam um fedor sórdido.

Ela pega a pilha de roupas dele do chão e estende-a para ele. Ele as pega e se levanta. É então que ela vê. Antes, estava escuro demais e ela estava faminta demais para notar. Agora, na luz acinzentada e no olhar frio da sua consciência, ela nota. Ele não é como Laurent. O pênis de Laurent era liso. A mão dela fecha-se ao se lembrar. O pênis dele tem um cume à volta dele, perto da ponta.

Os olhos dele seguem-na. "Quando eu era criança, tive uma infecção", ele explica.

Ela vira de costas. Voltaram a ser estranhos. Não, voltaram a ser inimigos. Ela não quer confidências.

Diz a ele para se apressar. Ele acaba de se vestir e dá um passo em direção a ela. Charlotte afasta-se, atravessa a loja até a porta e abre-a. Ele a segue, coloca a mão na porta e fecha-a.

"Não quero mentir para você. Não posso mentir pra você."

Ela não sabe do que ele está falando. Eles não dizem palavras de amor. Não dizem nada. E se ele tentasse dizer que a amava, ela o impediria.

"Não tive infecção em criança. Essa é a história que tenho pronta para os outros oficiais e médicos. Caso perguntem."

Ela não sabe do que ele está falando. Não quer saber. Estende novamente a mão para a porta. Ele a mantém fechada.

"Sou judeu."

A raiva contra ele ressurge nela. "Não tem graça."

"Estou falando sério. Sou judeu."

Ela fica parada, encarando-o. "Você é um soldado nazista."

"Sou um soldado alemão. Um soldado alemão judeu."

Ela sacode a cabeça. "Isso é impossível."

"Somos milhares. A maioria meio-judeu, mas inúmeros cem por cento judeus, como eu."

"Vá embora. Por favor", ela diz e afasta-se dele até o outro lado da loja.

Ele vai atrás dela. "Fui convocado antes da guerra. Então, em 1940, veio a ordem de que todos os judeus, até os meio-judeus e os casados com judias precisavam se entregar."

"Sendo assim, por que você continua de uniforme?"

"Alguns de fato se entregaram. Eu tive um amigo sortudo, cujo comandante disse que ele era um bom soldado e simplesmente conseguiu perder seus documentos."

"Agora eu entendo. Você é um soldado tão exemplar que é de grande valor para o Reich?"

"Por favor, não caçoe de mim. Estou tentando explicar. Preciso contar para alguém."

Para mim não, ela quer gritar, mas sabe que não tem esse direito, não depois do ato cometido naquela poltrona, talvez não antes disso.

"Tive outro colega que obedeceu à ordem, foi até seu comandante e disse que era judeu."

"E ele também foi perdoado?"

"O comandante tirou o revólver que ele usava em serviço e atirou em sua cabeça. Depois disso, decidi que o mais inteligente a fazer era ignorar a ordem e continuar do jeito que eu estava, mas sendo ainda mais cuidadoso. Meu comandante, na época, não era um modelo de eficiência germânica. Bebia demais. De algum modo, vários papéis do meu arquivo sumiram. E apareceu um novo. Chama-se um *Ahnenpass*. É um passaporte de antepassados, inventado pelos nazistas. Prova a origem ariana. O meu é uma falsificação muito boa. Se você tiver importância suficiente, o próprio Führer cuida disso. Ele declarou o marechal-de-campo Erhard Milch, que é meio-judeu, um ariano. Mas eu sou insignificante demais para isso. Depois que cuidei do assunto dos meus documentos, inventei a história da infecção na infância."

"Você quer mesmo que eu acredite nisso?"

Ele fica a centímetros de distância, segurando seu olhar. "É a pura verdade."

"Então, você simplesmente continuou servindo no exército de Hitler, ajudando a matar outros judeus."

"Não matei nenhum judeu."

"E o professor?"

"E você e a criança, essa noite?"

"Eu e minha filha não somos judias."

Ele sacudiu a cabeça. "Confiei a você meu segredo, mas você continua não confiando em mim", ele repetiu.

"Não sei se confio em você ou não. Como posso confiar em um soldado nazista..."

"Eu te disse, não sou nazista."

"... um soldado alemão que se diz judeu? Só sei que não sou judia."

"Mas a sua irmã, Madame Halevy..."

"Simone não é minha irmã."

Ele recua, senta-se no banquinho alto de três pernas e começa a rir. É um som nervoso, entrecortado, mais parecido com histeria do que alegre. "Agora você acredita que eu não sou nazista? Nem consigo distinguir uma judia de uma gentia."

Ela continua encarando-o. Por fim, começa a acreditar nele. "Mas continuo sem entender como é que você consegue passar por isso."

"Como eu consigo passar por isto? Pense nisto: no Terceiro Reich, qual é o lugar mais seguro para um judeu? Se eu não estivesse na Wehrmacht, estaria num campo." Ele vê o rosto dele mudar. Já não está rindo. "Como meus pais e minha irmã. Se ainda estiverem vivos."

Ela não sabe se o culpa ou se tem pena dele, se tem raiva ou o ama. Só sabe que há vergonha suficiente para todos os lados.

Dez

Charlotte rabiscou suas iniciais na prova de uma capa de livro, colocou-o na caixa de saída e levantou-se. O escritório estava em silêncio. Nas mesas na grande área comum além do seu cubículo, as máquinas de escrever das secretárias cochilavam sob suas capas pretas de plástico. Ao redor do perímetro, as salas e cubículos estavam escuros. Era raro ela ter que ficar até tarde no escritório, mas naquela noite aproveitou-se do fato de ser sexta-feira e Vivi ir dormir na casa de Alice com outras duas meninas. Charlotte gostava de ser a última no escritório, não apenas pela sensação de dever cumprido por ter deixado a mesa limpa, mas pela estranha solidão. Tinha tido sensações parecidas em algumas noites na loja da Rua Toullier. Não podia ter certeza de estar sozinha. Alguém poderia estar espreitando na divulgação ou na publicidade. Uma faxineira poderia estar trabalhando até chegar às salas do editorial. Mesmo assim, a sensação de estar em uma ilha deserta, cercada por um mar de livros era inebriante. Para onde quer que olhasse, havia caixas de livros novos cheirando a tinta e esperança, prateleiras de antigos ganhadores de prêmios e best-sellers irradiando dignidade e sucesso, e pilhas de cópias espiraladas esperando, nervosas, serem mandadas para críticos. Era um mundo de aventura infinita, vivida a uma distância segura e indolor.

Charlotte colocou o manuscrito em sua pasta, vestiu o casaco e seguiu pelo corredor em direção aos elevadores. A luz estava acesa na sala de Horace. De seu cubículo não dava para ver, mas ela estava certa, não estava só. Ficou em dúvida se ele estaria esperando por ela, depois decidiu que aquilo era ridículo. O homem dirigia uma editora, tinha trabalho a fazer.

"Pessoas que tentam passar de fininho pelo chefe não deveriam usar saltos altos que mais parecem umas malditas castanholas."

Ela parou à porta da sala dele. "Não estou tentando passar de fininho pelo chefe. Estou me exibindo por trabalhar até tarde."

"Nesse caso, entre aqui."

Ela entrou na sala, tirou o casaco, colocou-o em uma das cadeiras em frente à mesa dele e sentou-se na outra.

Horace inclinou-se, abriu a gaveta de baixo de sua mesa, pegou uma garrafa de scotch e dois copos e colocou-os sobre o mata-borrão. "Meu falecido mentor e sócio, Simon Gibbon, mantinha num aparador em sua sala uma bandeja de prata com decantadores de cristal lapidado para bourbon, uísque de centeio, scotch e gim."

"Deve ter sido no tempo em que editar livros era uma profissão de cavalheiros."

"Eu me ressinto disso."

Ele despejou dois dedos de scotch em cada copo e deu um para ela com um sorriso que ela nunca tinha visto. Não, isso não era verdade. Tinha visto naquele prodígio alto e esguio na foto da *Publishers Weekly*, publicada antes da guerra. Era um sorriso malicioso de moleque.

"Acabei de receber aquele maldito telefonema."

Ela esperou.

"Você não vai me perguntar de quem, sobre o quê?"

"Se eu perguntar, você só vai me fazer penar mais para tirar a resposta de você. Acho que o silêncio será mais efetivo."

"Ninguém gosta de uma espertinha. Da *Newsweek*. Eles souberam que compramos *O trapézio vermelho*, depois de ele ter sido banido na Inglaterra e rejeitado em toda a cidade."

"Nossa, me pergunto como é que descobriram."

"Você tem uma mente maquiavélica."

"Trabalho para o próprio príncipe. Para qual repórter ávido você mencionou isso, sob a mais estrita confiança, é claro?"

"Um redator no departamento de 'cultura', com o perdão da expressão. Eles vão rodar umas duas colunas sobre a publicação. Como conseguimos a edição francesa clandestina. Se achamos que o livro vai chegar até a Suprema Corte. O que o faz ser tão chocante. Vamos derrotar os putos da censura e vender duzentos mil, põe aí um milhão de exemplares no negócio. Isso pede uma comemoração."

Ela começou a dizer que ele ainda não tinha ganhado, mas Horace estava em tal bom humor que não quis estragá-lo. Ergueu o copo para ele. "Estamos comemorando."

"Diacho, isto não é uma comemoração, apenas um acontecimento noturno. Pelo menos para mim."

"Vá jantar fora com a Hannah."

"Ela já tem compromisso para o jantar. Sua sessão costumeira de sexta-feira com o jovem Federman."

"Jovem Federman?"

"Você deve tê-lo visto entrando e saindo da casa. Um sujeito novo e impetuoso com românticos cachos escuros, ou pelo menos é o que a Hannah diz. Ela é sua orientadora analista. Faz com que pareça um par de rodinhas na parte de trás da bicicleta, se quiser saber."

"Tudo bem, vou jantar fora com você. Aonde você quer ir?"

"No '21', e você não tem cacife pra ele. Sei o quanto te pago. Além disto, não quero sair pra jantar. Janto fora com escritores várias vezes por semana. Até o brilho do '21' diminui depois que você passa várias noites lá, escutando escritores pouco valorizados, ou escritores que acham que não são suficientemente valorizados, chorar com seus martínis."

"Então, o que você quer fazer?"

"Dar um giro."

"Seu carro está lá embaixo?"

"Pelo amor de Deus, Charlie, cadê a sua imaginação? Não estou falando de um giro naquele carro fúnebre atrás daquele motorista rabugento."

"No metrô de Nova York? Numa charrete? Nos carrinhos bate-bate em Coney Island?"

"Está chegando mais perto."

"Desisto."

Ele ficou olhando para ela por um segundo, depois outro. Ela estava começando a se sentir desconfortável. Ele ergueu o copo e terminou-o de um só gole. Mais tarde ela percebeu que aquilo foi para criar coragem.

Ele abaixou o copo, agarrou as rodas da cadeira, afastou-se da mesa, girou e deu a volta até ficar ao lado dela.

"Monte aí."

"O quê?"

"Eu disse monte aí. Vou te levar para uma voltinha."

"Onde?"

"Bem aqui. Nos corredores sagrados da G&F. Onde a grande literatura não vai ser intimidada por mentes pequenas."

Ela ficou olhando fixo para ele. "Está falando sério?", perguntou, por fim.

O rosto dele estava imóvel, só um olhar gélido de desafio, a não ser pela boca. Um tique tão pequeno que era quase imperceptível repuxava de lado. "Para criar um clichê absolutamente novo, nunca falei tão sério na minha vida."

Ela continuou olhando fixo para ele. O convite era absurdo, mas uma recusa seria um insulto. Como se estivesse com medo dele. Pior ainda, como se achasse sua condição ofensiva. Lembrou-se da conversa entreouvida na escada na noite em que Vivi acendeu a *menorah*. "Você é péssima para esconder aversão", ele havia gritado para Hannah. Ela se inclinou para a frente, pousou o copo na mesa e se levantou, depois ficou parada por não saber ao certo o que fazer a seguir.

Ele ergueu as mãos e pousou-as em seu quadril. Por anos ela havia sentado em reuniões, do outro lado de mesas, e em outras situações, e notado suas mãos. As palmas eram grandes, os dedos grossos e fortes, por causa de anos impulsionando-o pelo mundo. Não eram graciosas, nem belas, não eram mãos de um pianista nem de um cirurgião, mas eram admiráveis. Também eram curiosamente gentis. Ela o tinha visto quebrar lápis por frustração e lutar com impaciência com aquelas rodas, mas, a não ser uma vez, quando o viu folheando uma valiosa primeira edição de *A glória de um covarde*, nunca vira aquelas mãos com um toque tão delicado. Não, não vê-las com um toque tão delicado: senti-las.

Depois, lentamente, com uma mínima pressão, ele a virou até ela estar de lado para ele e puxou-a para seu colo, de modo a estarem sentados perpendicularmente. Horace passou o braço ao redor da cintura dela. Charlotte não soube o que fazer com as mãos. Cruzou-as no colo.

Entrelaçou-as no colo. Soltou-as. Cruzou os braços na frente do peito. Voltou as mãos para o colo. Com a mão livre, Horace pegou um dos braços dela e passou-o em torno do seu pescoço.

"Finja que estamos dançando", ele disse, depois agarrou a roda com sua mão livre e impeliu-a para fora da sala, entrando no labirinto de mesas de secretárias que enchiam a área comum. Ele contornou uma mesa à direita, virou à esquerda em outra, tirou a mão da cintura de Charlotte para agarrar a outra roda e mantê-los a caminho, depois voltou a pôr o braço à volta dela e seguiu em frente e rápido pela passagem do meio. No final, girou e correu pelo lado, quase batendo em cadeiras, cantos de mesa e cestos de lixo, impelindo-os cada vez mais rápido. Deu outra guinada brusca, quase tombando a cadeira, e soltou-a novamente para recuperar o controle.

"Cuidado!", ela gritou.

"Nada de copiloto", ele gritou de volta.

A euforia da sua voz era contagiante e comovente. Por ele experimentar esse momento como um ato de entrega e espontaneidade...

Ele zuniu pelo corredor até a sala de Carl Covington, deu a volta em sua mesa uma vez, uma segunda vez. Além das janelas escuras, o topo do edifício Chrysler passou velozmente num borrão fantasmagórico de fachos de luz. A visão deixou-a zonza. Ela agarrou o pescoço dele. Horace apertou o braço ao redor de sua cintura.

Então, eles estavam no corredor, virando à esquerda, depois novamente à esquerda, para dentro da sala de Faith Silver. As fotografias de mulheres em vestidos longos colantes da década de 1930 e chapéus *clochês*, homens de gravatas borboletas e sorrisos sardônicos e grupos sentados ao redor de uma mesa posando para a câmera passaram tão rápido que poderiam ser um filme.

Entraram com velocidade no cubículo de Bill Quarrels, contornaram sua mesa, saíram novamente, seguiram pelo corredor até o departamento de edição, contornaram as quatro mesas ali, novamente o corredor e dentro da sala do gerente de vendas. De tempos em tempos, ele tirava o braço da cintura dela para manter a cadeira em curso, mas a mão sempre achava o caminho de volta.

"Cuidado!", ela tornou a gritar, quando ele quase bateu em uma estante.

"Relaxe, você está com o Stirling Moss da modalidade cadeira de rodas", ele praticamente cantou, e mais uma vez ela ficou surpresa com o desespero sob a alegria.

Eles dispararam pelo espaço aberto em frente aos elevadores, passaram pela mesa da recepcionista, corredor e de volta à sua sala.

Ele parou. Sua respiração cortava o silêncio repentino. A dela estava quase tão cortante. Ele tinha uma desculpa. Estava impulsionando a cadeira. Ela não estava fazendo nada, senão agarrando-se à própria vida. Quis se levantar. O braço dele apertou-se novamente ao redor da sua cintura. Ficaram assim por um momento, esperando. Ela podia sentir os olhos dele em seu rosto. Os dela estavam focados na janela, mais uma vez no edifício Chrysler, mas por outra perspectiva e firme, não um borrão, mas uma tiara luminosa brilhando à noite. Charlotte deu-se conta de que, até então, os momentos empolgantes de sua vida tinham se desenrolado nas sombras da guerra e do medo. Virou o rosto para ele.

Horace tinha gosto de *scotch*. Ou talvez fosse sua própria língua. Ela se virou mais para ele. Ele tirou a outra mão da roda e segurou-a. Deveria ter sido esquisito ali, naquela cadeira, mas não foi. Foi a coisa mais natural do mundo.

Ela nunca soube ao certo o que a impediu. Não havia nenhum *deus ex machina*, pelo menos não um de verdade. Nenhuma faxineira entrou. Hannah não veio buscar o marido. O telefone não tocou. O *deus ex machina* estava na sua cabeça. Como poderia pregar códigos morais para a filha, quando os dela mesma eram tão desregrados?

De algum modo, conseguiu se afastar. Ele tentou segurá-la por mais um momento, depois a deixou ir. Ela ficou parada, alisando a saia. Ele ficou observando-a. Ela virou de costas. Não queria que ele visse seu rosto. Tinha a sensação de que ele estava entregando tudo que passava pela sua mente. Não deveria ter acontecido. Não deixaria acontecer de novo. De qualquer modo, não significava nada. As frases ficavam correndo atrás umas das outras, e ela não percebeu que tinha falado em voz alta, até ele responder.

"Não significou nada", ela disse.

"Não acredite nisso", ele respondeu.

Onze

Charlotte entrou no apartamento e parou ao ver a fotografia emoldurada sobre a lareira. Devia ser outra alucinação. Ou uma foto de alguém parecido com ele. Atravessou a sala, pegou a moldura e trouxe-a para junto de si. Não era uma alucinação ou alguém parecido com ele, era Laurent.

Sentiu Vivi parada atrás dela, no arco entre o corredor e a sala, mas não se virou, não ainda. Não estava pronta para enfrentar como a fotografia tinha ido parar ali. Só queria continuar olhando para ele.

Era tão jovem! Aquilo foi um choque. Agora, estava mais velha do que ele então. Mais velha do que ele jamais seria.

O resto também foi voltando rapidamente. Ela se lembrou dos cílios espessos e das sobrancelhas num formato lindo, lembrou-se até do nariz, um pouco curto demais, mas tinha esquecido a boca, que era o que o entregava. Podia curvar-se de prazer com alguma piada ou contrassenso, se abrir facilmente para soltar uma gargalhada ou se retorcer de desdém. E era macia. Ela também se lembrou disso. Enxugou os olhos com as costas da mão.

Vivi atravessou a sala e passou o braço ao redor da cintura da mãe. "Não quis te fazer chorar, mãe. Achei que você ia ficar feliz."

"Estou feliz", ela disse e tornou a enxugar os olhos. "Mas como foi que você conseguiu isso?"

"Com alguém que esteve com ele na Sorbonne. Com o meu... pai." Novamente, ela pronunciou a palavra com hesitação. "A ideia foi da tia Hannah. Quando contei a ela que eu nem mesmo tinha uma foto dele, ela disse que tinha de haver um jeito de conseguir uma. Então, a gente começou a conversar sobre onde ele tinha estudado e coisas assim. Aí, ela se lembrou de um colega com quem ela tinha se correspondido sobre algum estudo psiquiátrico. Ele também tinha estudado na Sorbonne. Ela escreveu para ele, e ele escreveu de volta dizendo que não tinha conhecido Laurent Foret. Era mais velho. Mas conhecia alguém que ele achava que tinha sido amigo do papai." Ela estava ficando mais à vontade com a palavra. "Então tia Hannah escreveu pro amigo, e ele escreveu de volta e disse que conhecia bem o papai, eles até tinham tentado começar uma revista estudantil juntos. Era por isso que tinha uma fotografia dele atrás de uma mesa. Não é incrível?"

"Incrível", Charlotte concordou. "Quem é esse amigo?"

"Alguém chamado Jean Bouchard. Ele disse que não te conheceu. Sabia sobre você porque papai contava, mas nunca te viu. Não é incrível?", ela repetiu. "Tia Hannah disse que o mundo não é tão grande quanto as pessoas acham."

"Aparentemente."

Vivi pegou a fotografia da mão da mãe, e ficaram olhando para ela juntas.

"Ele era bonito", Vivi disse.

"Isso ele era."

"E eu acho que tenho as sobrancelhas dele."

"E os cílios."

"Ele parece legal."

"Ah, querida, ele era. Era mesmo."

Vivi olhou de esguelha para a mãe. "Aposto que ele nunca brigaria comigo." Ela estava brincando, mas só em parte.

"Claro que não. Ele seria o pai perfeito. Não igual àquela com quem você está empacada."

"Não estou tão empacada", Vivi disse e colocou a fotografia de volta sobre a lareira. "Ela pode ficar aqui por enquanto. Embora eu imagine que vamos ter que tirá-la do apartamento para fazer uma cópia. Aí, você pode pôr aquela no seu quarto, ou em qualquer lugar. Mas esta vai ficar em cima da minha cômoda. Igual o pai da Pru McCabe está na cômoda dela. Assim, todo mundo vai poder ver quando for ao meu quarto. A Alice vai ficar com muita inveja, O pai dela é gordo e careca.

Quero dizer, Mr. Benson é simpático e tudo o mais, mas não é bonito. Não é como o meu pai."

*

Charlotte não conseguia decidir se agradecia Hannah por ajudar Vivi a encontrar a foto ou a mandava cuidar da própria vida. No fim, agradeceu. Até desceu a escada para fazer isso. Um bilhete ou um telefonema parecia muito frio.

Horace atendeu a porta. Ela também não conseguia se decidir como se sentia quanto a isso. Eles tinham se visto no trabalho, mas nenhum dos dois mencionou o passeio pelo escritório vazio. Por sorte – será que ela achava mesmo que era uma sorte? –, Hannah surgiu atrás dele, antes que qualquer um pudesse dizer alguma coisa.

Hannah convidou-a a entrar, mas ela disse que só tinha um minuto. O *cassoulet* que tinha sobrado do final de semana já estava no forno. Só queria agradecer-lhe por ajudar Vivi a rastrear a fotografia. "Ela está animadíssima!"

"Estou surpresa que você mesma não tenha pensado em fazer isso."

"Eu fiz. Escrevi para alguns amigos. Mas depois dos bombardeios..."

"Pensei que Paris tivesse sido poupada dos bombardeios."

"Houve alguns. Na maior parte foram batalhas de ruas, saques e caos. Acaba dando na mesma. Ninguém para quem eu escrevi tinha nada."

"Isso foi delicado", Horace disse depois de Charlotte voltar lá para cima.

"Ajudar Vivi a conseguir a fotografia?"

"Contradizer Charlotte sobre os bombardeios de Paris."

"Pelo que eu li, não houve muitos."

"Quantos são suficientes?"

"Tudo bem, foi falta de tato minha, mas não acredito que ela tenha escrito para amigo nenhum. Não acredito que tenha levantado um dedo para achar uma fotografia."

Ele não respondeu.

"Não é justo para com a Vivi", ela insistiu. "Já é triste demais nunca ter conhecido o pai. Ela merece, no mínimo, ter uma ideia dele."

"O que ela faz ou não faz não é da nossa conta", ele disse, enquanto se dirigia para o escritório.

Ela foi atrás. "Discordo. Não posso ficar parada vendo uma criança sofrer. Talvez o casamento tenha sido um erro; as pessoas lá deviam estar correndo para se casar, antes da guerra, exatamente como estavam aqui, mas ela não tem direito de infligir sua amargura a Vivi."

Ele parou e virou a cadeira para encará-la. "Talvez ela não seja amarga. Talvez não tenha nada a ver com seu falecido marido. Talvez ela só não queira revolver velhas lembranças. Não foi uma época bonita."

Ela ficou encarando-o. Ele conseguiu segurar seu olhar. Sabia o que estava por vir.

"Chamamos isso de projeção", ela disse.

"Guarde sua aula de terminologia analítica para o Federman. Eu chamo isso de respeito à privacidade."

*

Charlotte mandou fazer uma cópia da fotografia. Agora, Laurent estava sobre sua cômoda e sobre a de Vivi. Vivi, fielmente, dava boa-noite para a foto. Charlotte não a evitava, exatamente. Às vezes se pegava pedindo desculpas para ela em silêncio. Fiz aquilo por Vivi, explicava. Podia jurar que o lábio na fotografia se retorceu.

Uma vez, ela entrou no quarto de Vivi para dar boa-noite e encontrou-a sentada na ponta da cama, olhando para a foto. "Gosto dela, mas seria bom também ter uma do exército. De uniforme."

"Como o pai da Pru McCabe?"

Vivi deu de ombros.

"Prefiro esta", Charlotte disse. "Ele nunca foi militarista."

Vivi levantou-se e começou a desabotoar o uniforme da escola.

"Você sabia que o tio Horace foi indicado para a Medalha de Honra do Congresso?"

Charlotte, que tinha começado a sair do quarto, virou-se. "O quê?"

"A tia Hannah me contou quando a gente estava escrevendo cartas para conseguir a foto. Eu estava contando pra ela sobre o pai da Pru McCabe, e ela disse que o tio Horace defendeu um *bunker* e matou um monte de japoneses, sozinho. Foi assim que ele ficou ferido. Foi numa coisa chamada Batalha de Buna. Depois disso, o comandante da companhia indicou-o para a medalha, mas ele não ganhou."

"Por que não, se ele matou tantos japoneses sozinho?" Havia uma insinuação de ceticismo em sua voz. Desconfiava de heroísmo, até do heroísmo de Horace.

"Por ser judeu."

Charlotte sacudiu a cabeça. "Você precisa parar de ver tudo pelo prisma da religião. Você está ficando tão má quanto a avó de Eleanor Hathaway."

"Eu não vejo tudo, mas isso tem mesmo a ver com religião. Tia Hannah diz que é um fato conhecido. Ela diz que os judeus não recebem a Medalha de Honra do Congresso. Nem os negros. Por mais que sejam corajosos. Ela disse que leu um artigo no qual um general foi questionado sobre isso. Sabe o que ele disse? 'Um judeu ou um negro para a Medalha de Ouro do Congresso? Não me faça rir'."

"Não acredite em tudo o que você escuta ou lê."

"Mas o tio Horace é uma prova. Foi indicado por seu comandante, e um grupo quer que ele lute por isso, mas ele se recusa."

"Agora sim. A recusa de Horace em lutar para receber uma medalha soa como a primeira parte verdadeira da história."

*

Charlotte não tinha intenção de mencionar a Medalha de Honra a Horace. Você não sai por aí perguntando a um homem sobre sua experiência na guerra, mesmo que tenha ido dar uma volta no seu colo. Mas as resoluções firmes são engraçadas. Quanto mais você fica determinada a não dizer uma coisa, mais provável é você deixá-la escapar. O fenômeno lembrou-lhe uma anedota lida na biografia de J. P. Morgan. Uma mulher que convidou Morgan para o chá disse a sua filha pequena, várias vezes, que sob nenhuma circunstância ela deveria mencionar o nariz grotesco de Morgan, nem mesmo olhar para ele. Morgan sofria de rinofima.[5] A menina foi escrupulosa até sua mãe servir o chá e passá-lo

---

[5] Aumento anormal do nariz, dando-lhe um aspecto inchado, às vezes com caroços, resultante de uma doença chamada rosácea. [N.T.]

para ela servir ao grande financista. "O senhor usa um ou dois torrões[6] em seu nariz, Mr. Morgan?", ela perguntou. Foi assim que Charlotte sentiu-se no banco de traz do carro de Horace naquela noite.

Ele lhe ofereceu uma carona para casa. Dessa vez, ela não recusou. Nevava. E que importância tinha o que as pessoas pensavam? Provavelmente, elas já pensavam muitas coisas. Nenhum dos dois tinha mencionado aquele passeio à noite, pelo escritório, mas o comportamento de ambos havia mudado. Na frente dos outros, tornaram-se circunspectos. Ele a chamava de Charlotte, e não de General, nem de Charles, com sotaque francês, ou Charlie. Tomavam cuidado para não trocar olhares, como costumavam quando Carl Covington dizia algo particularmente pedante, ou Faith Silver repetia outra história sobre a vez em que tinha almoçado na Round Table. Não houve mais passada acidental sobre o pé de Bill Quarrels, embora alguns dias antes, quando Bill entrou no cubículo dela sob algum pretexto e se largou na cadeira do outro lado da mesa como se estivesse lá por um bom tempo, Horace tenha passado com a cadeira e lhe dito que estava esperando aqueles resultados de vendas.

O comportamento de ambos quando estavam a sós também tinha mudado. Passaram a ficar desconfortáveis – não, não desconfortáveis: superatentos, como se um toque acidental de dedos pudesse disparar fagulhas. Por sorte, havia muito espaço para manterem distância no banco de trás daquele grande Cadillac preto. Ela até pôs a bolsa e a maleta entre ambos, no banco, enquanto esperavam o chofer dobrar a cadeira de onde Horace havia saído, colocá-la no porta-malas e dar a volta para assumir o volante. Se para ela a demora foi estranha, para Horace deve ter sido uma agonia. Charlotte lembrou-se dele adernando pelo escritório naquela noite. Ele não tinha sido feito para ficar sentado no banco de trás de um carro funerário imponente, enquanto outra pessoa dirigia. Deveria estar dirigindo a esmo pela cidade e acelerando em estradas do interior num pequeno Triumph estiloso, ou num Austin-Healey vermelho como carro de bombeiros. A imagem partiu seu coração. E ela nem ao menos se importava com carros.

---

[6] Em inglês a palavra é *lump*, que, além de "torrão" (no citado caso, de açúcar), pode significar "caroço", "nódulo", "tumor", entre outras coisas. [N.T.]

Conforme o motorista pôs o carro em movimento e entrou no trânsito, lento e congestionado por causa da neve, ela perguntou como estava indo a campanha de *O trapézio vermelho*.

"Eu tinha razão, os tempos estão mudando, graças a *Ulysses*, *Lady Chatterley* e vários *Trópicos de...* No fim das contas, não é provável que tenhamos problemas, ou seja, só bastante falatório sobre possíveis problemas para disparar as vendas. O autor ajudou. Depois que o artigo foi publicado na *Newsweek*, ele arrumou uma série de figuras de destaque na literatura para assinar uma carta para o *Times*. Espere pra ver. É uma lista e tanto. Talvez o livro não seja ficção, afinal. Vai ver que ele de fato dormiu com metade do mundo literário de ambos os sexos. A carta jura que o romance é arte com *A* maiúsculo e que impedir sua publicação seria um crime contra a humanidade. O pontapé inicial é uma frase sobre como Flaubert e Joyce são reverenciados hoje em dia, mas ninguém se lembra dos filisteus que tentaram silenciá-los."

"Se um dia Henry Garrick desistir de escrever livros, você deveria contratá-lo como diretor de publicidade."

Ela viu o sorriso dele faiscar à luz dos postes amortecida pela neve.

"Exatamente o que eu pensei."

Charlotte poderia jurar que a mão dele moveu-se no banco em direção à dela. Rearrumou entre eles a barricada feita com sua bolsa e a maleta.

Um táxi deu uma guinada na frente do carro. Soou uma buzina. Os limpadores de para-brisa iam de um lado a outro. O silêncio entre eles se alongou. A conversa nunca tinha sido um problema antes daquele passeio noturno.

"Como está a Vivi?", ele perguntou, por fim.

"Sabe aquele radar que você disse que eu não tinha? Cuja falta significava que eu não estava preparando ela para o mundo? Ela está desenvolvendo uma tendência impressionante por conta própria. Noutra noite, eu ouvi uma preleção sobre várias desfeitas a judeus. Homenagens que eles não recebem, medalhas..." Ela parou.

Ele se virou para olhar para ela na luz lúgubre. "Por que eu tenho a sensação de que a Hannah tem algo a ver com isso?"

"Na verdade, não. Seja como for, eu só estava papeando sobre o radar da Vivi. Respondendo à sua pergunta de como ela está. Esqueça que toquei no assunto."

"Mas você tocou."

"Não é, na verdade, o radar a que você se referiu. Ela estava falando sobre preconceito em geral. Contra judeus, negros, esquimós, até onde eu sei."

"Vamos esquecer os esquimós. Contra judeus e negros? Não me diga. Deixe-me adivinhar. A Hannah começou de novo com aquela história estapafúrdia sobre a Medalha de Honra do Congresso?"

"Acho que ela estava falando por hipótese."

"Nem sonhando." Horace virou-se para olhar pela janela. O carro andou um pouquinho. Os limpadores de para-brisas iam de lá para cá. Ele tornou a se virar para ela. "A Hannah tem uma imaginação rica. Se for preciso ser casada com um aleijado, é melhor que ele tenha ficado assim por ser um herói. Vou te contar um segredo, Charlie. Milhões de homens foram baleados na guerra. Quase meio milhão deles morreu. Então, não vamos ficar melodramáticos por causa de um único ferimento, que causou seus estragos, mas não foi terminal. Em outras palavras, eu não mereço nenhuma medalha. Não fui um herói. Só estava no lugar errado na hora errada.

Charlotte não soube o que dizer quanto a isso, mas não precisava dizer nada. Ele já tinha se virado novamente para olhar pela janela. Dessa vez, ele não se virou de volta até o carro estacionar na frente da casa. Depois, apenas deu boa-noite, enquanto o motorista trazia a cadeira e ele se lançava com esforço sobre ela.

Doze

Ela jura que nunca mais vai deixar acontecer aquilo. Como poderia acontecer de novo? Ela o detesta. Quase tanto quanto detesta a si mesma.

Além disso, está apavorada com as consequências imediatas. E se ficar grávida de um pequeno Fritz, como são chamados os filhos da vergonha? Ela se lembra das histórias de aborto cochichadas a portas fechadas, antes da guerra. Casebres sujos em ruelas. Homens e mulheres de olhar frio, habilidade duvidosa e ganância indiscutível. Desde a Ocupação e Vichy, as penalidades só ficaram mais terríveis. A guilhotina não está fora de questão. Então, ela percebe que é uma preocupação que não precisa ter. Há meses não menstrua. Não está ovulando. Salva pela má nutrição. Até a comida que ele traz não é suficiente para voltar a fazer dela uma mulher, a maior parte ela dá a Vivi.

Então, o que ela tinha jurado que não voltaria a acontecer acontece. E mais uma vez depois dessa. Não tem nada a ver com comida, embora a escassez esteja piorando. É um tipo diferente de fome.

Que amantes estranhos eles são, ou grudados de desejo, ou rodeando um ao outro com desconfiança. Ele é o conquistador e pode fazer o que quiser com ela. O fato de saber seu segredo a torna igualmente perigosa para ele. Às vezes ela pensa que o medo mútuo os aproxima; em outros momentos, tem certeza de que os afasta.

Então, acontece algo estranho. Uma ternura começa a se insinuar entre eles. Tem que ter relação com Vivi. O afeto dele por ela é palpável. Mas vai além de Vivi. Outra fome persegue a cidade fria e escurecida, talvez ainda mais forte, naqueles tempos sem esperança, do que a fome física. Ambos estão famintos por contato humano. Ao se deitarem juntos no sofá estreito no quarto atrás da loja, ao se despedirem na luz turva que antecede o amanhecer, ele já não é um inimigo, um oficial da Wehrmacht ou um judeu medroso se escondendo. É apenas Julian. Sob outras circunstâncias, eles poderiam ter se tornado amantes diferentes. Mas ela não o ama.

Eles contam um para o outro a história das suas vidas, como se o conhecimento compartilhado fosse uma pepita de âmbar que pudesse preservar aquele momento mais tranquilo, menos complicado. Ou melhor, ele conta sua história de vida e pergunta sobre a dela, e gradualmente, conforme vai abaixando a guarda, ela pergunta sobre a dele.

Uma noite, deitados no sofá estreito depois de terem feito amor, a cabeça dela no peito dele, o braço dele ao redor dela, Charlotte sente os dedos de Julian movendo-se pelas suas costas. Ela percebe que é o mesmo movimento intrincado que o viu fazer enquanto lê ou folheia na livraria. Pergunta o que ele está fazendo.

"Dando nós cirúrgicos imaginários. No começo, eu fazia isso como prática. Agora, passou a ser um hábito. Um hábito nervoso, imagino."

"Você sempre quis ser médico?"

"Desde que eu me lembre."

"*Primum non nocere*" ["primeiro, não prejudicar"].

"Por favor, não caçoe de mim."

"Não estou caçoando. Estou te admirando. Admiro pessoas que têm um propósito. Principalmente, um propósito altruísta."

Ele ergue a cabeça para ter uma visão melhor do rosto dela. "Esta é a primeira vez."

"Primeira vez do quê?"

"Primeira vez que você me elogia."

Ela não faz qualquer comentário a respeito.

"Deve ser difícil estar na Wehrmacht", ela continua, depois de um tempo. "Considerando seu desejo principal de não fazer mal."

"Era meu dever. Eu teria me alistado mesmo que não tivesse sido convocado. Meu pai foi capitão na Primeira Guerra. O irmão dele morreu em Verdun."

Ela fica tensa com o orgulho velado em sua voz, mas quando ele volta a falar, só existe vergonha.

"Então, quando o antissemitismo piorou, foi meu porto seguro."

A vergonha, tanto sua, quanto dele, faz com que ela queira suavizar a ferida. "Você deve ser um médico muito bom, para que eles queiram te manter aqui, em Paris." Tinha mudado de ideia quanto a ele ter cometido uma vilania.

Ele ergue a cabeça para olhá-la de novo, e dessa vez está sorrindo. A expressão é rara. Também é mágica em seu poder transformador. Ele já não é o santo ascético, mas um homem que já foi, e talvez volte a ser, feliz. "Sou um bom médico", admite. "Também tenho sorte."

"Em qual sentido?"

"No começo da Ocupação, um oficial de alto coturno – não vou dizer quão alto – trouxe seu filho de 6 anos a Paris. Achou que seria uma boa experiência para a criança. Alguns dias depois de chegar, o menino ficou doente com dores terríveis de estômago, náusea e vômito. Também estava com febre alta. O médico de plantão era melhor militar do que médico. Não conseguiu diagnosticar o problema. Eles me chamaram. Eu era um principiante, mas eles estavam desesperados. Assim que o examinei, percebi que era um caso de apendicite."

"Não parece que isso seja difícil de diagnosticar."

"A dor da criança era do lado esquerdo do abdômen."

"O apêndice não fica do lado direito?"

"Na maioria dos casos, mas o menino sofria de *situs inversus*. Isso acontece quando os principais órgãos viscerais estão no lado contrário ao que seria sua posição normal. Fiz a cirurgia, o menino se recuperou bem, e o oficial de alto coturno ficou agradecido."

"Então, você é mesmo um bom médico."

"Esta é a segunda vez", ele diz.

"Você está anotando?", ela pergunta, e percebe que esse é o primeiro diálogo despreocupado que têm. Então, passado um momento, o diálogo fica sombrio, como tudo deve ficar nesses dias.

"Tem uma coisa que eu não entendo", ela diz. "Você diz que o primeiro médico era melhor como militar do que como médico. Mas com certeza o menino tinha sido examinado antes, quando nasceu, ou quando era bebê. Com certeza alguém devia ter descoberto o, como se chama, *situs inversus*."

"Um médico tinha."

"Então, por que o pai não sabia?"

"Porque a mãe não contou. Eu soube disso quando ela chegou em Paris. Ela me agradeceu pela vida do menino e implorou pela minha discrição. O marido é um alto membro do partido nazista. Pelos seus valores, pela doutrina nazista, o menino é defeituoso, uma mancha na raça ariana, inútil para a sociedade, indigno de viver. Ela teve medo do que o marido poderia fazer se descobrisse a condição do menino."

Charlotte afasta-se e fica encarando-o no escuro. "E esse é o país pelo qual você está disposto a lutar?"

"A Alemanha não foi sempre assim." É seu refrão constante. "E antes de me condenar, lembre-se do que disse o professor que veio aqui na loja atrás de livros sobre eugenia. Por anos, os Estados Unidos estiveram à frente da Alemanha em eutanásia e purificação racial. Foi só graças ao Führer que nós os alcançamos e os ultrapassamos."

Ela percebe a ironia em sua voz, mas não basta, e ele sabe disso. Ele se senta, coloca os pés no chão frio e pega seu uniforme.

"Se serve de consolo, e sei que não, eu cumpri os desejos da mãe. Nunca contei ao pai a condição do filho. Até expliquei que a cicatriz ficava numa posição tão distante por causa de uma nova técnica cirúrgica."

Charlotte coloca a mão nas costas dele, a delinquente consolando o criminoso, ou o contrário.

Mas ela não o ama. Nesse ponto, está inflexível.

Mesmo assim, instala-se uma espécie de vida doméstica. Uma vez, ele a deixou furiosa, furiosa por causa de um livro, como se levassem uma vida normal numa época normal, ao dizer que Emma Bovary era uma neurótica. Depois, se redimiu com sua simpatia por Dorothea Brooke. Os livros são importantes para eles. As palavras são importantes para eles. Foi ele quem lhe ensinou a frase: *Hitler fez de mim um judeu.*

*

Charlotte sai do prédio segurando a mão de Vivi e para, com o olhar fixo. A mulher do outro lado da rua se parece com Simone. Ela fica de boca aberta perante a figura extenuada, maltratada. É Simone.

Simone a vê no mesmo momento. Elas vão uma em direção à outra e se encontram no meio da rua. Alguns anos atrás, isso teria sido perigoso, mas não há trânsito. Elas param por um momento, divididas entre rir por causa do milagre daquilo e chorar pela alegria. Então, quando Charlotte dá um passo à frente para abraçá-la, Simone recua um passo. Charlotte fica doída e envergonhada. Simone sabe.

"Preciso me livrar dos piolhos", Simone diz.

Charlotte suspira de alívio.

Vivi puxa a saia do vestido imundo de Simone, e ergue os braços para ser pega no colo.

"Logo, minha querida, logo", Simone diz.

"Você está livre!"

"Por enquanto."

"Como foi que você saiu?"

"Não tente entender a mente nazista. Uma coisa de cada vez. Você tem alguma coisa, vinagre, azeite, maionese?" Ela enumera os remédios caseiros para se livrar dos piolhos.

Charlotte diz que não se lembra da última vez em que teve alguma dessas coisas, depois se lembra do tubo de vaselina trazido por Julian para as assaduras de Vivi. Elas se viram e voltam para o prédio.

Na subida para o apartamento, encontram a concierge descendo, sua perna ruim batendo pesadamente em cada degrau. Simone vira-se e se encosta à parede. A concierge coloca a mão no ombro de Simone, e com delicadeza puxa-a para longe da parede.

"Bem-vinda à casa, Madame Halevy", ela diz, e sua voz é gentil, embora em outros tempos ela não gostasse de Simone. Achava-a muito ousada.

"Por que você estava evitando Madame Rey?", Charlotte perguntou, enquanto elas continuam a subir a escada.

"Eu não estava. Foi um reflexo. No campo, éramos proibidas de olhar diretamente para os guardas. Se passássemos por um deles num corredor ou numa escada, tínhamos que grudar na parede. Senão...". Sua voz foi se perdendo.

"Como é que a Madame Rey sabe uma coisa dessas?"

"Rádio-Loge", Simone diz, usando o termo para o serviço de boatos das concierges. "Não fui só eu que foi solta de Drancy. Você se lembra de Monsieur Bendit, dono do café na Rua des Écoles, que costumava tentar flertar com a gente? Eles o prenderam, soltaram, prenderam de novo. Às vezes, eles fazem isso. Acho que faz parte do sadismo deles."

"Tem notícias da Sophie?", Charlotte pergunta ao destrancar a porta do apartamento.

"Ela e a minha mãe não sabiam que eu tinha sido presa, graças a Deus. E graças a você, por não contar pra elas. Na última vez que eu soube, as duas estavam a salvo, no sul."

Charlotte entra no banheiro e volta com a vaselina, roupas íntimas limpas e um vestido, e entrega tudo para Simone.

Simone aceita tudo, e olha para o tubo de vaselina. "Como foi que você conseguiu isto?"

"Sorte", Charlotte responde rápido demais. "E uma fila interminável. Também tenho pão preto e alguns bocados de salsicha", ela completa, enquanto vai para a cozinha.

"Pão, salsicha, vaselina. Conte a verdade, Charlotte, você tem um amante fazendo contrabando."

"Tenho vários. Mas venha comer."

"Em primeiro lugar, tirar os piolhos. Até lá, não me sinto humana. Vou até os banhos públicos." Ela hesita. "Eles ainda estão abertos, não estão?"

"E lotados."

"Então, é melhor eu correr. Apareço na loja quando for uma nova mulher."

Uma hora depois, Charlotte levanta os olhos das contas que está tentando equilibrar e vê Simone parada do lado de fora da loja. Seu longo cabelo escuro ainda está molhado, e o vestido pende nela como em um espantalho. Antes da Ocupação, elas tinham o mesmo tamanho. Agora, Charlotte está magra e Simone, esquelética. Ela espia dentro da loja, tentando ver quem está dentro, se é que tem alguém. Quando vê que só há Charlotte, abre a porta e entra. Costumava ser destemida. O campo tornou-a cautelosa.

Charlotte faz um bule do que ficou conhecido como suco de bolota, um dos nomes para os inventivos, mas de gosto horroroso, substitutos do café. Elas se empoleiram em banquinhos atrás do balcão, falando baixinho quando entram clientes na loja, embora alguns dos clientes costumeiros parem ao ver Simone, como se tivessem visto um fantasma. Depois vão até ela. Alguns a abraçam e beijam; outros pegam suas mãos e dizem o quanto estão felizes por vê-la. Ninguém pergunta onde ela esteve. Eles sabem. Ninguém pergunta como foi. Não querem saber.

Charlotte também não quer saber, do mesmo jeito que Simone não quer contar, mas não consegue se controlar e Charlotte não tem escolha a não ser ouvir as histórias de aglomeração e fome, sordidez e doença, as indignidades menores de baldes de dejetos transbordando, mulheres servindo de escudo humano para proporcionar um mínimo de privacidade às mulheres que estão menstruando, e a violência gratuita e inevitável. Mas o pior de tudo, Simone diz, é a desumana escolha de seres humanos para os transportes. Essa lembrança faz com que ela se cale.

"Passei pelo meu antigo apartamento", ela diz, depois de um tempo. "Tem desconhecidos morando lá. O pior é que são franceses." Sacode a cabeça. "Não que fosse melhor se os *boches* o tivessem requisitado."

"Venha ficar no apartamento comigo e com a Vivi." Charlotte não quer pensar em Simone mudando-se para o quarto atrás da loja. Não há sinais de Julian. Ela toma cuidado para que ele não deixe nada. Mas o quarto parece estar impregnado dele, recender àquela paixão, exalar um fedor da ilicitude dos dois. Ela tem certeza de que alguém sentirá, especialmente alguém tão sintonizado com ela quanto Simone.

Simone agradece, mas diz que não pode ficar em Paris. "Eles me soltaram agora, mas isso não significa que eu não vá ser presa de novo. E na segunda vez, você está ainda mais sujeita a terminar em um transporte."

"Pra onde você vai?"

Antes que Simone tenha uma chance de responder, a sineta sobre a porta toca, e Julian entra na loja. Para ao ver Simone, como fizeram alguns dos clientes costumeiros, mas, ao contrário deles, não corre para lhe dar as boas-vindas. Olha para Charlotte. Ela encontra seu olhar e desvia os olhos, rapidamente. Não é preciso mais do que isso. Charlotte reconhece o fenômeno porque vivenciou coisa parecida, embora não em circunstâncias tão terríveis.

Logo depois que ela e Laurent se casaram, os pais dele deram uma festa para o casal. O mundo precipitava-se para a guerra, mas as formalidades tinham que ser seguidas. Com o mundo precipitando-se para a guerra, era mais importante do que nunca seguir as formalidades. Ela ainda se lembra da cidade além das portas abertas do terraço tornando-se um azul esfumaçado, como acontece naquela hora, e o cheiro de escapamento do trânsito abaixo se mesclando com perfumes caros. Uma mulher ligeiramente mais velha, usando um conjunto Chanel, do qual ela também se lembra, veio até Laurent e beijou-o nas duas faces. Não havia nada de extraordinário nisso. Mas algo na maneira como sua mão demorou-se no braço dele e o desconforto de Laurent ao fazer as apresentações entregaram-nos.

"Vocês foram amantes", Charlotte disse depois que a mulher se afastou.

Ele sacudiu a cabeça, mas o gesto não foi persuasivo. Ela conhecia Laurent a esse ponto, então. E Simone a conhece igualmente bem, agora.

Simone fica em silêncio, observando, enquanto Julian pega um livro, mal olha para ele, coloca-o de volta, pega outro, repete os gestos e sai da loja.

"Agora eu entendo a vaselina, o pão e a salsicha", ela diz depois que ele se vai.

Charlotte não tenta negar. Isso só pioraria as coisas. Ela sabe que também não deveria tentar explicar, mas é demais para ela. "A Vivi estava doente e com fome."

"Você conhece alguém em Paris que não esteja? A não ser os *boches* imundos e seus *collabos*."

"Foi ele quem subornou os guardas para levarem os pacotes até você."

"Foi ele quem me pôs lá, antes de tudo."

"Ele é um médico do exército, não um guarda, um Gestapo ou um SS."

"É um *boche.*"

Charlotte tem mais uma explicação, mas não pode usá-la. Seria uma traição ao segredo de Julian. E só faria Simone detestá-lo ainda mais.

Simone levanta-se.

"Aonde você vai?"

"Eu te disse. Não posso ficar em Paris."

"Sei, mas aonde você vai?"

Simone sorri. A expressão é tudo menos bondosa. "Antes, eu não poderia te contar. Seria perigoso demais para você e para mim. Com certeza não vou contar agora."

"Você não pode achar que eu vá te entregar!"

Simone encara-a por um longo momento. "Não sei o que pensar. Pensei que soubesse, mas não sei. Não mais."

*

Ela ouve falar em Simone mais duas vezes antes do final da guerra. Monsieur Grassin, o etnógrafo amigo de seu pai, lhe diz, em uma de suas idas à loja, que Simone está escondida em algum lugar no sul. Não fala onde. Charlotte diz a si mesma que é uma discrição comum, não uma desconfiança pessoal. Depois, no campo, uma mulher que conhecia as duas antes da guerra conta que Simone foi novamente presa. Dessa vez, ela não teve tanta sorte nas loterias de deportação.

*

Charlotte diz a Julian que ele precisa parar de ir à loja. Não tem nada a ver com Simone. Bom, talvez tenha algo a ver com Simone. Mas, acima de tudo, ela está com medo. É perigoso demais, insiste. Ele não discute. Nem mesmo tenta se despedir. Pelo menos, não dela. Mas pega Vivi no colo, abraça-a por um momento, e diz para ela ser uma boa menina e obedecer a sua *maman*. Quando tenta colocá-la no chão, ela se agarra a ele. Ele desprende seus braços com relutância.

"Se as coisas fossem diferentes...", ele diz, e acaricia a cabeça de Vivi. "Mas não são."

A dureza com que fala deixa-a envergonhada. Repetidas vezes, ele falou dos filhos que sonha ter um dia. Não é uma questão de levar seu nome, explica, embora não precise. Ela está começando a conhecê-lo. É um desses homens cuja doçura aflora com crianças. Ela desconfia que ele goste mais de crianças do que ela. Charlotte ama Vivi, que é sua, mas não se diverte com crianças em geral.

Uma vez, tarde da noite, falando no quarto atrás da loja – nem tudo é sexo –, perguntou a ele por que nunca tinha se casado.

"Fui noivo."

"O que aconteceu?"

"A Lei para Proteção do Sangue e da Honra Alemães, foi isso."

"Eles levaram sua noiva?"

Ele sacudiu a cabeça e sorriu, não o sorriso que mostra que alguém já foi feliz e pode voltar a sê-lo, mas uma careta terrível.

"Digamos que ela se afastou. Não a culpo. Não estou em posição de culpar ninguém. A Lei para Proteção do Sangue e da Honra Alemães criminalizava relações sexuais e casamentos entre alemães e judeus. Ela é uma boa alemã. Eu sou um judeu desenraizado."

Ela diz consigo mesma que é a lembrança da insensibilidade da noiva que a faz ceder, mas sabe que é sua própria necessidade. Ele pode vir à noite, diz, quando não há ninguém na loja para vê-lo.

Várias noites por semana, ela tranca a porta ao fechar, depois a destranca quando a cidade escureceu. Ele é discreto ao entrar, mais do que discreto, furtivo. Certa vez, quando estava prestes a abrir a porta, um homem dobrou a esquina e entrou na rua. Julian soltou a porta e começou a seguir pela rua, experimentando as outras portas, fazendo o máximo para parecer que estava em missão oficial, checando portas para ter certeza de que estavam trancadas à noite. Um pouco mais tarde, aconchegada no quarto de trás, Charlotte escuta o trinco chacoalhando de novo, e espera o som dos passos dele na loja. Há apenas silêncio. Um momento depois, alguém bate à porta. Puxando o suéter para junto do corpo, ela entra na loja. O homem de rosto imutável está do outro lado do vidro. Ela tenta não recuar e aponta o sinal que diz FECHADO. Ele abre a porta mesmo assim, enfia o rosto aterrador na loja e diz que ela se esqueceu de trancar para passar a noite.

"Você tem sorte", ele diz. As palavras, esmagadas por seus lábios rígidos, saem deformadas. "Um *boche* acabou de passar pela rua verificando as portas. Por sorte, não era um dos membros eficientes da raça superior."

Ela agradece e começa a fechar a porta, mas ele a impede.

"A criança está nos fundos?", pergunta.

Ela assente.

"Ótimo. Vou dizer a Madame Rey que vocês duas estão seguras. A concierge fica preocupada quando vocês não voltam para casa."

Ela explica sobre o blecaute, o fechamento do metrô e a bicicleta quebrada, e, mesmo enquanto explica, sabe que é um erro. Não lhe deve explicação, muito menos uma tão elaborada.

Depois que ele se vai, ela tranca a porta. Um tempo depois, volta a ouvi-la chacoalhando. Dessa vez, não se levanta, nem entra na loja. Poderia ser o homem de rosto terrível, mas ela sabe que não é, é Julian. Fica deitada, tensa, até o barulho parar, detestando-se por sua crueldade, mas detestando-o também pela situação comprometedora em que a colocou. Só que ela sabe que ele não a colocou lá. Ela mesma se colocou nessa situação por sua livre vontade.

Na noite seguinte, Charlotte vai dormir no apartamento. A concierge está a sua espera. Ainda não começou a pôr o dedo na têmpora e murmurar sobre os *boches*. Apenas observa o quanto a pequena Vivi parece bem, e belisca seu rosto. O punhozinho de Vivi tenta afastar a mão dela.

A concierge e seu amigo de rosto grotesco não são os únicos que Charlotte teme. Homens e mulheres franceses continuam entregando seus vizinhos judeus, mas agora outros patriotas franceses apontam seus compatriotas por outros crimes, alguns reais, outros imaginários, alguns inventados para resolver velhas pendências. E assim como não tem como negar o fato de ser judeu, não existe tribunal em que contestar essas acusações. Homens e mulheres são ouvidos a portas fechadas, julgados em segredo, declarados culpados aos sussurros, executados de maneira furtiva. Vingança livre, é como nomeará o amigo do seu pai do Palais de Chaillot, Monsieur Grassin, mas essa frase de dar calafrios ainda pertence ao futuro.

Rumores sobre a iminente invasão percorre a cidade. Quanto mais perto chegam os Aliados, mais certa se torna a derrota dos alemães, mais explosiva fica a situação. Propagandas antissemíticas retumbam com mais força e com mais violência em cartazes, jornais e transmissões radiofônicas. A Resistência aumenta sua sabotagem e as represálias contra os ocupantes e seus colaboradores.

Certa manhã, caminhando com Vivi ao longo do rio, Charlotte vê uma multidão reunida no cais. Segurando a mão da filha, muda de rumo para dar ao grupo um espaço amplo. De um jeito ou de outro, aglomeração é sinal de confusão. Antes de mudar de direção, ela vê dois *gendarmes* içarem um corpo da água. Ele tem as mãos e os pés amarrados. Um calcário está amarrado ao seu pescoço. Ela não precisa continuar olhando para saber que haverá sinais de tortura.

"Porcos da Gestapo", um homem vocifera à margem da multidão. Uma mulher perto dele faz sinal para ele se calar.

Então, a Rádio-Loge entra em ação. A Gestapo não pode ser responsável. A vítima era um colaborador conhecido. Ele e a mulher foram vistos várias vezes deliciando-se com *tournedos* de carne e garrafas de Saint-Émilion em companhia de oficiais alemães no Le Grand Véfour, o restaurante abaixo do apartamento onde todos sabem que Colette mora e esconde seu marido judeu.

A retaliação está no ar. Charlotte nunca soube como a concierge descobriu. Talvez o homem com o rosto imóvel de cera não estivesse lá por acaso, na noite em que pegou Julian entrando na loja. Talvez a estivesse vigiando. Ela o vê no bairro, um grupo justiceiro de um só homem, repreendendo mulheres que correspondem ao olhar de um *boche*, acossando homens que aceitam ou dão fogo para um cigarro, até repreendendo crianças que olham fascinadas as armas e uniformes, carros e caminhões das forças de ocupação. Ou talvez Simone tenha dito algo a alguém, e a notícia se espalhou. "*Après les boches*", a concierge diz entre dentes, quando Charlotte passa. Na primeira vez, não houve o acompanhamento de um gesto. Na vez seguinte, ela leva a mão à têmpora e puxa o dedo do gatilho.

Charlotte diz a Julian que ele precisa parar de vir à loja à noite, bem como durante o dia. Mais uma vez, ele não discute com ela. Sabe o que é viver com um medo constante de ser descoberto.

Passadas algumas manhãs, ela chega à loja e encontra uma caixa em frente à porta. Deduz que seja uma entrega de livros. Estranho como a vida cultural da cidade prossegue. Uma produção da *Traviata* está em cartaz no Palais de Chaillot. Num leilão de arte no Hotel Drouot, um Matisse é vendido por mais de quatrocentos mil francos, um Bonnard, por mais de trezentos mil. Confiscado ou roubado, as pessoas cochicham entre si, mas isso não as impede de erguer uma plaquinha, ou gritar uma soma. As editoras continuam a crescer não apenas com títulos atuais, mas com traduções francesas de clássicos alemães e propaganda nazista. Até a vida esportiva continua, embora os eventos no hipódromo tenham sido reduzidos de quatro para dois.

Charlotte destranca a porta, leva Vivi para dentro da loja e volta para pegar a caixa. É leve demais para serem livros. Leva-a para dentro e abre. Dentro há três batatas, um filão de pão, uma quantidade minúscula de óleo de cozinha e leite. Ajoelhada, inclinada sobre a doação, ela começa a chorar. Naquela noite, deixa a porta destrancada. Não tem nada a ver com a comida, apenas com o fato de ele tê-la deixado ali, apesar de ter sido banido. No fim das contas, talvez exista algum tipo de amor entre eles.

Mas não pode ser. Em momentos menos ternos naquele sofá estreito, escorregadia de suor por causa do sexo, tomada de culpa por causa do prazer, ela olha para ele e vê o reflexo de sua própria fraqueza. Os dois estão comprometidos. Mais do que comprometidos, condenados.

Outras vezes, quando ela olha para ele, é dominada pela piedade por causa da situação absurda em que ele se encontra. Vive assombrado pelo tormento. Ela percebe isso em sua voz, quando ele menciona seu país e seus compatriotas. Sente na maneira como seu corpo se enrijece quando ele volta a entrar no odiado uniforme. Uma vez, no escuro, ele cochicha para ela que está à espera do dia da vitória dos Aliados. Só então a Alemanha recuperará a sanidade. Mais de uma vez ele lhe disse que ela e Vivi são sua única salvação. Mentiu para o mundo, traiu sua família, fez coisas terríveis. Apenas sua ligação com elas lhe confere um resquício de humanidade. Então, ela o abraça e lhe lembra que ele não arrebanhou judeus, não poderia ter salvado sua família, não está mentindo para ela. Charlotte não tem certeza de que isso seja verdade, mas sabe que a dor dele é verdadeira, tão genuína quanto a vergonha que ela sente. Às vezes, depois que ele veste aquele uniforme desprezível e sai, ela se olha no espelho trincado e articula as palavras que jura que não é. *Collabo horizontale*. É de se estranhar que eles se agarrem um ao outro?

Então, nas primeiras horas de 6 de junho, acontece o que toda Paris, toda a França, todos, inclusive Julian, em segredo, esperavam, alguns com esperança, outros com terror. Os Aliados desembarcam em solo francês. A notícia chega a Paris no dia seguinte. A Rádio-Paris relata que as Forças Aliadas foram rechaçadas quase que em todos os lugares, mas ninguém mais acredita na estação dirigida por alemães, se é que já acreditaram. A Liberação é iminente. Julian confirma a notícia. Ele sente o pânico no hospital, entre as tropas, nos outros militares, enquanto ele, cochicha para ela na privacidade escura do quarto dos fundos, sente apenas alegria, que precisa esconder por detrás de uma máscara de tristeza e uma aparência de bravura. Mas também, ele é um especialista em disfarce.

Atos isolados de sabotagem brotam feito cogumelos depois da chuva. Estradas de ferro são dinamitadas, fios de telefone e telégrafo são cortados. Os alemães consertam os danos. A Resistência reincide. Em retribuição, ou talvez apenas por medo, os alemães aceleram as prisões, as batidas, as tomadas de reféns e as execuções.

Até os observadores casuais e os que estão decididos a se manter longe de confusão começam a notar algo. A presença alemã na cidade começa a se encolher. Caminhões cheios de homens saudáveis e de outros que mal chegam a isso passam pesadamente pelas pessoas, em direção ao *front*. Julian permanece no hospital, mas não se sabe por quanto tempo. Nem o oficial de alta patente, cujo filho ele salvou, pode ajudá-lo agora. Os camundongos cinza em seus surrados uniformes pardos correm para caminhões e trens levando malas. Quando um deles derruba a sua, e ela se abre revelando várias echarpes de seda, um chapéu moderno e um aparelho de chá de porcelana soltando-se do jornal em que foi embrulhado, uma multidão começa a se juntar, e o camundongo foge, deixando para trás a mala com os saques de guerra. Um oficial, tentando forçar uma pintura para dentro de um automóvel que está à espera, é atacado por um grupo que a arranca dele. À medida que a história se espalha, a pintura torna-se mais valiosa e o artista, mais conhecido a cada versão. No final, pessoas que nunca viram a pintura e não sabem seu tamanho juram que era *A Balsa da Medusa*, de Géricault. O oficial alemão tentava fugir com uma peça do patrimônio francês.

Para provar aos parisienses que ainda há uma força a ser reconhecida, a Wehrmacht organiza um desfile de homens uniformizados, veículos e artilharia pela Avenida de l'Opéra, o último desfile alemão em Paris, embora ninguém soubesse disso à época; mas as Forças estão tão esvaziadas que as primeiras fileiras das tropas precisam dar a volta e marchar pela avenida uma segunda vez, numa tentativa de enganar os parisienses.

Julian oscila entre o otimismo e o desespero. Por mais que esteja ansioso para que a Alemanha volte a ser a Alemanha, segundo ele, sabe que está entrando num período difícil. Seus compatriotas, famintos, bombardeados, brutalizados e humilhados, culparão todo o exército pela derrota. Seus correligionários o condenarão por sua traição.

No Dia da Bastilha, Charlotte desce do apartamento e encontra o alojamento da concierge envolto em azul, vermelho e branco. "*Vive la France*", ela diz com um sorriso. Seu dedo sobe à têmpora e o sorriso transforma-se num rosnado. "*Après les boches*", ela sibila.

Charlotte passa rápido e entra num carnaval de azul, vermelho e branco. As construções estão envoltas nessas cores; pessoas usam-nas, nas echarpes femininas, nas gravatas, nas camisas e nos aventais das crianças. Ela pensa em voltar para o apartamento para trocar suas roupas e as de Vivi, elas são tão francesas quanto seus vizinhos, mas não quer passar de novo pela concierge. Não, é mais do que isso. Ela não sente que ainda tenha direito às cores. Assim como Julian, oscila entre a alegria e o desânimo.

Na esquina, um acordeonista toca "La Marseillaise". Está rodeado por um grupo. Lágrimas escorrem pelos rostos, enquanto cantam. Na esquina seguinte, outro acordeonista e outro grupo, e assim por diante, enquanto ela e Vivi caminham até a loja. Na Praça Maubert, perto da Sorbonne, centenas, talvez milhares de pessoas cantam e acenam bandeiras. Esconderam-nas desde a entrada dos alemães? Fizeram-nas durante a noite? É quase o bastante para fazê-la esquecer seu medo. Mais à frente, à Porte de Vanves, Hitler está sendo queimado em efígie. O terror volta. Ela odeia o Führer tanto quanto seus vizinhos, mas também reconhece o lado sombrio da euforia. A celebração se transformará em vingança. Sabe disso com a mesma certeza que sabe de sua própria culpa.

Alguns dias depois, dois outros corpos são resgatados do Sena, mãos e pés amarrados, um bloco de calcário servindo de lastro para cada um. A ironia doentia é que as pedras não são suficientemente pesadas para manter por muito tempo os corpos abaixo da superfície. Em questão de dias, às vezes horas, eles flutuam para a superfície. Ocorre a Charlotte, e não só a ela, que talvez os blocos não pretendessem impedir os corpos de subir, como macabros prenúncios do futuro da França. Talvez os bons homens e mulheres franceses que estão fazendo a retaliação estejam impacientes. Não podem esperar um ano, nem mesmo um mês para que sua obra seja descoberta. Querem exibir sua vingança já.

Charlotte prepara mentalmente sua defesa. Transgrediu, mas não colaborou, não mesmo. Não entregou judeus, nem forneceu informações para as autoridades, ou traiu alguém, a não ser ela mesma. Merece ser acusada, mas não condenada. As desculpas são semelhantes às que ela recorre para consolar Julian, e tão falsas quanto, ela sabe.

Ela tenta dominar o medo enquanto vai tocando a vida, cuidando de Vivi, tomando conta da loja, caminhando pelos bulevares com a cabeça erguida e um sorriso no rosto porque ela também é francesa e logo, assim como o resto do país, estará livre. Só que sabe que não. O pesadelo acabou. Vida longa ao pesadelo.

Certa noite, ela volta para casa e encontra a concierge a sua espera. Está novamente sorrindo, aquele sorriso zombeteiro de caveira que Charlotte passou a odiar, mas a concierge não leva a mão à têmpora, nem murmura sobre *les boches*. Apenas entrega um envelope a Charlotte e fica esperando que ela o abra. Charlotte não lhe dará a satisfação. Segurando o envelope em uma das mãos e o punhozinho de Vivi na outra, ela sobe a escada. Só depois de fechar a porta do apartamento é que abre a aba do envelope.

As fotografias não são nítidas. Ela precisa levá-las até o raio de sol de julho, que entra pela janela ao se pôr, para discerni-las. Vivi a segue e estende a mão para pegar o que a mãe segura. Não quer ficar de fora. Mas Charlotte já entreviu a primeira foto. Empurra a mão da filha para longe. "Não!", diz, ríspida.

Vivi começa a choramingar. Charlotte mal presta atenção. Fica parada olhando a primeira fotografia. Nela, um grupo de homens assedia uma mulher em uma estrada do interior. Uma placa está pouco visível à distância. Ela inclina a foto para incidir mais luz sobre ela. A placa diz RENNES com uma seta. Não dá para ver a quilometragem, mas não tem importância. É claramente um território recém-libertado. Charlotte afasta a primeira foto da pilha com o polegar. A segunda foto mostra os homens agarrando a mulher. Na terceira, a mulher está esparramada na estrada, enquanto dois dos homens seguram suas pernas, abertas para permitir que a câmera capture a visão dentro da sua saia. Na quarta, outro homem está tirando seu vestido. Charlotte chega à última fotografia. O corpo nu da mulher está encurvado sobre a estrada de terra, os tornozelos presos pela calcinha, os pulsos, pelo sutiã, a cabeça afundada no chão, as nádegas levantadas. Uma grande suástica preta está rabiscada em suas costas, uma menor em cada uma das nádegas.

Charlotte rasga as fotografias, mas as imagens estão gravadas em seu cérebro. Pensa em fugir. Com certeza conseguirá escapar no caos, principalmente porque os refugiados estão chegando em grande número, ao contrário do começo da Ocupação, quando todos fugiam de Paris. A Rádio-Loge insiste que os alemães não destruirão a cidade ao ir embora e que ela não será bombardeada pelos Aliados como preparação para sua chegada. Afinal de contas, Paris é Paris. Mas como pode ir embora? Mal há trens funcionando. Ela nem mesmo tem uma bicicleta. E aonde iria? Uma prima de Laurent escreveu de Avignon dizendo que os pais dele tinham morrido num bombardeio maciço em maio. Ela não tem notícias do próprio pai, e agora que os alemães tomaram a zona ocupada italiana, último lugar onde soube que ele estava, está mais preocupada do que nunca.

Duas semanas depois do Dia da Bastilha, Charlotte chega à loja e encontra outra caixa. Essa é pesada o bastante para conter livros. Destranca a porta, arrasta a caixa para dentro e acomoda Vivi no canto infantil com um livro ilustrado e uma boneca surrada. Há muito a fazer, e ela não mexe na caixa por um tempo. Gasta por ter sido usada várias vezes, considerando a carência de tudo, a caixa se abre com facilidade. Charlotte puxa as abas para trás. A caixa não contém livros. Dentro, há apenas um bloco de calcário. Não, espere, tem algo mais. Ao lado dele há um bloco de calcário menor. Um bloco para adulto e um para criança. Por um momento, ela acha que vai vomitar. Embora a náusea passe, o medo permanece. Com certeza, eles não matariam uma criança. A não ser que achassem que ela fosse uma pequena Fritz. Pela idade, seria impossível, mas as pessoas que buscam vingança não verificam certidões de nascimento.

Charlotte não menciona a remessa a Julian, nem as ameaças da concierge ou as fotografias. Ele não pode ajudar. Ele é o problema. Além disto, ela não precisa lhe contar o que está acontecendo. Ele sabe. Sabe melhor do que ela. Ela escuta rumores. Ele tem acesso a informações. Continuam chegando relatórios, arquivos continuam sendo mantidos, embora os alemães já não prestem atenção. Estão ocupados demais tentando salvar a própria pele. Mas Julian não. Está determinado a salvá-las. Talvez esteja tentando amenizar a culpa pela própria sobrevivência. Talvez seja apenas um homem decente. Ou talvez, e ela afasta o pensamento da mente, ele a ame. Ele começa a ter ideias, cada uma mais estranha do que a outra.

Uma noite, no quarto dos fundos, ele esboça um plano para levar Charlotte e Vivi com ele, quando os alemães se retirarem. Será difícil, mas não impossível, ele explica.

"Sei o que você pensa agora, depois disto." Julian gesticula abrangendo o quarto, como se fosse toda a Paris sob Ocupação. "Mas esta não é a verdadeira Alemanha. Os ocupantes não são a verdadeira Alemanha."

"Você é um ocupante."

Ela sente a cabeça dele mover-se sobre seu ombro, como se tivesse levado um tapa.

"Me desculpe", diz.

"Poderíamos ir para outro país. Não seria tão difícil entrar às escondidas na Suíça ou em Portugal."

"Seria impossível. Você seria fuzilado por deserção antes de chegarmos à fronteira."

Os dois escutaram-na usar o verbo no plural. Ela considerou o plano, mesmo que por um instante.

Ele diz que não consegue imaginar o futuro sem ela e sem Vivi. Elas o mantiveram humano. Deram-lhe esperança.

Ela não diz que não consegue imaginar o futuro com ele. Pelo resto da vida, sempre que olhasse para ele do outro lado da mesa, ou se virasse para ele na cama, estaria cara a cara com sua vergonha. Ainda acha que pode superá-la.

Não há nada que ela possa fazer, a não ser aguardar e ter esperança. Pelo menos não foram retirados mais corpos do Sena. Talvez o pior tenha passado. A vingança tenha se esgotado. Quando os alemães forem embora para sempre, os ânimos se acalmarão. Depois que Paris voltar a ser Paris, com os bulevares cheios de gente, as lojas cheias de mercadorias, os restaurantes servirem filés e moleias, *escargots* e champanhe, os museus exibirem obras-primas e não paredes vazias onde elas costumavam ficar, antes de serem enroladas e levadas, por segurança, para castelos e conventos pelo país, ou roubadas por Goering e seus comparsas, as pessoas estarão mais interessadas em aproveitar a vida, passatempo essencial parisiense, do que em fazer retaliações. Além disso, do que ela é de fato culpada? Nunca forneceu informações nem entregou ninguém, lembra a si mesma pela décima ou centésima vez. Nunca jantou *tournedos* ou filés e garrafas de Saint-Émilion com oficiais alemães no Le Grand Véfour. Aceitou comida para sua filha faminta e para si mesma de um militar alemão, que não é um verdadeiro militar alemão, apenas um judeu disfarçado. Charlotte percorre suas defesas obsessivamente, como uma louca entoando um cântico sem sentido. No entanto, ao contrário de uma louca, sabe que o mantra não faz sentido. Ela dormiu com o inimigo.

Julho vira agosto. Os ferroviários entram em greve. A polícia faz o mesmo. Há menos uniformes alemães caminhando pelas ruas. Quando o fazem, é sem arrogância. Estão ocupados demais se mantendo vigilantes para ataques. Começam a surgir barricadas. Homens e mulheres, às vezes cantando, outras vezes brincando, às vezes xingando os *boches*, empilham quiosques, paralelepípedos, bancos, carcaças de automóveis e bicicletas, até mictórios públicos em ruas e cruzamentos. Crianças escalam as estruturas improvisadas e escorregam delas. Mães avisam para que tomem cuidado, mas sem grande convicção. Como é que alguém pode tomar cuidado perante essa euforia? Charlotte passa por duas meninas, que não podem ter mais de 15 anos, de short e blusa de babados, com rifles pendurados ao redor do pescoço, e sente a censura. A cidade acostuma-se com tiroteio. Quando ele irrompe, as pessoas deitam-se no chão ou se escondem atrás de estátuas, colunas ou barricadas. Quando cessa, continuam o que estavam fazendo. O sangue-frio lança uma mensagem tão poderosa quanto a resistência às claras.

Embora Julian tenha parado de ir à loja quando ela está aberta, chega num final de tarde e começa a folhear livros. Está tentando ser discreto, mas a estratégia é estéril. Os soldados alemães já não folheiam livros, nem compram, nem fazem nada a não ser executar ordens e esquematizar maneiras de sair daquilo vivos. Ele faz hora até a loja ficar vazia, depois diz que esperará no quarto dos fundos até ela fechar. Ela pede para ele sair, mas ele diz que tem mais um plano. Não está tentando convencê-la a fugir com ele. O plano é apenas para salvá-la e salvar Vivi. Charlotte está cansada de seus esquemas inverossímeis, mas não resiste a escutar.

Por fim, ela tranca a porta e vai para o fundo da loja. Vivi está sentada no colo de Julian, que lê para ela. Não é a primeira vez que Charlotte pensa no quanto sua filha vai sentir falta dele. Recusa-se a refletir sobre o que ela mesma sentirá. Tem preocupações mais prementes.

Com Vivi ainda em seu colo, virando páginas e falando sozinha, ele esboça sua ideia. Ela diz que é perigosa demais. Ele diz que, ao contrário, será o lugar mais seguro para ela. Assim como o exército o manteve fora de um campo de concentração, isso a manterá fora das garras da histeria de massa. Quanto mais ele fala, mais ela tem certeza de que, de todos os esquemas que ele concebeu, esse é o mais absurdo.

"É impossível", ela diz, quando ele para de falar. "Não vou fazer isso. Não posso. É imoral." Ela abaixa a voz na última palavra. Sabe que não tem direito a ela.

Dois dias depois, mais um corpo vem à tona no Sena. A multidão fica olhando a operação de resgate com uma curiosidade macabra. Charlotte não está entre eles, mas sabe da história depois.

"Uma mulher!", grita um observador ao içarem o corpo para o cais, mãos e pés atados, uma pedra calcária amarrada no pescoço. Ao contrário dos homens, cujas roupas foram rasgadas, mas não despidas, a mulher foi deixada apenas com suas roupas íntimas. Antes de os *gendarmes* cobrirem o corpo, as pessoas leem as palavras entalhadas nas suas costas. O corpo está inchado e sua pele enrugou com o tempo que ficou na água, mas as palavras continuam legíveis:

Collabo horizontale.

No início, Charlotte recusa-se a acreditar nos rumores sobre o corpo da mulher, mas a história é repetida por toda parte. Então, Monsieur Grassin, velho amigo do seu pai, aparece na loja e lhe diz que não é um rumor, mas um erro.

"Um grupo dissidente exagerou. Cedo ou tarde estava fadado a acontecer. Pessoas demais agindo por conta própria." Então, ela ouve a frase que, finalmente, a convencerá. "Vingança livre."

Ela estremece.

"É por isto que estou aqui. Muito cá entre nós, ouvi seu nome ser mencionado. Sei que não há verdade nisso", ele prossegue rapidamente, com os olhos fixos nos dela enquanto fala, forçando-a a participar da mentira. Se não compartilharem a mentira, sua consciência não o deixará cumprir a promessa feita ao pai dela. Ele faz parte da Resistência. Não pode salvar uma *collabo*. "Mas não quero ver mais um erro ser cometido. Será melhor você e a criança deixarem Paris."

Ela começa a enumerar as dificuldades, como fez para si mesma, mas ele a interrompe. Tomou providências com um camarada. Ela e Vivi precisam estar num café na Praça Pigalle às 2 da tarde no dia seguinte. Ela deve levar um exemplar de *Salambô*, de Flaubert. O rapaz estará com um exemplar de poesia de Louise Colet. Ele sorri. "Os sinais secretos dos intelectuais." Elas partirão imediatamente para o sul.

Charlotte repete que sua bicicleta já não tem a roda traseira. Ele diz que o rapaz terá uma bicicleta para ela. Com uma cestinha para a criança. Existe uma fazenda a que elas podem chegar com facilidade, antes de escurecer.

"Vai ser perigoso", ele acrescenta. "Era de se pensar que os *boches* desistiriam, agora que sabem que foram vencidos, mas eles são rígidos demais para tomar outro caminho. E desumanos demais. Em vez disso, ficaram ainda mais cruéis. Como animais encurralados. Mesmo assim, será menos perigoso para você e a criança do que ficar aqui."

Ele diz tudo isso rapidamente. Fica óbvio que está ansioso para ir embora. Ela o acompanha até a porta e pergunta sobre o pai. Ele diz que há algum tempo não tem notícias.

"Mas ele iria querer que você partisse. Ele partiu."

Ela lhe agradece e não acrescenta que o pai fugiu dos alemães. Ela está fugindo dos seus próprios conterrâneos. Pensa na concierge. E nas compatriotas.

Na manhã seguinte, ela arruma uma bolsa a tiracolo com algumas peças de roupa para ela e Vivi e o que resta da comida trazida por Julian. Não o tem visto desde que ele foi à loja, três dias antes, com seu mais recente e descabido esquema, mas mesmo que o visse, não contaria que estava indo embora. Não pode contar a um militar alemão, mesmo que ele não seja um verdadeiro militar alemão, mesmo que tenha passado a confiar nele, que está sendo tirada secretamente da cidade por membros da Resistência. Além disso, não quer despedidas.

A tarde está quente, céu nublado. A chuva está no ar, mas ainda não começou a cair. Charlotte assume isso como um bom presságio. É a isto que ela chegou, ler a sorte no clima. Ao se aproximar do café, vê duas bicicletas acorrentadas a um poste. Uma delas tem uma cesta grande presa atrás do banco. Segurando Vivi com uma mão e agarrando ostensivamente o exemplar de *Salambô* com a outra, ela contorna as mesas externas e entra no café. Seus olhos levam um tempo para se acostumar com o interior pouco iluminado. Dois homens estão sentados a uma mesa, um casal em outra. Ninguém está sentado sozinho. Ninguém tem um livro nas mãos. Então, ela o avista. Há um livro sobre uma das mesas vazias. Ela chega mais perto para ler os dizeres na lombada. *Fleurs du midi* ["Flores do meio-dia"], por Louise Colet. Talvez ele tenha ido ao toalete. Mas ela sabe que não. Em tal situação, um homem não vai ao toalete. Ela percorre o café com o olhar. O garçom está de olho nela. Vai até a mesa com o livro. "Pelo menos", ele murmura ao levantar o livro, começando a limpar a mesa, "não foram os imundos *gendarmes*. Hoje em dia, os *boches* precisam fazer seu próprio trabalho sujo". O trapo fica girando sobre a superfície de zinco. A mancha desaparece antes que ela possa dizer se era vinho ou sangue.

Ainda segurando Vivi com uma mão e o exemplar de Flaubert na outra, ela sai do café e hesita ao lado das bicicletas. Nada a impede de sair da cidade sozinha, a não ser a corrente que prende as duas bicicletas ao poste.

Naquela noite, está prestes a trancar a loja quando Julian entra furtivamente. Conta a ela sobre o corpo da mulher retirado do Sena.

"Foi um erro", ela diz.

"Isso não serve de conforto para a mulher." Ele olha para Vivi do outro lado da loja. "Nem para os filhos dela, se os tinha". Ele repete seu último plano.

"Tudo bem", ela diz.

*

Basta apenas uma palavra em seus documentos. Julian preenche *judia* no espaço apropriado. Também traz uma estrela amarela.

"Tem certeza de que não haverá mais transportes?", ela volta a perguntar, enquanto costura a estrela em seu vestido.

"As estradas de ferro foram bombardeadas. Além disto, eles já não ligam para os judeus. Estão ocupados demais salvando a própria pele."

Ele lhe dirige um sorriso terrível. Perdeu aquele que costumava trazer em ocasiões especiais. "Tentando salvar nossa própria pele", corrige.

*

Apesar do calor de agosto, ela veste um casaco sobre o vestido. Alguns dias antes, dois guardas da Wehrmacht foram assassinados em plena luz do dia. Nesses dias, a única coisa mais perigosa do que um soldado alemão sozinho nas ruas seria um oficial alemão atormentando uma mulher com uma estrela, carregando uma criança. Um espectador bem intencionado poderia tentar salvá-la.

Ele consegue pegar um carro, não um jipe, um carro fechado. Eles partem cedo, em meio a um tipo esquisito de chuva. Cinzas flutuam, macias como neve, mas mais escuras e com um cheiro desagradável. Quando os alemães entraram, o governo francês queimou seus documentos. Agora, os Aliados estão chegando, e os alemães queimam todos os vestígios do seu Reich de mil anos.

Eles não falam. Julian está ocupado percorrendo as ruas, atento às barricadas, tentando evitar grupos de parisienses furiosos ou em comemoração, preocupado com os postos de controle alemães. Agora que está a caminho, ela tem certeza de que o esquema acabará em desastre.

Eles conseguem atravessar o Sena, mas vão bem mais lentamente próximo à Sacré-Coeur. Não há automóveis obstruindo as ruas, mas a multidão os retarda. Por fim, chegam a Aubervilliers, onde são detidos por guardas alemães. Charlotte olha para ter certeza de que seu casaco está abotoado sobre a estrela e traz Vivi para junto de si. Julian e um dos guardas conversam baixinho. Ela não escuta o que dizem, mas percebe pela risada devassa do guarda ao liberar a passagem que ele a toma pelo que ela é.

"Sinto muito", Julian diz. "Era a única maneira de passar."

Ela não responde.

Quando ele está prestes a virar na Rua Édouard Renard, avista a barricada. Paralelepípedos, bancos, postes de iluminação, um quiosque, pneus que devem ter sido roubados de um caminhão alemão, uma cama, vários colchões, e outros objetos atingem dois metros de altura e bloqueiam a passagem. Uma multidão avista o automóvel e começa a correr para ele. Julian engata a ré e dispara pela rua por onde acabaram de vir. Levam mais quarenta minutos para achar um modo de atravessar.

Sentem o cheiro de Drancy antes de vê-lo, um fedor de sujeira, excremento e doença. Numa tentativa de aliviar esta última, ele conseguiu pegar um frasco de vacina contra tifo no hospital. Pelo menos ela e Vivi não precisarão se preocupar em morrer de causas naturais.

Surge o vasto retângulo de barracões interligados, cada um atingindo cinco ou seis andares de altura, aberto em uma extremidade, revelando um pátio central enlameado. À distância, o complexo não aparenta ser muito pior do que os prédios de apartamentos dilapidados, sujos, estragados – mas não mortais –, destinados aos trabalhadores pobres. Ao se aproximarem, Charlotte vê o arame farpado ao redor do perímetro; mais perto ainda, as metralhadoras preparadas. Estão voltadas para dentro, não para fora. Holofotes acocoram-se como animais imensos e desajeitados, apagados por ora, mas com certeza ofuscantes quando ligados à noite. Multidões de homens, mulheres e crianças arrastam-se pela imundície do pátio aberto, ou ficam simplesmente paradas, olhando entorpecidas para o vazio. Esse é seu refúgio seguro.

Julian para o carro do lado da estrada, desliga o motor e vira-se para ela. Ela o sente olhando, mas continua com o olhar fixo à frente. Ele pega sua mão. Ela a puxa. Ele estende a mão para Vivi. Ela tenta se desvencilhar do colo da mãe para chegar nele, mas Charlotte segura-a com força.

"Você tem razão", ele diz. "Alguém poderia estar olhando."

Ele sai do carro e dá a volta até o lado do passageiro. Um observador pensaria que ele a está puxando para fora, mas seu toque é mais delicado do que isso.

A sentinela no portão observa-os chegando. O cachorro, preso a uma guia curta, empina as orelhas, mas não rosna. Talvez ele também perceba que a guerra está perdida. Quando chegam à guarita, Julian estende os documentos modificados de Charlotte. O guarda não se dá ao trabalho de olhar para eles. Ela abriu o casado. Ele vê a estrela.

Ele franze a testa, primeiro para ela, depois para Julian. Pode estar irritado por ter que entulhar mais uma prisioneira, duas – contando com Vivi – naquele pântano lotado de pestilência, embora já não esteja transbordando de gente como no auge das batidas policiais. Ou ele pode estar revoltado com o zelo de Julian nesse momento tardio.

Charlotte passa pelo portão. Escuta seu ruído metálico ao se fechar à sua passagem. Não se vira. A última coisa que quer é se lembrar dele.

*

Quatro dias depois, o campo é libertado. A essa altura, ela não tem documentos, apenas um número em um livro de registros, mas felizmente não em seu braço. Mais tarde ela fica sabendo que isso só aconteceu no leste.

A situação no campo é tão caótica quanto nas ruas. Combatentes judeus da resistência, oficiais franceses, representantes dos Aliados, homens e mulheres de organizações assistenciais enfrentam a sujeira, o contágio e a miséria para tentar resolver assuntos e organizar as pessoas. Prisioneiros agitam-se em exames físicos, preenchem questionários – nem sempre honestamente –, submetem-se a entrevistas. Charlotte senta-se em um escritório improvisado, com Vivi no colo, enquanto uma americana bem intencionada, mas sobrecarregada, dispara perguntas para ela. Ela não diz que é judia. Não diz que não é. A mulher tira suas próprias conclusões.

Solidária com a jovem viúva que fala um inglês perfeito, e com a criança, a primeira que ela vê no campo que não pertence ao exército de pequenos esqueletos sarnentos, que partem seu coração, mas repugnam seus sentidos, ela pergunta a Charlotte se conhece alguém nos Estados Unidos que possa estar disposto a apadrinhá-la.

O nome lhe vem do nada. Não pensa nele há anos. Por que pensaria? Encontrou-o apenas uma vez, quando seu pai o levou para jantar em casa. Então, ela estava na Sorbonne, e ele era um editor americano de sucesso, mais velho, mas ainda jovem o bastante para flertar com ela de um jeito gentil, inocente, lisonjeiro. Por algumas horas, ele virou sua cabeça.

Charlotte conta à mulher sobre um homem em Nova York. Seu nome é Horace Field. A mulher pergunta se ela sabe onde encontrá-lo. Ela diz que não. Então, isso também vem à tona. Ele é editor numa editora chamada Simon Gibbon Books.

A mulher sorri. É uma leitora voraz. "Agora, ela se chama Gibbon & Field."

Treze

Mais uma vez, ela não disse que era judia, mas não disse que não era. Assim como a assistente social em Paris, o rabino em Bogotá deduziu.

Por semanas, Charlotte sofreu com a carta, ou melhor, com a dúvida sobre responder ou não à carta. Responder seria procurar confusão. Quanto menos ligação ela e Vivi tivessem com seu passado, mais seguras estariam. Ela nunca tinha ouvido falar de pessoas à caça de *collabos* pelo mundo, como faziam com nazistas, mas o risco era sempre possível, e os franceses não se importavam em comer sua vingança fria. Mesmo assim, ela não lhe devia alguma coisa? Ficou se lembrando de uma fotografia que tinha visto em um jornal francês, pouco depois da Liberação. Uma fileira de prisioneiros alemães estava sendo levada para fora do Hotel Meurice com as mãos para o alto. Homens, mulheres e crianças dançavam à volta deles, rindo, zombando, cuspindo. Teve certeza de reconhecer Julian no final do grupo, embora se lembrasse de ter duvidado de várias mulheres sentadas nos cinemas escuros durante a Ocupação, identificando maridos e filhos no noticiário. Mesmo assim, segundo a carta do rabino em Bogotá, os temores de Julian sobre seu destino numa Alemanha de volta ao que ele acreditava que seria a sanidade revelou-se justificado. Os gentios alemães não tinham interesse em ajudar um judeu. Não eram os judeus a causa da guerra pela qual haviam sofrido tanto? Os judeus não tinham vontade de ajudar um traidor, um judeu que havia matado judeus, um nazista falso que era pior do que o verdadeiro porque não deveria ter feito isso. Contudo, ele havia conseguido chegar à Colômbia sem a ajuda das várias agências instaladas para ajudar refugiados judeus. Charlotte lembrou-se da própria entrevista com a americana, e sua culpa aumentou um pouco.

Havia demorado anos, mas por fim ele encontrara um país que o aceitasse. Agora, queria trabalhar em um hospital, tentar expiar seus pecados – era como o rabino havia colocado –, mas a comunidade judaica em Bogotá estava desconfiada. A América do Sul estava cheia de nazistas apregoando seu passado antinazista. Alguns deles até se disfarçavam de judeus. Mais uma vez, ela sentiu as palavras como uma acusação. Que judeu se arriscaria a ir buscar tratamento médico com um antigo oficial da Wehrmacht? O nome Mengele era sussurrado ameaçadoramente. Era por isso que o rabino estava escrevendo para Madame Foret. O que ela poderia lhe dizer sobre o comportamento do Dr. Bauer em Paris? Havia perseguido judeus? Havia sido responsável pela morte de judeus? *Não tenho autoridade*, ele tinha dito ao arrastarem o professor para fora da loja. Ou tinha tentado salvar vidas judaicas? Ela viu a laranja pousada no balcão ao lado da caixa registradora, reluzente como se estivesse acesa por dentro. Viu a si mesma, encolhida na prateleira do quartinho, com a mão sobre a boca de Vivi.

Então, repentinamente, após semanas deliberando, ela se decidiu. Não soube ao certo o que a convenceu. Não tinha acordado ensopada de suor, de coração apertado por mais um pesadelo. Não tinha nem ao menos pensado muito na carta naquele dia. Seu pensamento estava em Vivi. Após meses se atormentando porque todas as suas amigas já tinham ficado, e ela jamais ficaria – mais uma sequela de suas privações do início, Charlotte pensou –, sua filha finalmente tinha ficado menstruada. Foi a última do grupo, mas pelo menos, mais uma vez, fazia parte dele.

Charlotte saiu da cama, foi até sua escrivaninha e voltou com papéis e caneta. Após todas as semanas de tormento, foi surpreendentemente fácil escrever a carta. Contou ao rabino que ela e a filha deviam sua sobrevivência ao Dr. Julian Bauer.

Ao dobrar a folha de papel e colocá-la no envelope, voltou a pensar na dedução do rabino de que era judia. Foi então que a frase lhe veio. Não soube onde a tinha lido. Talvez não tivesse. Talvez Vivi tivesse vindo com ela para casa, mais uma consequência do seu despertar religioso. *Quem salva uma vida salva o mundo*. Até onde sabia, não havia uma condição que estipulasse que a vida deveria ser de alguma religião específica.

Só depois de mandar a carta, na manhã seguinte, foi que começou a pensar se o que tinha escrito era verdade. Ele tinha mesmo salvado a vida delas? Inúmeras pessoas haviam sobrevivido à Ocupação sem se comprometer. Talvez não tantas quanto as que alegavam inocência, depois da Liberação, mas o bastante. Talvez ela e Vivi tivessem se saído bem sem ele. Mais magras, mais doentes, mas vivas. E quanto à noite da batida policial? Será que os *gendarmes* e os soldados da Wehrmacht estavam em tal fúria que teriam levado qualquer um que encontrassem? Seus documentos eram legítimos. Só tinha havido adulteração quando Julian escreveu *juif* no formulário. Mas a questão não era a veracidade. Ela escrevera por gratidão. Não, isso só era verdade em parte. Tinha escrito por amor. Agora que não tinha mais importância, podia admitir isto.

*

No dia seguinte à postagem da carta para a Colômbia, Charlotte estava vasculhando sua correspondência na mesinha no vestíbulo quando a porta que dava para a parte da casa de Hannah e Horace se abriu e saiu um homem de sobretudo. Horace, em sua cadeira de rodas, aguardava do outro lado da porta. O homem cumprimentou-a com um aceno de cabeça, enquanto punha o chapéu, e depois se virou para Horace. Ela pegou a pilha de correspondência e revistas e começou a subir a escada.

"Pense nisso, meu velho", o homem disse.

"Não há nada para pensar", Horace respondeu.

"Sabe, não se trata apenas da sua opinião, é maior, muito maior", ela escutou o homem dizer, enquanto virava no primeiro patamar para subir ao segundo.

Charlotte teve que sorrir com isso. Nunca tinha conhecido um futuro autor que não acreditasse que seu livro mudaria o mundo. Pobre Horace. O homem o tinha chamado de "meu velho", termo de camaradagem herdado da guerra. E o homem não tinha ido ao escritório, mas à casa de Horace. Rejeitar livros de desconhecidos não era um prazer sádico que os escritores acreditavam, mas recusar o trabalho de um velho amigo era realmente doloroso.

Entrou no apartamento. Vivi estava sentada à mesinha de jantar em sua posição costumeira de estudar, cotovelo na mesa, queixo na mão, uma perna dobrada sob si.

"O que está cozinhando?", Charlotte perguntou. Tinha pegado a gíria de Vivi. Ela e as amigas costumavam perguntar umas para as outras: "O que está cozinhando?". "Frango, quer o pescoço?", respondiam. "Bacon, quer uma tira?", mas Vivi surpreendeu-a. Afastou-se de seu livro e estendeu duas ou três folhas de papel para Charlotte.

"10 com louvor", disse, caso a mãe não conseguisse ler a marcação em vermelho no alto da primeira página.

"Parabéns."

"Miss Connelly diz que sou uma escritora nata."

"Ah, não."

Vivi franziu o cenho. "O que você quer dizer?"

"Estou brincando, querida. Passo a vida trabalhando com escritores. Ou eles são horrivelmente explorados, algo que não quero pra você, ou são exploradores horrorosos, o que não quero que você acabe virando. Sobre o que é o trabalho?"

Tinha havido uma época em que Vivi não entregaria um trabalho sem passá-lo primeiro por Charlotte, mas aqueles dias estavam diminuindo rapidamente, se é que não tinham acabado para sempre. Charlotte tinha duas opiniões sobre isso. Vivi está se virando sozinha, intelectualmente. Viva ela. Vivi não precisa mais de mim. Estou liquidada. Tratava-se de uma prova diária do velho adágio segundo o qual o relacionamento entre pais e filhos é o único caso de amor que precisa acabar num rompimento para dar certo.

"*The House of Mirth* ["A casa da alegria"]. Eu fui a única da classe que captei o antissemitismo."

Ah, não, Charlotte pensou, *de novo não*.

"Não estou dizendo que elas não sabiam que Rosedale era judeu", Vivi continuou. "Wharton chama-o de judeu, ou diz que ele tem feições judaicas algumas vezes."

"Eu sei."

"Eu sei que você sabe, mãe, mas dava pra ver que todo mundo na classe tinha medo de mencionar isso. Você devia ter visto quando Miss Connelly leu o meu ensaio. Parecia que a Eleanor Hathaway queria que o chão se abrisse e engolisse ela. Ela e a avó juntas."

Charlotte começou a dizer que o livro tinha sido escrito meio século antes, que era preciso ver Wharton no contexto de época, que ela gostaria que Vivi parasse de arrumar confusão, mas se segurou. Talvez arrumar confusão não fosse tão perigoso, se o provável era que a confusão ia acabar te achando de qualquer maneira.

"Você é uma garota corajosa, Vivienne Gabrielle Foret."

Ela sorriu. "Puxei à minha mãe."

"Quem disse?"

"Eu. E a tia Hannah."

"A Hannah disse que eu sou corajosa?"

"Ela disse que você deve ter sido valente para conseguir fazer nós duas passarmos por aqueles anos em Paris, depois vir pra cá e começar uma vida toda nova. Ela disse que você deve ter sido um osso duro de roer para passar por aquilo."

Charlotte sorriu. "Ah, agora eu entendi."

"Ela disse mais uma coisa."

"Estou esperando."

"Ela disse que queria que você se casasse de novo."

"Aposto que sim."

"O que você quer dizer?"

Nada. Só que as mulheres casadas sempre querem casar as não casadas."

"Ela só estava sendo simpática."

"Eu não disse que não era."

"Não, mas o seu tom disse."

"Você tem razão. Me desculpe. Ela estava sendo simpática."

*

Toda semana, o departamento de divulgação da G&F fazia circular entre os departamentos editorial, de publicidade e de vendas uma pasta com recortes de matérias sobre os livros da casa e entrevistas com seus autores publicadas em jornais e revistas pelo país. Ocasionalmente, um editor sublinhava uma frase ou duas tecendo elogios a um de seus livros. Uma vez, um editor – ninguém soube qual, mas todos tinham suas suspeitas – sublinhou várias frases que acabava com o livro de outro. Os próprios editores nunca eram mencionados nas resenhas, mas em raras ocasiões, em entrevistas, recebiam um elogio de um escritor agradecido ou adulador. Ninguém jamais tinha chamado atenção para qualquer uma dessas referências até então. Charlotte estava relendo a passagem sublinhada em uma entrevista com o autor de *O trapézio vermelho*. O livro só sairia dali a meses, mas Henry Garrick, a máquina individual de publicidade, estava louco por fama.

A entrevistadora disse que soubera que uma dúzia de editoras havia recusado o livro por causa das suas descrições explícitas de sexo e guerra.

"Treze, para ser exato", o autor corrigiu-a. "Horace Field foi o único editor que teve peito para aceitá-lo. Um cara que, sozinho, matou centenas de japoneses não tem medo de alguns babacas em toga de juiz."

Charlotte ficou pensando em quem teria sublinhado o comentário. Imaginou que fosse Bill Quarrels. Resultou que estava certa, embora só descobrisse isso mais tarde, naquele dia. Ele entrou em seu cubículo, dobrou o corpanzil em uma das cadeiras do outro lado da mesa, e esticou as pernas para impedi-la de sair.

"Você viu aquela entrevista com o Garrick?"

"Desperdício de um patrimônio difícil de conseguir. A publicidade não serve pra nada se os livros não estão nas lojas para serem comprados."

"Esqueça as vendas, *ma petite* máquina de calcular francesa."

"Gosto que os livros deem dinheiro, se é isso que você está dizendo. Quanto ao resto, tenho 1,73 m, sou cidadã americana e com certeza não sou sua."

"Um sujeito pode sonhar. Estou falando da parte que eu sublinhei. Sobre matar sozinho centenas de japoneses."

Apenas um homem que nunca tivesse presenciado um derramamento de sangue poderia ficar tão sugestionado por isso. Então ela se lembrou das batidas policiais e corrigiu o pensamento. Apenas quem nunca tivesse presenciado aquilo ou se embebedasse daquilo.

"Quem diria que aquele pobre sujeito na cadeira de rodas chegou a isso sendo um herói", ele continuou.

Horace não era um pobre sujeito, assim como ela não se encaixava na descrição anterior de Bill, mas não ia discutir o assunto.

"Não é assim que ele descreve a coisa." Assim que falou isso, ela soube que deveria ter mantido a boca fechada também em relação a isso.

Ele se inclinou para a frente, ansioso. "Ele te contou a respeito?"

"Só para negar."

"Eu sabia que era bom demais para ser verdade." Ele voltou a se esparramar na cadeira. "Mesmo assim, você tem que reconhecer, como Garrick diz na entrevista, ele teve culhões para publicar o livro."

"Na verdade, ele disse *peito*."

O sorriso de Bill foi mais um esgar do que um sorriso. "É, foi isso que escreveram, mas você sabe o que Garrick disse de verdade."

*

Dessa vez, o homem veio ao escritório de Horace e não a sua casa. E dessa vez, Horace apresentou-a.

Eram quase 6 horas, mas, ao contrário da noite em que Horace a tinha levado para um giro, o escritório não estava vazio. Faith Silver estava a caminho do toalete para se maquiar, conforme dissera para Charlotte, ao passar pelo seu cubículo. Tinha um encontro com um agente para um drinque. O assistente do gerente de marketing estava debruçado sobre sua máquina de escrever, franzindo os olhos em meio à fumaça do cigarro, enquanto martelava uma cópia do catálogo para a próxima lista. Charlotte desconfiava que o cigarro fazia-o se sentir como o repórter que esperava ser um dia. Horace estava em seu escritório com o homem que ela tinha visto saindo da parte dele da casa uma semana antes. Charlotte parou na entrada da sala ao vê-lo.

"Sinto muito, volto depois."

"Não, entre", Horace disse, "já terminamos."

"Eu não", o homem disse ao se levantar. "Não estou nem perto de terminar. Não esse assunto."

Horace apresentou-os.

"Você acredita", disse o homem, que se chamava Art Kaplan, "que houve uma época em que eu e este sujeito", sacudiu o polegar apontando para Horace, "éramos unha e carne?"

"As trincheiras fazem isso com as pessoas", Horace disse.

"Só que a gente perdeu contato depois da guerra", continuou o homem. "Aí, eu vi aquele artigo sobre ele na *Newsweek*, Não tinha certeza de ser o mesmo Horace Field. Imaginei que provavelmente fosse. Existem muitos Fields, mas quantos se chamam Horace? Mesmo assim, não tive certeza até ler o outro artigo, a entrevista com aquele autor. Então não restou dúvida."

"Ele soube que eu era o Horace Field que poderia muito bem publicar um romance pornográfico", Horace disse a Charlotte. Depois, se virou para o homem. "O que, aliás, não é o caso desse."

"Eu soube que você era o sujeito que tinha matado centenas de japoneses, sozinho."

"Ele tem visto filmes de guerra demais", Horace disse. "Ninguém mata centenas de japoneses, sozinho, Art. Você sabe disso."

"Ele pode negar tanto quanto quiser", o homem contra-argumentou, "mas os Veteranos de Guerra Judeus da América conhecem a verdade. É por isso que estou aqui", ele explicou a Charlotte, virando-se novamente para Horace. "Essa medalha não é só sua, meu velho. Pertence a eles. Pertence a todos nós." Virou-se mais uma vez para Charlotte. "Mais de meio milhão de judeus serviram na guerra. Adivinha quantos conseguiram a Medalha do Congresso."

"Não faço ideia."

"Ela não está interessada, Art."

"Dois", o homem respondeu. "Dois homens em mais de meio milhão. Se isso não é antissemitismo, o que é?"

"Lembra-se do que eu te disse sobre hipersensibilidade?", Horace disse a Charlotte. "Aqui está um exemplo."

"Hipersensibilidade uma ova. Um general declarou publicamente: 'Um judeu recebendo a Medalha de Honra do Congresso', foi o que ele disse. 'Não me faça rir'."

"Na verdade, ele disse um judeu ou um negro." Ambos se viraram para ela. "Não pergunte onde li isso."

"De qualquer maneira", o homem prosseguiu, "está na hora de começar a aumentar a lista. Mas não podemos fazer isso sem este sujeito." Tornou a balançar o polegar na direção de Horace.

"Eles imaginam", Horace disse a Charlotte, "que se Chips, do K-9 Corps, pode receber uma Cruz do Serviço Distinto por abater um ninho de metralhadora alemã, por que não propor Field para a Medalha do Congresso?". Virando-se para Kaplan: "Mas tome cuidado, Art. Quando Chip se encontrou com Eisenhower, ele apertou a mão de Ike. Se você me levar lá, nunca se sabe em quem eu poderia dar uma mordida."

"Dá pra acreditar neste sujeito?", Kaplan perguntou a Charlotte.

"Charlotte acredita em mim." Horace olhou ostensivamente para seu relógio. "Ela também quer dar o fora daqui. Assim como eu. Vamos, Art, vou te mostrar onde fica o elevador."

"Sei onde ele fica. Subi por ele. Mas você não vai se livrar de mim com essa facilidade, meu velho. Eu voltarei."

"Você e MacArthur", ele disse, enquanto Art Kaplan deixava o escritório. Depois, virou-se para Charlotte: "Não acredite em tudo que ouve".

"É o que eu digo pra Vivi", ela o tranquilizou, embora estivesse começando a acreditar naquilo.

"Os Veteranos de Guerra Judeus da América precisam de alguém vivo para exibir. Embora um morto tivesse ainda mais serventia. Não há nada que toque o coração como ser morto pelo seu país. Mas na falta de um morto, eles aceitam um espécime vivo. A questão é que precisam de um nome, um rosto, um registro que possam inflar. E se acontecer de ele estar numa cadeira de rodas, tanto melhor."

Ela não fez nenhum comentário.

"Além disso, não acredito em prêmios."

"Que tal o Pulitzer, ou, melhor ainda, o Nobel?"

"Tudo bem, não acredito em prêmios por matar pessoas."

"Tem alguma escolha na guerra?"

"Sempre existem escolhas, de um tipo ou de outro. Você sabe disso, Charlie."

*

Aquela não era a primeira vez que presenciava uma das excursões feitas por ele, tarde da noite, ao pátio. Curioso: elas nunca eram feitas durante o dia. Pelo menos, nunca tinha visto. Talvez ele não quisesse ser visto por ela, nem por qualquer um dos vizinhos das *brownstones* próximas. Ou talvez o que quer que o levasse a dar voltas e voltas por aquele pedaço de terra cercado por muros só surgisse sob o manto da escuridão.

Charlotte ficou parada junto à janela de seu quarto, observando-o: de um lado do jardim do tamanho de um lenço, livre agora de seu envoltório de inverno, começando a verdejar com a primavera, atravessando o fundo, subindo pelo outro lado. Perdeu-o de vista quando ele passou pelo lado mais próximo da casa; depois, ele pôde ser novamente visto, lançando-se pelo lado. Mesmo daquela distância, pôde ver as mãos dele agarrarem e girarem as rodas como se quisesse estrangulá-las. Quando ele virava no canto mais distante, o cascalho se espalhava. Mais uma vez, ele era um piloto de corrida em uma cadeira de rodas, mas aquele não era um passeio alegre. Ela sabia que não deveria continuar observando-o. Não era afeita ao voyeurismo. Nunca tinha observado pessoas na privacidade do sexo. Por que ficava observando-o na intimidade do seu sofrimento? Mas não conseguia se afastar. Queria que ele parasse. Queria poder desabalar pelos quatro andares, sair pela porta e se atirar no seu caminho para ele parar.

A meio caminho de um dos lados do jardim, pela quinta, sexta ou décima vez, ele parou. Agarrou as rodas para interromper o movimento e ficou olhando para a casa. Olhava diretamente para a janela dela.

Charlotte recuou. A luz do quarto estava apagada, mas, provavelmente, a luminosidade da sala de visitas iluminava sua silhueta por trás. Devia ter pensado nisso. Deu mais um passo para trás, mas ficou ali parada, olhando para ele.

Ele tirou uma mão da roda e acenou. Ela chegou mais perto da janela. Ele fez um sinal para ela abrir. Ela abriu.

"Desça", chamou baixinho. "O tempo está bom. Mas traga um casaco. Abril é o mês mais cruel."

Ela hesitou por um momento, apenas por um momento, depois concordou com a cabeça e fechou a janela.

Ele estava esperando por ela na porta dos fundos. "Vamos dar uma volta. Eu te ofereceria uma carona, mas a ocasião não pede comemoração." Ele começou por um lado do jardim, mas agora mais devagar, como se aquele fosse realmente um passeio noturno e não uma tentativa de exorcizar demônios.

Ela o acompanhou. "Por que não pede comemoração? No fim das contas, *O trapézio vermelho* vai ser um problema?"

"Não do jeito que você sugere."

Viraram no canto. Dessa vez, o cascalho rangeu, e não voou sob as rodas. Fez um som semelhante sob os sapatos dela.

"Então, como?"

Dobraram a outra esquina e começaram a seguir pela passagem paralela, em direção à casa.

"Henry Garrick não para de dar entrevistas."

"Eu sei. Antes mesmo de o livro sair, ele terá esgotado toda a divulgação."

"Vai um pouco além disso."

"A história sobre você ter peito?"

Deram mais uma volta ao redor do jardim antes de ele responder. "Tem uma frase de um filme que saiu logo depois da guerra. Você ainda estava na Europa. *Os melhores anos das nossas vidas*."

"*Por que eles não conseguem deixar um sujeito em paz?*"

A cabeça dele voltou-se para ela no escuro. "Como soube?"

"Ainda estava passando quando cheguei aqui. Alguém me disse que seria uma boa introdução para a vida na América. Hannah, agora me lembro."

"Estou dizendo como você soube a frase em que eu estava pensando? E não me diga que as grandes mentes funcionam parecido."

"Não foi difícil, depois daquela história na sua sala com os Veteranos Judeus da América, essa tarde."

Chegaram à casa e recomeçaram de lá. Nenhum dos dois falou enquanto faziam outro circuito e mais outro depois daquele. O rangido do cascalho pareceu ficar mais alto no silêncio. Ele estava retomando a velocidade. Ela podia sentir a raiva irradiando-se dele. Começou a tremer. Ele deve ter notado, porque parou e se virou para ela.

"Vamos entrar. Você está com frio, e eu preciso de um drinque."

"É tarde. Não quero incomodar a Hannah."

"Não vai incomodar. Ela saiu. O instituto, imagino. Embora pudesse ser uma reunião para alguma outra causa nobre." Ele rodou até a porta, abriu-a para ela e seguiu-a. "Você se lembra de quando a gente se conheceu?", perguntou, enquanto abria caminho pelo corredor.

"Que pergunta aleatória."

"Lembra?"

"Na noite em que meu pai te levou pra jantar em casa."

"Você era uma exibicionista incorrigível. Pontificando sobre sua filosofia francesa. Desfilando seu conhecimento em literatura inglesa. Nossa, como você era jovem!"

"Veja quem fala! O arrogante e jovem editor em busca de conquistar o mundo literário. E fazendo o impossível para deslumbrar aquela pequena estudante inexperiente. Se pelo menos seu francês fosse melhor..."

"Eu me ressinto disso. Você me pareceu bem deslumbrada."

Ele parou na entrada de seu escritório, esperou que ela entrasse, depois a seguiu. Ao contrário dos outros cômodos da casa, esse não tinha vestígio de Hannah. Livros, manuscritos e revistas cobriam todas as superfícies. Alguns se empilhavam no chão. Mesmo assim, ela sentiu a presença de Hannah. Não sua presença: sua iminência. Não conseguia superar a sensação de que Hannah entraria a qualquer momento.

Ele ficou olhando para ela. "Alguma vez você imaginou o que teria acontecido se aquela estudante fosse um pouco mais velha?"

"Não dá pra dizer que sim."

"Pro inferno que não." Ele rodou até uma mesa com uma bandeja que continha garrafas, copos e um balde de gelo, mantendo-se de costas para ela enquanto falava. "Você esquece. Fui eu que te levei para uma volta divertida pelo escritório."

Ela atravessou a sala, tirou o casaco e se sentou na grande cadeira confortável de couro em frente às janelas que davam para o jardim escuro. Já havia estado naquele escritório, mas, agora, algo na disposição dos móveis na alcova pareceu-lhe estranho. Então, percebeu. Deveria haver duas cadeiras, uma de cada lado da mesinha. Havia apenas uma. Do outro lado da mesa havia espaço para a cadeira de rodas. Curioso ela nunca ter notado isso. Talvez fosse o horário, ou a raiva dele, ou a tensão. Curioso, também, como pequenos detalhes lhe traziam de volta o horror.

Ele rodou para perto dela, entregou-lhe a bebida e deu um gole na sua.

"Bom, por que raios eles não conseguem?"

A volta da raiva na voz dele surpreendeu-a.

"Por que eles não conseguem o quê?"

"Deixar um sujeito em paz. Como diz o personagem do filme."

"Eu lembro muito bem que a resposta no filme é 'porque eles gostam de você'."

A risada dele foi um latido. "Certo. Os Veteranos de Guerra Judeus da América são loucos por mim. E Hannah só quer o melhor pra mim."

"A Medalha de Honra não é exatamente um insulto."
"Uma farsa é a palavra que você está procurando, nesse caso."
"Vai ver que você só é modesto demais."
"Modesto! Ah, Charlie, eu esperava mais de você."
"Não entendo por que você fica tão bravo com isso."
"Quer saber mesmo? Quer mesmo escutar minhas histórias de guerra?"
"Se você quiser contar..."
"Boa menina. Você sabe a resposta certa, ao contrário de Hannah, que tenta arrancá-las de mim há anos. Ela está convencida de que é só eu falar com ela, que ela consegue deixar tudo melhor. Como faz com seus pacientes. Mas você não acha que pode deixar tudo melhor, acha? Vai ver que é porque você tem suas próprias histórias."
"O assunto é você."
"Ah, é, minhas histórias de guerra. Mas o problema é o seguinte, qual delas eu conto? A história de fadas do meu pretenso heroísmo? Ou a versão *noir* daquele pequeno incidente? Como eu acabei nesta cadeira salvando meu companheiro? Ou a informação privilegiada sobre a estupidez e a maldade daquilo tudo? Mas você tem uma experiência disso em primeira mão. Quer saber o que eu estava fazendo quando fui baleado? O que, incidentalmente, não acho que tenha sido de jeito nenhum obra de um soldado japonês. Acho que foi uma retribuição divina. Mas isso também poderia ser a voz da arrogância. Se existe um Deus, ele não teria tempo de se preocupar comigo, ou com o resto da companhia, ou com toda a maldita Batalha de Buna. Não quando tinha Iwo Jima na manga. Planejar aquilo deve ter sido um desafio."

Ele engoliu o que restava de seu uísque, rodou pela sala até a bandeja, reabasteceu o copo e voltou. Mas dessa vez, em vez de ficar a 45 graus da cadeira de Charlotte, foi direto até ela e parou só quando seus joelhos estavam quase se tocando. Não havia afeto no gesto. Estava irritado demais para que se infiltrasse outra emoção.

"Mas estou divagando. Ia te contar o que estava fazendo quando levei o tiro."

Ela esperou.

"Eu estava enfiando a baioneta em soldados japoneses."

Ela tentou não se encolher. "Não é isso que se devia fazer, o que se era treinado pra fazer?"

"Depois de mortos?"

"Não entendi."

"Acho que entendeu. Você não é tão estúpida quanto faz parecer aquela sua frase sobre ser modesto demais. A história que meu velho companheiro Art Kaplan contou hoje não é totalmente mentira. Eu matei um monte de japoneses defendendo um *bunker*, mas não chega nem perto do número que ele apregoa. Segundo o oficial que me indicou para a medalha – essa parte também não é mentira –, o número chegava perto de cinquenta. Isso é uma estimativa. Era difícil contar corpos inimigos sob aquelas circunstâncias. Estávamos um tanto ocupados. Mas imagino que se você for a esposa de um japonês, ou mãe, ou filha, ou o próprio japonês, o número exato não faz diferença."

"Você era um soldado", ela insistiu. "Só estava cumprindo seu dever."

"Ora, onde foi que já ouvi essa frase? Ah, é, em alguns processos judiciais em Nuremberg."

"Eles não sentiram remorso. Você sente. Aí está a diferença. É o que está te torturando."

"Entendo, você passou da modéstia para um arrependimento de um ser humano normal por tirar vidas. Você ainda não entendeu. Eu não conseguia parar. Mesmo depois de tê-los matado. E não me diga o quanto os japoneses eram bons em se fingir de mortos, depois voltar à vida e atirar uma granada em um bando de paramédicos que estava tratando dos feridos, deles e nossos. Aqueles japoneses estavam mortos e mesmo assim eu não conseguia parar. Meu cérebro não funcionava. Ou melhor, funcionava em dobro. Chapado. Zonzo de destruição. Bêbado de devastação. Surtado de assassinato."

Ele parou e tomou um gole do uísque. "Imagino que haja um lado cômico nisso. Ou pelo menos irônico. Fui para a guerra me achando um homem decente. Um filho do Iluminismo. Racional. Humano. Moral. A profissão que escolhi comprovava isso. Um editor de livros, alguém que reverenciava ideias, que valorizava a palavra escrita. Diabos, eu até publicava livros sobre arte e música. Civilizado era pouco para me descrever. De uma coisa eu tinha certeza: eu não era um bárbaro como aqueles putos daqueles sádicos SS, que se divertiam torturando pessoas, ou os demônios japoneses que levavam os homens em marchas da morte. Bom, a guerra tinha uma novidade para mim. Acabei não sendo melhor do que eles. Na verdade, fui pior. Eles faziam aquilo pelo Führer, ou pelo Imperador, ou por alguma ideia perturbada de país, honra e toda essa merda. Eu nem mesmo tinha a desculpa de outros soldados, os que sofriam da síndrome de Audie Murphy,[7] que ficavam enlouquecidos quando um sujeito era morto. Eu estava fazendo aquilo por divertimento."

"Com certeza, não era por divertimento."

Ele se inclinou mais para perto. "Você não acha? É porque você nunca esteve nessa situação. Nunca viu o olhar de incredulidade no rosto de um homem, quando ele sente a bala atravessá-lo. Cômico, de fato. Nunca atravessou uma fileira de homens com um disparo de metralhadora. Eles caem em sequência, como as malditas Rockettes. Nunca viu um corpo explodir como uma *piñata*, só que, em vez de caírem brinquedos..." Sua boca fechou-se de repente. Ele recuou a cadeira e girou, mas não antes de ela ver a expressão em seu rosto. Os traços estavam tão distorcidos quanto em uma pintura de Munch.

"A história está cheia de escritores e artistas embriagados de violência", ela disse, enquanto ele estava de costas. Ele estava novamente no bar. "O saque de Homero em Troia, o *Inferno* de Dante, igrejas cheias de pinturas e esculturas dos condenados contorcendo-se no inferno."

"Agora você está parecendo aquela estudante francesa se exibindo. Eu expus minha alma denegrida e você me dá alusões literárias e artísticas. Aqueles homens estavam retratando a violência, não perpetrando-a."

"Era guerra", ela repetiu.

"Cheia de homens controlados para passarem por ela sem se tornar monstros."

---

[7] Audie Murphy foi um soldado e ator norte-americano altamente condecorado por sua atuação na Segunda Guerra. Nos anos que se seguiram ao conflito, ele desenvolveu comportamentos típicos do que hoje é reconhecido como Transtorno de estresse pós-traumático. Murphy defendeu ativamente o estudo dos impactos emocionais da guerra sobre os militares e o acesso dos veteranos de guerra a assistência médica. [N.E.]

"Você não é um monstro, agora."

"Depois do acontecido, não vale."

"Acho que vale."

"Isso mostra o quanto você entende do assunto." Ele pousou o copo sem reabastecê-lo e se virou para olhar para ela. "Mesmo assim, foi uma boa tentativa. E agradeço. Mas vamos esquecer esse assunto. Eu nunca deveria ter começado. Nem com você. Vamos, te levo pra casa antes de me afundar ainda mais nessa vala de autopiedade."

Ela pegou o casaco e se levantou. "Acho que posso chegar ao quarto andar por conta própria."

"Em algum ponto da minha juventude desperdiçada, meu pai me deu dois conselhos."

"Seu pai superou o de Nick Carraway."[8]

"O conselho do meu pai não foi tão moralista quanto o do pai de Carraway."

"Qual foi o conselho?"

"Em primeiro lugar, sempre acompanhe uma dama até em casa."

"E o segundo?"

"Tinha a ver com gravidez, e como preveni-la. Ele tinha grandes planos para mim. Nós dois tínhamos."

"De onde eu vejo, parece que você os realizou", ela disse, ao se encaminhar para a porta.

"Ah!" Ele foi atrás dela.

Os dois ficaram esperando o elevador em silêncio. Quando ele chegou, Horace abriu a porta externa, empurrou a porta da cabine e entrou atrás dela. Nenhum dos dois olhou para o outro enquanto o elevador subia. Ao chegar ao quarto andar, Horace voltou a abrir as portas e Charlotte saiu. Ela se virou para dar boa-noite, mas ele a acompanhou.

"Acho que agora é quando você me agradece por uma noite deliciosa."

De repente, ela ficou irritada. "Pelo amor de Deus, Horace, você não é o único com a consciência culpada."

---

[8] Personagem fictício do romance *O grande Gatsby*, de Scott Fitzgerald, e narrador da história. Foi aconselhado pelo pai a evitar julgar as pessoas. [N.T.]

Ele pareceu surpreso como o homem descrito por ele, acabando de sentir a bala atravessá-lo.

"Você tem razão. Peço desculpas. De novo. Quem diabos eu sou para te dar um sermão?"

"Um amigo."

Ele ficou olhando para ela por um tempo que pareceu longo. "Um amigo?", repetiu por fim.

"Não é?"

"É isto que você pensa, Charlie? Jura? Que somos amigos?"

"Mais do que isso, é claro. Se não fosse por você, você e Hannah, Vivi e eu não estaríamos aqui. Com certeza, a gente não teria se recuperado de um jeito tão fantástico."

Ele continuou com o olhar fixo nela. "Ah, entendi. Temos um relacionamento legal. Patrocinador e patrocinada. Que tal dono de editora e editora? Patrão e funcionária? E não vamos esquecer locador e locatária."

"Estou falando sério."

Ele ergueu as sobrancelhas. "Eu também. Você ainda está esquecendo um."

"A menos que a gente pegue o dicionário, acho que esgotamos a lista."

"Esqueça o dicionário. Você só precisa de imaginação. Não, retiro o que disse. Você só precisa de observação."

"Tudo bem, desisto."

"Tenha dó, Charlie. Não me faça arrancar de você."

Ela desviou o olhar, depois voltou.

Horace diminuiu a pequena distância entre eles até ficarem a apenas centímetros um do outro. "Amantes, Charlie. É isso que somos. Por que você acha que eu te contei tudo aquilo hoje à noite? Por que você acha que às vezes, perto de você, começo a sentir que, afinal de contas, não sou uma aberração? Amantes. Não em um sentido da palavra, mas com certeza em outro. Talvez até no sentido mais verdadeiro da palavra."

Por um momento, continuaram com o olhar fixo um no outro. Depois Horace puxou-a para si, e ela se curvou para chegar até ele. O mundo deu um solavanco. Ela agarrou os braços da cadeira para se equilibrar, mas tarde demais, já estava caindo.

*

Só se deu conta mais tarde, naquela noite, ao se deitar na cama tentando se recompor do mergulho.

Ele tinha perguntado se ela se lembrava de quando eles se conheceram, e ela respondeu que a pergunta era aleatória. Não era. Tinha sido desesperadamente relevante. Ele a fizera lembrar-se do rapaz esguio que chegara correndo ao apartamento da Rua Vaugirard naquela noite úmida, tantos anos atrás, os olhos rápidos e inquisidores, o cabelo ainda cheio e dourado, quando ele tirou o fedor cinza ensopado de chuva, os gestos tranquilos e graciosos. Ele fizera lembrar-se do homem que já tinha sido.

*

Bill Quarrels não apenas entrou na sala dela, como veio a passos largos. Envaidecia-se de sua altura. Numa ocasião, depois de alguns drinques no lançamento de um livro, tinha comentado com ela o prazer que dava ser a pessoa mais alta da sala. "Posso ver todo mundo, e todo mundo pode me ver."

Jogou um esboço de um anúncio em sua mesa, acomodou-se na cadeira do outro lado e esticou as longas pernas para fazer uma barricada entre ela e a porta.

Charlotte puxou o esboço para longe do alcance da sua caneca de café.

"O que é isso?"

"O que parece?"

"Por que está mostrando pra mim?"

"Preciso da reação de uma garota."

"Por que, é um romance?"

"É um suspense, mas tem um personagem forte, feminino. Dois, na verdade."

Ela olhou para o anúncio. "Imagino que a palavra que você está procurando seja caricatura. Uma é uma puta e a outra, uma madona."

"Tem outra categoria?"

"Pra mim está bom." Devolveu o esboço para ele.

Ele o pegou, mas não se mexeu.

"O que estava acontecendo na sala do Horace nesta manhã?"

"Não se preocupe, Bill, não estávamos tramando contra você. Até onde eu sei, seu emprego está seguro."

Ela estava brincando, mas, ao ver o alívio no rosto dele, quase sentiu pena. Ele não era bem um editor, mas tinha faro para certo tipo de livro.

"Nunca pensei que estivessem."

"Ótimo."

"Só fico cismado..." Ele se calou.

Ela se voltou ostensivamente para o exemplar do catálogo que estava editando.

"Só fico cismado", ele recomeçou, mas dessa vez, quando ela não perguntou qual era sua cisma, foi em frente mesmo assim. "Só fico cismado com o que você está fazendo com ele. Um cara numa cadeira de rodas. Nem mesmo é um homem de verdade. Você consegue coisa melhor. Na verdade, se está procurando voluntários..."

Não houve intenção por detrás do gesto. Foi puro reflexo. Antes que se desse conta, ela estava de pé ao lado da sua mesa, com a caneca de café na mão. Ele não mexeu as pernas para lhe dar passagem. Ela sabia que ele não mexeria. A caneca não voou de sua mão. Apenas se inclinou, quando ela tentou passar por cima dele. O café caiu diretamente no seu colo.

Ele deu um pulo. "Nossa, Charlotte!"

"Me desculpe."

Ele pegou um lenço no bolso e começou a esfregar entre as pernas. "Pura sorte que não estava quente."

Charlotte concordou que tinha sido sorte e não acrescentou que teria feito a mesma coisa, se estivesse. Foi assim que ela soube, se é que já não sabia, que estava em queda livre.

*

O grito de Bill tinha atravessado a área comum onde ficavam as secretárias e ido até os escritórios fechados. Um momento depois, ele saiu, dizendo a ninguém em particular e a todos que Charlotte era uma mulher perigosa.

As secretárias continuaram datilografando, sorrindo secretamente em seus teclados, mas quando Charlotte saiu de seu cubículo para ir ao toalete, uma delas foi atrás.

"Obrigada", ela disse. "Em nome de todas nós."

Charlotte segurou o olhar no espelho acima da pia. "Foi um acidente."

"Eu estava me perguntando quanto tempo você ia levar", Faith disse quando esteve na sala de Charlotte um pouco depois.

"Você também?"

"Ah, abençoada seja sua generosa alma míope. Ninguém me deu uma cantada desde a festa que fizemos quando Dorothy foi indicada para um prêmio da Academia pelo roteiro de *Nasce uma estrela*. Só ele", ela inclinou a cabeça em direção ao cubículo de Bill. "Não é um cumprimento, só um reflexo."

Conforme o dia foi avançando, a história espalhou-se pelos outros departamentos. Só Horace não teve nada a dizer. Às 5 da tarde, ela começava a ter esperança de que ele não tivesse escutado, por mais que fosse improvável. Estava colocando um manuscrito em sua pasta quando ele entrou na sala.

"Que pena que o café não estava quente", disse.

Ela sorriu, mas não respondeu.

"Eu esperava que você fizesse isso."

Ela continuou sem responder.

"Posso perguntar o que finalmente te levou a isso? Deus sabe que ele te deu vários motivos no passado."

Ela continuou olhando para a pasta. Sabia que se olhasse em seus olhos, nunca conseguiria se sair bem com a mentira. Ele saberia que sua reação tinha algo a ver com ele.

"Só outra gracinha", disse.

"Obscena demais para meus ouvidos inocentes?"

"Exatamente." Agora, conseguia olhar para ele.

"Me engana que eu gosto."

Quatorze

Mais tarde, Charlotte se perguntaria se a ideia não tinha sido uma vingança de Hannah. Você quer se aventurar na alienação de afetos? Eu aceito e dobro sua aposta. Mas não poderia ser isso. Hannah pode ser vingativa. Charlotte não tinha esquecido a história que sua rejeitada amiga editora tinha contado. Mas, honestamente, Hannah não poderia saber da inesperada consequência de suas boas intenções.

Naquela noite, ao chegar em casa, Charlotte não ficou irritada por encontrar o bilhete com a pilha de correspondência na mesa do hall de entrada. Sentia-se agradecida por Vivi não ser inteiramente uma criança *latchkey*, como as revistas tinham batizado a geração que chegava em casa toda tarde, encontrando um apartamento vazio. Até se felicitou por ter uma filha com consideração suficiente para deixar um bilhete. Recusou-se a pensar que Hannah era responsável por isso.

Estou aqui dentro, dizia o bilhete. Uma flecha apontava para a porta da parte da casa destinada a Hannah e Horace. *Amor, Vivi*, estava rabiscado embaixo.

Charlotte pensou em subir e ligar do apartamento para dizer à filha que fosse para casa, mas aquilo seria indelicado. Tocou a campainha dos Field. Vivi abriu a porta. Sua filha estava claramente à vontade ali.

"Adorei seu bigode", Charlotte disse.

Vivi limpou as migalhas do lábio superior e beijou a mãe nos dois lados do rosto. "Fizemos brownies."

"Estou vendo". Charlotte tirou uma última migalha do queixo da filha.

"Eles vão pra casa com vocês", Hannah disse ao descer a escada da cozinha e atravessar a área que servia de sala de espera para seu consultório. "Não preciso da tentação. E os brownies são os preferidos de Vivi."

"Desde quando?", Charlotte perguntou sem pensar. Até onde sabia, sua filha tinha preferência por *macarons* e *biscotti*, mas fazia um tempo que ela não fazia nenhum dos dois. Quando chegava em casa do trabalho, empenhava-se em pôr o jantar na mesa. Além disso, que paladar adolescente não está mais inclinado para brownies grudentos do que austeros *biscotti*?

"Desde que tia Hannah me ensinou a fazer eles. Quer uma mordida?" Vivi estendeu seu brownie meio comido para a mãe.

"A esta hora?"

"Culpa minha", Hannah disse. "Mas se eu conheço a Vivi, não vai estragar seu jantar."

"Claro que não", Charlotte disse. *Se isso acontecer,* pensou, *eu desço e enfio pessoalmente toda a fornada em sua goela arrogante.*

Hannah subiu para a cozinha, voltou com uma travessa de brownies cobertos com papel manteiga e entregou-a a Vivi. "Não esqueça o casaco e os livros."

"Deixa que eu pego." Charlotte apanhou as coisas de Vivi em uma das cadeiras e se dirigiu para a escada.

"Pegue o elevador."

"Pela escada está ótimo."

"Vamos pegar o elevador, mãe. Não quero derrubar os brownies."

Pegaram o elevador.

"Eu não sabia que os brownies eram os seus preferidos", Charlotte disse depois que o elevador passou do primeiro andar. Quão mesquinha poderia ficar?

"Não é que sejam exatamente meus preferidos. Eu também gosto de gotas de chocolate e dos seus *biscotti* e *macarons*. Mas não quis magoá-la quando ela disse isso."

Charlotte destrancou a porta e abriu-a para que Vivi pudesse entrar com a travessa.

"Você é uma menina legal", disse. "Dissimulada, mas legal."

"Dissimulada?"

"Menos do que sincera. Também, nesse caso, generosa. O que você estava fazendo lá embaixo, além de brownies?"

"Nada demais."

Algo na maneira espontânea com que Vivi disse aquilo fez Charlotte pensar que o que quer que sua filha e Hannah estivessem aprontando era na verdade algo importante, mas não perguntaria uma segunda vez.

"Por que você não vai fazer sua lição? Eu te chamo quando for hora de pôr a mesa."

Vivi não esperou que a mãe a chamasse. Foi à cozinha quando Charlotte salteava o frango e se empoleirou no banquinho do canto. Charlotte reconheceu a posição. Sua filha estava se preparando para alguma coisa. Ficou pensando no que Hannah teria agora acenado à sua frente. Um novo toca-discos que tocava LPs? Algumas pérolas para juntar ao colar que Charlotte tinha começado para ela? Orelhas furadas? Não, Hannah jamais ofereceria algo que sabia que Charlotte não aprovaria. Era escrupulosa demais para isso.

"Você se lembra do artigo que a tia Hannah me deu um tempo atrás? Aquele da mulher em Paris que ajuda pessoas que foram separadas durante a guerra a se encontrarem?"

"Lembro."

"Tia Hannah se ofereceu para me ajudar a escrever pra ela."

Charlotte fingiu estar concentrada em virar os pedaços de frango. "Por que você iria querer fazer isso?", perguntou com cuidado.

"Pra encontrar pessoas, é claro."

"Não sobrou ninguém pra encontrar."

"A tia Hannah diz que isso é o que um monte de gente que veio da guerra pensa. Aí, elas chegam nessa mulher ou em alguma outra agência e descobrem que têm algum parente, até um parente próximo, que pensavam que estava morto."

"Vivi querida, sinto muito, mas seu pai morreu na guerra."

"Eu sei disso. Não estou falando dele."

"Os pais dele morreram no bombardeio de Avignon. Os detalhes sobre meu pai são mais obscuros: ele era um bom socialista, e os nazistas não gostavam disso, mas amigos de Grenoble me escreveram depois do enterro dele."

"Eu também sei disso, mas e os outros?"

"Seu pai e eu éramos filhos únicos."

"Você faz parecer que vocês dois eram as últimas pessoas da Terra. Tem que ter parentes. Provavelmente, por toda a França, tias e tios-avós, primos de segundo grau e primos que foram separados estão morrendo de vontade de me conhecer."

"É improvável."

"Mas você não tem certeza. Pelo menos, podíamos tentar descobrir."

Charlotte desligou o fogo sob a frigideira e encarou a filha. "Entendo que não seja fácil ficar presa só comigo e com tios postiços no andar de baixo, mas você acha mesmo que vai sentir uma ligação instantânea com um completo estranho só porque vocês têm alguns antepassados em comum? Eu confiaria mais no afeto de Hannah e Horace do que no sangue."

"Pode ser, mas não vejo que mal há em descobrir. O que há de tão terrível em querer uma família? A Pru McCabe passa um mês, todo verão, com seus avós paternos e um montão de primos, tias e tios. Eles têm uma coisa que ela chama de conglomerado, mas ela fica no quarto onde o pai cresceu e veleja no barco em que ele aprendeu a velejar. Até usa a velha vara de pescar dele."

"Você quer aprender a pescar?"

"Mãe!" Vivi deu um tapa no balcão. "Estou falando sério."

"Eu sei." Charlotte deu um passo em direção à filha para passar o braço à volta dela, mas Vivi escorregou para fora do banquinho e deu um passo atrás.

"Não entendo por que você não quer fazer isso. Não estou falando sobre avós no Maine, ou de um veleiro, nem de uma vara de pesca. Só estou pedindo informações. Como os nomes dos parentes, onde viviam, coisas assim. Poderia haver pessoas por toda a Europa, por todo o mundo, procurando por nós. Mas você não quer encontrar elas."

Ela pensou na carta de Bogotá. "Só não vejo o motivo."

"Se eu vejo o motivo, não basta?"

"Não consigo explicar."

"Tente." A palavra saiu como um soluço. "Por uma vez, só tente."

Charlotte tentou chegar até Vivi novamente, mas ela deu mais um passo para trás.

"Sabe o que você é? Uma judia que se odeia."

"Não tem nada a ver com religião."

"Então, o quê?"

"Talvez, quando você for mais velha..."

"Quando eu for mais velha!" Agora, ela gritava. "O que é isso? A conversa sobre sexo que temos a cada dois anos? Quando eu for mais velha, será tarde demais. Quero saber agora." Vivi já não tentava segurar as lágrimas. Soluçava. "Por que você não me deixa descobrir? Por que você é tão má? Por que tudo tem que ser um grande segredo sombrio?" Ela estava indo para seu quarto. "Detesto seus segredos. E detesto você. Gostaria..." A porta bateu antes que Charlotte pudesse ouvir do que a filha gostaria.

Atravessou a sala e seguiu pelo curto corredor até o quarto de Vivi. "Vivi", disse baixinho para a porta fechada.

Não houve resposta.

"Vivienne."

Ainda nada de resposta.

Charlotte voltou para a cozinha para verificar se tinha desligado todas as bocas do fogão. Depois entrou na sala, sentou-se e olhou para o relógio. Daria uma hora para a filha, meia hora, decidiu, depois faria com que abrisse a porta. A única questão era o que diria depois disso.

A ideia lhe veio quando fazia quinze minutos que estava aguardando. Ajudaria Vivi a escrever para Simone, desenterrando nomes, endereços, todas as informações nocivas de seu passado. Vivi ficaria satisfeita. Não precisava saber se a carta tinha sido enviada.

A porta do corredor abriu-se. Ela sabia que a filha não conseguiria ficar brava. Mas continuou sentada no sofá. Queria lhe dar tempo, deixar que voltasse à sua maneira.

Vivi surgiu no arco para a sala e foi até a porta de entrada. Nem olhou para a mãe.

"Aonde você vai?" Charlotte perguntou.

Vivi não respondeu. Mas Charlotte sabia.

O telefone tocou minutos depois. Era Hannah. "Vivi está aqui", disse.

"Obrigada. Estou aliviada em saber onde ela está."

"Ela gostaria de dormir aqui."

Charlotte hesitou. Queria a filha de volta. Mas isso era problema seu, não de Vivi.

"Acho uma boa ideia", continuou Hannah. "Essa é a minha opinião profissional, não a pessoal, embora o lado pessoal adore ter ela aqui. Você sabe disso. Mas acho que ela precisa de um tempo para se acalmar."

"Ela te contou qual é o problema?"

"Só que a mãe dela é a pior mãe da história da humanidade."

Houve um silêncio.

"Era pra ser uma brincadeira, Charlotte."

"Ela não disse isso?"

"Disse alguma coisa com essa intenção, mas nós duas sabemos que ela não sente isso. Ela te adora."

Ouvir outra mulher dizer que sua filha te adora era de certo modo desconcertante. Não, ouvir isso de Hannah era irritante.

"Vou levar roupa de baixo limpa, uma blusa e os livros dela para amanhã. E o pijama para hoje à noite."

"Não se preocupe com pijama. Tenho uma gaveta cheia de camisolas."

"Vou levar o pijama mesmo assim. Já que vou descer."

"Não se preocupe, Charlotte, são camisolas de flanela tipo Mother Hubbards,[9] não coisas de *pin-ups* tipo Rita Hayworth."

Que tipo de mãe era ela que, num momento daqueles, prestava atenção ao fato de que a mulher de Horace dormia com camisola de flanela?

*

Charlotte estava na cozinha jogando fora o frango mal cozido quando a campainha tocou. Foram apenas segundos até ela chegar à porta.

"Sei que não era eu quem você queria encontrar aqui", disse Horace, quando ela abriu a porta.

---

[9] Vestidos soltos, compridos, com mangas compridas e colarinhos fechados, que vieram dispensar, no final do século XIX, o uso de corpetes, deixando o corpo da mulher mais livre. O nome "Mother Hubbards" refere-se a um poema infantil popular na época, de autoria controversa, publicado em várias versões ao longo dos anos, em volumes ilustrados. [N.T.]

"A Vivi está bem?"

"Está. Vim aqui para saber de você."

"Estou bem."

"Claro, e eu posso dançar o *charleston*. Quer companhia?"

Ela deu de ombros.

"Que entusiasmo!"

"Sinto muito. Entre. Quer beber alguma coisa? Um drinque? Ou um café? Ou aceita um jantar intacto?"

"Obrigado, mas não vim aqui para ser alimentado, aguado ou para me entreter."

Ela se sentou no sofá, em frente à cadeira de rodas. O espelho inclinado acima da lareira refletia a cena. Estava com uma aparência cadavérica, o rosto pálido, abatido, sem maquiagem, o cabelo um ninho de Medusa de tanto que tinha passado os dedos na última hora. Mais próximo do espelho, Horace só era visível dos ombros para cima. Não apareciam nem as rodas da cadeira. O reflexo era uma piada de mau gosto.

"O que a Vivi está fazendo?"

"Ela e Hannah conversaram um pouco. Depois, Hannah instalou-a no quarto de hóspedes."

"A Hannah teria dado uma boa mãe. Está sendo uma boa mãe."

"Ela gosta de manobrar pessoas, se for isso que você está dizendo. Mas você está certa, ela seria. Sabe o que é engraçado nisso? Foi ela que não quis ter filho antes da guerra. Eu não estava exatamente torcendo por um, mas ela foi inflexível. Disse que não seria justo com a criança, caso eu não voltasse. Agora que voltei, ela quer, sim, um filho. Só que não comigo."

Charlotte não fez qualquer comentário.

"Quer conversar sobre o que aconteceu com a Vivi?", ele continuou.

Ela sacudiu a cabeça.

"Quer que eu dê o fora daqui?"

Ela tornou a sacudir a cabeça.

Ele ficou olhando para ela. "Escute, parafraseando você em outros assuntos, seria possível pôr o que eu sei sobre meninas adolescentes na cabeça de um alfinete, e ainda sobraria espaço para uns dois milhões de anjos, mas não é isso que acontece com meninas da idade dela?

Gritam, choram, revoltam-se contra as mães? E segundo Hannah, em troca, santificam os pais."

"Vivi não tem um pai para santificar."

"Tem um pai de fantasia. Isso torna ainda mais fácil colocá-lo naquele pedestal."

"Obrigada, mas é um pouco mais complicado do que a sua rebelião comum. Ela deve estar furiosa comigo, mas não deve ter um motivo para estar furiosa comigo."

"Não acho que você queira explicar essa afirmação."

Ela sacudiu a cabeça mais uma vez.

"Tudo bem, não vou me meter. Mas te digo uma coisa: duvido muito que você possa ter feito alguma coisa tão terrível quanto imagina."

"Pode ser, mas, de acordo com o que contou, você estava fora da realidade sobre sua própria capacidade para o mal. Por que acharia que eu sou mais rigorosa?"

Ele não teve uma resposta para isso.

*

Por volta das 6 da manhã, Charlotte ouviu o som de engrenagens rangendo conforme o elevador subia. Havia horas que esperava por isso. Então, percebeu que o barulho não vinha do elevador, vinha de um caminhão de lixo na rua. Mesmo assim, saiu da cama, tomou uma ducha, vestiu-se e se maquiou. A ironia de se arrumar para a filha não lhe passou despercebida, mas lembrou-se de seu reflexo no espelho na noite anterior e teve a sensação de que seria mais fácil amar ou ao menos perdoar uma mãe apresentável do que uma bruxa disforme.

Na cozinha, fez café para si mesma e despejou suco e cereal para Vivi; depois, sentou-se no banquinho alto, tomando café e esperando.

Depois da terceira caneca, olhou para o relógio. Eram quase 8. Levou o café para a sala e ficou junto à janela. Alguns minutos depois, Vivi saiu pela porta da frente. No portão, virou-se para a casa. Charlotte esperou que ela olhasse para cima. Sabia que a mãe estaria olhando. Ela não olhou. Acenou em direção à porta. Charlotte leu seus lábios. Obrigada. Seu peito apertou-se conforme a distância entre elas aumentou.

Tomou uma decisão. Não tinha nada a ver com deixar de postar as cartas deliberadamente.

*

A cena na calçada em frente à escola levou-a ao passado. Mãe e babás conversavam umas com as outras, de olho na porta para suas incumbências. Horace jamais havia feito objeção quando, na falha de uma *babysitter*, Charlotte deixava o escritório cedo para buscar Vivi e depois passava o resto do dia trabalhando em casa. Agora, ela ficou observando as meninas mais novas, algumas de mãos dadas, outras se separando para correr para uma mãe ou uma babá, algumas barulhentas, exigindo atenção, outras caladas e tímidas. Daria muito para voltar a esse tempo. Era um clichê, mas, como todos os clichês, continha um tanto de verdade. Crianças menores, problemas menores.

Ela devia ter contado a Vivi, então. Mas não se pode pedir a uma criança de 6 ou 7 anos para guardar um segredo. É o mesmo que pôr uma marca de vergonha em sua testa: sou diferente. Tenho algo a esconder. E ela não poderia anunciar para o mundo. Equivaleria a admitir que ela e Vivi estavam no país sob falsos pretextos, talvez até ilegalmente. Poderiam ser mandadas de volta. A agência estava tentando salvar judeus que tinham sofrido nas mãos dos nazistas, não gentios que tinham conseguido sobreviver com ajuda alemã. Não achava que seria possível uma deportação, mas não poderia ter certeza. No mínimo, Horace e Hannah se sentiriam enganados. Em vez de salvar uma vítima, tinham abrigado uma impostora.

Avistou Vivi saindo pela porta com Alice e Camilla. Vivi demorou mais tempo para avistar a mãe. Quando o fez, deu as costas. Charlotte atravessou a calçada para ir até ela. Sabia que a tinha encurralado. Vivi poderia reclamar da mãe para as amigas – regras injustas, restrições arbitrárias, toques de recolher despropositais –, mas não faria uma cena na frente delas e de toda a escola.

As outras meninas cumprimentaram Charlotte. Eram crianças que, logo depois de largar as fraldas, aprendiam a apertar mãos e dizer que era um prazer conhecê-la. Vivi não disse nada. Charlotte deu uma explicação capenga sobre estar por ali para uma reunião e fez perguntas paliativas para as meninas; elas responderam no mesmo tom e se foram. Vivi permaneceu com as mãos nos bolsos do casaco de lã de camelo, olhando para o chão.

"O dia está lindo", Charlotte disse. "Mais parecido com o final de abril do que com o começo. Achei que poderíamos dar uma volta."

Vivi continuou olhando para a calçada.

"Ou você preferiria tomar um refrigerante ou um sorvete?"

"Não estou com fome."

"Essa é nova."

Vivi não respondeu.

"Tudo bem, vamos dar uma volta." Charlotte passou o braço pelo braço da filha e foi para oeste, em direção ao Central Park. Vivi deixou-se levar.

Entraram no parque pelo Engineers's Gate, e Charlotte guiou-as no sentido sul. Uma luz solar cítrica despejava-se pelas árvores que floresciam, pintalgando a calçada sob seus pés, e forsítias grassavam ao lado do passeio. Charlotte largou o braço da filha, mas quando elas chegaram à trilha para o Great Lawn, pegou-o novamente para levá-la naquela direção. No trecho do gramado próximo a elas, começava um jogo de beisebol com meninos da idade de Vivi, mas ela nem mesmo olhou para eles.

As duas deram uma volta no gramado, em silêncio. Charlotte não era boba de perguntar sobre a escola ou alguma outra coisa. Na metade do segundo circuito, sugeriu que se sentassem em um dos bancos.

"Isso está chato. A gente não pode simplesmente ir para casa?"

"Está um dia lindo de primavera e quero conversar com você."

Vivi atirou-se no banco mais próximo, com as pernas esticadas à frente, as mãos ainda enfiadas nos bolsos, os olhos focados a meia distância.

"Imagino que eu vá ficar de castigo por gritar, responder pra você, e bater a porta ao sair de casa."

"Não se trata de castigo. Trata-se de um pedido de desculpas."

"Tudo bem, sinto muito. Você não é a pior mãe do mundo."

"Meu pedido de desculpas, não seu."

Vivi virou-se para ela.

"Por ser tão teimosa ontem à noite, e antes disso. Por ser tão difícil quando você queria ir a serviços religiosos em uma sinagoga, acender uma *menorah* e tudo o mais."

"Meu despertar religioso, foi como você chamou."

"Sinto muito. Eu não deveria ter sido sarcástica quanto a isso."

"Você foi má." Vivi voltou a olhar para o gramado. "Você não é a pior mãe do mundo, mas aquilo não foi justo."

"Eu sei, me desculpe. Mas existe um motivo para eu ter sido inflexível."

"Porque a religião é responsável pela maior parte das maldades ao longo da história", Vivi disse, imitando a voz da mãe. "As Cruzadas, a Inquisição, diga um nome e minha mãe é contra."

"Você conhece alguém que seja a favor das Cruzadas ou da Inquisição? Me desculpe, isso também foi sarcástico. Nesse caso, eu tinha uma objeção mais específica."

"Tal como?"

"Eu não queria que você fosse tomada pela ideia de ser judia, porque você não é."

"Aqui vamos nós de novo. Não somos judias praticantes."

"Não somos judias de jeito nenhum."

Vivi virou-se novamente para ela. "O quê?"

"Eu disse que não somos judias. Somos católicas. Ou melhor, eu nasci e fui criada como católica. Batismo, primeira comunhão, crisma, tudo isso. Eu não ia à confissão para fazer companhia a minha amiga Bette. Eu ia me confessar. Até ter 16 anos. Minha mãe ficou nervosa quando parei, mas meu pai era ateu e disse que eu tinha idade suficiente para decidir."

"Não entendo. Como foi que a gente acabou fingindo ser judia?"

"Isso foi uma dedução feita pela agência quando encontrou a gente no campo."

"Uma dedução?"

"As coisas estavam muito caóticas."

"Não entendo. Se a gente não era judia, por que você simplesmente não contou pra eles?"

"É complicado."

"Em outras palavras, mais segredos."

"Tudo bem. Não contei pra eles porque era um jeito de sair da França e ir pra América."

"Por que você queria sair da França?"

Charlotte hesitou. Em toda sua carreira editorial, as palavras nunca tinham sido tão importantes para ela. "Ficou mais do que caótico depois da Liberação. Ficou perigoso. As pessoas tinham passado por todo tipo de inferno. Queriam bodes expiatórios. Pessoas a quem culpar."

"Pelo quê?"

"Por tudo que tinham sofrido."

"Continuo sem entender. Por que elas iriam querer culpar a gente? A gente fez alguma coisa errada?"

Charlotte hesitou mais uma vez.

"Fez?"

"A gente não, mas algumas pessoas achavam que eu sim."

"Você não entregou outros judeus – quero dizer, judeus – nem coisa parecida."

"Claro que não."

"Então, o que foi que você fez pra que as pessoas quisessem te punir?"

"Peguei comida quando a gente não tinha esse direito."

"Você está dizendo que roubou?"

"Não exatamente."

"Então o quê?"

"Aceitei comida que não deveria."

"Isso não parece tão terrível. Você disse que as pessoas estavam morrendo de fome."

Charlotte tirou a mão de Vivi de dentro do bolso e segurou-a nas suas. "Eu aceitei comida de um oficial alemão."

Vivi endireitou mais o corpo. "Acho que isso é diferente." Pensou por um momento. "Por que ele deu comida pra gente?"

A filha não era boba. Ia direto ao cerne da questão.

"Ele costumava ir à livraria. Viu como você estava mal nutrida."

"Então, a culpa na verdade é minha. Se você não estivesse preocupada comigo, não teria aceitado a comida, certo?"

"Como poderia ser sua culpa? Você era um bebê! Uma vez, ele veio à livraria quando eu tinha saído, e a mulher que estava tomando conta de você tinha sido presa. Então, você ficou sozinha. Ele viu que você estava doente, mal nutrida e berrando. Ele era médico. Te deu uma aspirina para abaixar a febre. Isso pode não parecer grande coisa, mas faltava tudo, e eu não consegui arrumar uma. Foi uma época terrível.

Crianças morriam de pneumonia, sarampo e todo tipo de doenças não tratadas. Depois disso, ele começou a levar leite e outras comidas. Para nós duas", ela arrematou rapidamente. Queria que Vivi parasse de detestá-la, mas não queria que ela começasse a se detestar.

Vivi tornou a se recostar no banco. Charlotte percebeu que ela tentava dar um sentido à história. "Isso ainda não explica como fomos parar no campo."

"Ele colocou a gente lá."

"Então, no fim das contas, ele não era tão bonzinho."

"Ele disse que seria o lugar mais seguro pra nós. Esconder à vista de todos, foi como ele chamou. Vinha fazendo isso há anos."

"O que você quer dizer?"

"Ele era judeu."

"Pensei que você tinha dito que ele era um oficial alemão."

"Era, mas também era judeu. Segundo ele, o lugar mais seguro para um judeu na Alemanha nazista era no meio militar. Desde que eles não descobrissem."

"Isso é maluquice."

"Foi minha primeira reação. Mas é tudo verdade."

"Tudo bem, então temos esse oficial alemão judeu, e ele me salvou, mas por que eu, por que nós? Ele poderia ter ajudado pessoas que eram mesmo judias!"

"Eu te disse. Ele costumava ir à livraria. Estava solitário. A gente estava lá. E ele gostou de nós. Simples assim."

Vivi pensou por um tempo. "Não parece nem um pouco simples. Parece maluquice", repetiu.

"Aconteceram muitas coisas malucas durante a guerra."

Vivi não fez nenhum comentário. Ainda tentava dar um sentido à história.

Charlotte soltou a mão da filha e enfiou as suas nos bolsos. O sol se punha em direção às torres *art déco* do Central Park West, encompridando as sombras das árvores em torno do gramado. Já não parecia tanto primavera. Ela se levantou. "Foi por isso que eu fui tão má. Não via sentido em desenterrar toda essa história. Tive medo de entrar em contato com pessoas. Algumas delas, como nossa antiga concierge e outros amigos" – Charlotte não viu necessidade de mencionar Simone, um nome que Vivi poderia reconhecer – "ficaram bem furiosas na época. Elas ainda poderiam querer acertar velhas contas".

Vivi continuou sentada no banco, olhando fixo para a mãe. Charlotte viu que ela ainda tentava dar um sentido à história. Era complicada demais, inverossímil demais. Porque ela tinha deixado de fora uma parte essencial.

"Tenho mais uma pergunta", Vivi disse.

Aqui vem a peça que faltava. Mas Charlotte não iria encaixá-la. Pelo menos, ainda não.

"Meu pai", Vivi disse. "Ele era judeu?"

Charlotte quase se sentiu atordoada. Tinha se desviado da bala. Depois, teve que sorrir com a pergunta. "Sinto te desapontar, querida, mas ele também nasceu e foi criado como católico. E detestava a Igreja com todas as forças. Até onde eu sei, você não tem uma gota de sangue judeu, seja o que for o sangue judeu."

Vivi ficou em silêncio na maior parte da ida para casa. Estavam quase chegando quando ela voltou a falar: "O que eu digo pras pessoas?".

"Você não precisa dizer nada, a não ser que queira. Com certeza, eu não faria um anúncio. Minha opinião é que se você confiar a uma ou duas amigas, a notícia vai se espalhar como um incêndio."

"E sobre o campo?"

"Eu te disse, não era mentira. Mas eu não mencionaria o oficial alemão judeu. Ninguém acreditaria nisso. Sobre ele ser judeu ou colocar a gente no campo, por segurança. Só diga que fomos levadas por acidente ou por motivos políticos, se alguém perguntar, mas não vão. As pessoas não pedem detalhes em coisas desse tipo."

"Aposto que não vão acreditar em mim", Vivi disse, enquanto elas subiam a escada. "Vão pensar que só estou tentando me safar. É como a tia Hannah chama isso. Ela diz que é imoral."

"Você não pode fazer nada quanto ao que as pessoas pensam. Só pode dizer a verdade."

Chegaram ao patamar, e Vivi ficou olhando a mãe destrancar a porta do apartamento.

"Isso é engraçado, vindo de você."

"Eu mereço isso", Charlotte reconheceu.

"Me desculpe. Agora eu é que fui má." Ela seguiu a mãe para dentro do apartamento. "Você de fato fez a gente passar pela guerra e vir pra cá. Como a tia Hannah disse, você foi muito valente."

"Ou um osso duro de roer."

*

Vivi estava na cama, quando Charlotte entrou para dar boa-noite.

"Caso eu não tenha dito, é bom ter você de volta." Ela se curvou para beijar a filha, depois se endireitou e rumou para fora do quarto. Ao chegar à porta e estar prestes para apagar a luz, Vivi falou:

"O oficial alemão judeu. Aquele que deu comida pra gente."

Charlotte virou-se de volta para ela. "Sei de quem você está falando".

"Ele ainda está vivo?"

"Segundo um rabino da Colômbia, ele estava, uns dois meses atrás."

"Você andou procurando ele?"

"O rabino veio me procurar. Queria uma referência de personalidade, se é assim que se chama."

Vivi pensou por um momento. "Ele é o meu pai?"

"O quê?!"

"Ele é o meu pai?"

No fim das contas, ela não tinha se desviado da bala. Voltou até a cama e se sentou do lado. "Eu sei que menti pra você, mas nunca mentiria numa coisa dessas."

"Eu não te culparia, nem nada disso. Entendo dessas coisas. O pai de Ava Armstrong tem uma amante."

"O que isso tem a ver?"

"Significa que não sou um bebê. E não te culparia", ela repetiu. "De verdade. Quero saber quem é meu pai. Tenho o direito de saber."

"Você sabe." Charlotte apontou para a fotografia na cômoda. "Aquele é seu pai, Laurent Louis Foret."

"Jura?"

"Eu não apenas juro. Vou fazer as contas pra você. Você nasceu em 13 de junho de 1940. Verifique na sua certidão de nascimento, se não acreditar em mim. Esse é um documento em que consegui pôr as mãos, embora fosse preciso uma dúzia de cartas daqui para

Paris. Os alemães só chegaram em 14 de junho de 1940. Agora, você acredita em mim?"

"Acho que sim."

"Acha?"

"Acredito em você. Só que é meio esquisito, de repente virar outra pessoa."

"Você não é outra pessoa. Continua sendo você. Só não é da religião que pensou que fosse." Charlotte levantou-se. "Olhe pelo lado bom. Você sempre pode se converter."

Vivi fez uma careta para ela.

Charlotte estava prestes a apagar a luz, quando Vivi voltou a falar.

"Mr. Rosenblum vai ficar decepcionado."

"Acho que ele supera." Ela apagou a luz e estava indo para o seu quarto quando parou, virou-se e foi até a porta do quarto de Vivi.

"Você me faz um favor?", perguntou.

"O quê?"

"Não conte ainda para Hannah. Eu mesma gostaria de contar a ela, de contar aos dois."

Quinze

O relógio na mesa de cabeceira marcava um pouco depois das 10, hora impensável para se fazer uma visita, mas quanto mais ela adiasse, mais difícil seria. Pegou o telefone e discou o número dos Field.

Horace atendeu. Charlotte disse que sabia que não era exatamente hora para aparecer, mas havia algo que queria conversar com ele. "Com você e com a Hannah", corrigiu-se. "Seria muito incômodo se eu descesse agora?"

"Nesta última hora, eu estava procurando uma desculpa para largar este manuscrito. Estou no escritório. Andar térreo, como se você não soubesse."

Ele estava esperando por ela com a porta aberta. "Eu te trouxe aqui com falsos pretextos", ele disse, enquanto abria caminho pela sala de espera do consultório de Hannah até seu escritório. "A Hannah saiu."

"Talvez eu deva voltar."

Ele olhou para ela com as sobrancelhas levantadas.

"Não tenho certeza de que eu possa passar por isso duas vezes."

"Você não precisa passar por o que quer que seja de jeito nenhum. Não me deve qualquer explicação. Nem para Hannah, nem para mim. Talvez deva para Vivi. Segundo Hannah, você deve. Mas não para nós."

"Acho que devo."

"Então, é bom você tomar um drinque." Ele foi até o bar e serviu os drinques. Ela pegou a cadeira em frente às janelas salientes que davam para o jardim.

"Isto vai acabar sendo um bom hábito", ele disse, enquanto entregava a ela um dos drinques e colocava sua cadeira num ângulo certo com a dela.

"Você não vai achar isso quando souber o que eu vim dizer."

"Deixe-me adivinhar. Você quer um aumento de salário, uma diminuição no aluguel, uma sala com uma porta de verdade, ou todos os três."

"Um pouco mais pesado do que os três juntos."

"Aparentemente. Por acaso, tem a ver com a história da Vivi de ontem à noite? Reconheço que a Hannah tem uma tendência a se precipitar... bom, você sabe, em situações difíceis, mas ela de fato teve boa intenção."

"Eu sei disso, e agradeço."

"Então, o que é?"

Charlotte tomou um gole no seu drinque. O gelo chacoalhou no copo quando ela o pousou na mesa. "Estou aqui por uma farsa."

"Não estamos todos?"

"Não, estou falando sério. Na noite passada, Vivi me chamou de 'judia que se detesta'."

"Por que estou escutando o eco da voz de Hannah nessa afirmação?"

"Não importa de onde veio. Não é verdade."

Ele deu de ombros.

"Não sou uma judia que se detesta. Sou uma gentia culpada."

Ele ficou olhando para ela por um momento. "O que você está dizendo? Que vem dando a impressão errada, por assim dizer?"

Ela concordou com a cabeça. Ele pensou por um momento. "Devo admitir que é original. E explica a falta de radar." Horace a observou por mais um instante. "Não vou perguntar por que você faria uma coisa dessas. Não que você já não tenha sofrido o suficiente, ou pelo menos é o que imagino, e precisasse procurar mais problemas. Mas se me permite dizer isto, quem se importa?"

"Vivi. E eu."

"Você quer ser judia?"

"Eu queria não ter mentido para todo mundo. Você, você e Hannah" – ela se corrigiu novamente – "me apadrinharam por achar que eu era judia."

"Na verdade, fiquei surpreso que fosse. Nunca achei que seu pai fosse. Mas foi o que a agência disse."

"A agência deduziu. Nunca desmenti."

"Então é isso? A grande confissão? Charlotte Foret tem se feito passar por judia?"

"Um pouco além disso." Contou a ele sobre Julian e a comida. Não contou o resto. Não precisava. "Então, você vê", disse, ao terminar, "eu colaborei com o inimigo, fui uma colaboradora". Mais uma vez, não achou que precisasse explicitar a parte *horizontale*.

"Colaboradora. Palavra interessante. Mas o que significa? Um tempo atrás li, num manuscrito que rejeitei, que durante os quatro anos da Ocupação, seus compatriotas, todos bons cidadãos franceses, escreveram quase um milhão de cartas para as autoridades alemãs e seus lacaios franceses, denunciando amigos, adversários e até parentes como judeus, socialistas, comunistas e vários outros inimigos do Reich. Com quantos você contribuiu para esse número?"

"Você não precisa denunciar alguém para ser um colaborador."

"Ah, entendo. Você forneceu outros tipos de informação. Planos de sabotagem, horários e lugares dos encontros da Resistência, localização de esconderijos de pilotos abatidos."

"Você sabe que não fiz nada disso."

"Estou tentando imaginar o que você fez de fato."

"Eu te disse. Não me faça repetir."

"Só estava tentando entender onde definimos o limite. Entendo que aceitar uma laranja para uma criança que não toma vitamina C desde que nasceu fosse um crime hediondo, mas agradecer a um soldado alemão que segura a porta para você é uma traição a seu país, ou um lapso da língua por causa de um costume arraigado? Um sorriso espontâneo é dar conforto ao inimigo, ou um gesto incontrolável do senso de humor?"

"Foi um pouco mais do que boas maneiras ou reações por reflexo."

"Entendo."

"Entende? Eles estavam arrebanhando pessoas e mandando-as para a morte."

"Já comentamos isso. Até onde eu sei, você não foi cúmplice desses crimes. Escute, Charlie, eu nunca vivi sob uma ocupação, mas consigo imaginar um pouco como foi. Que atire a primeira pedra quem nunca demonstrou um mínimo de decência para com o inimigo, durante todo aquele tempo."

"Algumas pessoas não."

"Sorte deles!"

"Tinha um homem no meu prédio, um fumante inveterado. Antes da guerra, nunca o vi sem um cigarro na boca. Dava pra sentir o cheiro dele vindo a dois andares de distância. Sob a Ocupação, parecia que ele tinha paralisia. Ficou trôpego a esse ponto por falta de tabaco. Um dia, vi um soldado alemão na rua oferecer-lhe um cigarro. Essa foi a pior parte. Alguns deles podiam ser simpáticos. O homem continuou andando sem nem ao menos reconhecer a oferta."

"Isso, com certeza, contribuiu para o esforço da guerra."

"Pelo menos ele pôde se olhar no espelho."

"Um prazer solitário. Alguma vez você já pensou que nós dois deveríamos passar menos tempo olhando para nós mesmos e mais tempo olhando um para o outro?"

"Essa é a sua solução?"

"Consegue pensar numa melhor?" Aproximou-se dela. "Levante-se."

"Você vai me mandar embora?"

"Você sabe muito bem que não vou te mandar embora. Estou oferecendo um consolo. Não será tão eufórico quanto aquela noite no escritório, mas um pouco de calor humano nunca faz mal."

"Não é hora para isso."

"É exatamente a hora para isto."

"Você não está me entendendo? Eu não estava só sorrindo ou agradecendo. Eu estava dormindo com o inimigo."

"Levante-se, Charlie."

Ela continuou sentada na cadeira.

"Se você não precisa do consolo, eu preciso."

"Por que você precisa de consolo?"

"Porque acabo de descobrir que a mulher que eu amo tem pés de barro."

Horace pegou as mãos dela e tentou puxá-la para si, mas ela continuou imóvel. Os dois continuaram sentados assim. Um carro passou pela rua. O radiador tiniu. Em frente à janela, um cão latiu, um homem pediu desculpas, uma mulher disse que estava tudo bem, ela gostava de cachorros.

"Vamos, Charlie, não me faça implorar."

Ela se levantou, virou-se e se sentou em seu colo.

Ele passou os braços à volta dela. "É como voltar pra casa, certo?"

Era isso que ela estava pensando. Passou um braço pelo pescoço dele, mas não conseguiu desistir do assunto.

"Você sabe qual é o termo francês para o que eu fui?"

"Sei."

"*Collabo horizontale*", ela disse, como se ele não tivesse falado.

"Sabe quais são as palavras em inglês? Solitária. Vulnerável. E mais uma, amorosa. Embora eu aposte que você não conseguiria admitir esta última."

Ela virou a cabeça para olhar para ele. "Como você soube?"

"Porque eu te conheço."

"Não te mereço."

"Existem duas maneiras para entender isso. Eu sou bom demais, ou repelente demais."

"Repelente?"

"Ora, Charlie. Nós confessamos nossos crimes morais um para o outro. Não vamos ficar pudicos agora. Sei muito bem que não sou exatamente um galã. Mas só para constar, ao contrário de Clifford Chatterley,[10] não estou fora de combate. Não que você tenha perguntado, mas só queria que isso constasse do registro."

"Ah, Horace."

"Ah, Horace?"

Ela acariciou o rosto dele. "Não é sua condição física, é seu estado civil."

"Hannah não se incomodaria. Não existe mais amor entre nós."

"Você pode me conhecer, mas não conhece sua esposa. Ela se incomodaria." *Talvez não pelos motivos certos*, ela pensou, mas não disse. Hannah podia não querer alguma coisa, mas isso não queria dizer que suportaria que outra pessoa a tivesse.

"Ela ficaria levemente irritada. E, sobretudo, aliviada."

---

[10] Referência ao romance *O amante de Lady Chatterley*, em que o marido, Clifford Chatterley, era paralítico por causa de ferimentos de guerra. [N.T.]

"Duvido."

"Ela poderia parar de se sentir culpada."

"O que você quer dizer com isso?"

"O jovem Federman, o analista incipiente com a cabeça com cachos românticos. Ela pensa que não sei. Eu sei. Só que não ligo. Diabos, estou feliz por ela. É o relacionamento perfeito. Ela é mais velha, supostamente mais inteligente e está totalmente no controle. Isso te faz se sentir melhor?"

"Na verdade, não", ela disse e começou a se levantar, mas ele continuou segurando-a, e ela desistiu e se acomodou de volta em seus braços. Ao fazer isso, uma frase de sua infância veio-lhe à cabeça: *Um erro não justifica o outro*, preveniram babás, freiras e professores. O comportamento de Hannah não vinha ao caso. Apenas o seu lhe dizia respeito, e era ela quem estava novamente atropelando o lado moral. Eles não estavam cometendo adultério. Essa específica transgressão era evidente. A infidelidade era mais amorfa. Aquilo tinha a ver com o que eles sentiam e também com o que faziam. Grudados naquela cadeira, estavam cometendo infidelidade, e muito mais.

Dezesseis

Na noite seguinte, assim que chegou em casa depois do trabalho, Charlotte telefonou para Hannah e perguntou se poderia descer por alguns minutos. Horace havia dito que ela não devia explicações a nenhum deles, mas ela sabia que devia. Também sabia que Hannah seria mais dura em seu julgamento do que Horace, ou mesmo Vivi. Mesmo assim, temia essa conversa menos do que temera as outras duas. Tinha tido pavor da condenação de Vivi. Temera a decepção de Horace. Mas, realmente, não se importava com o que Hannah pensava dela. Ou melhor, sabia o que Hannah pensava dela. Hannah achava que ela deixava a desejar como mãe, era reservada como amiga e mal agradecida. E isso foi antes de elas considerarem Horace na equação.

Hannah atravessou com ela a salinha de espera e as duas entraram em seu consultório. Charlotte não achou que isso foi por acaso. A casa era um território compartilhado com Horace, mas o consultório era o reino de Hannah. As persianas estavam fechadas. Um abajur sobre a mesa e outro atrás de uma cadeira de couro rompiam a escuridão, mas não chegavam a iluminar o cômodo. Ele ficava na penumbra. Um divã, também de couro, estava encostado à parede. Uma mesa e duas cadeiras ocupavam o restante da área. As paredes eram cobertas de prateleiras. Em pontos espaçados, pequenas esculturas pré-colombianas figuravam entre os livros. O local era claramente uma toca para Hannah. Seria um pesadelo para um paciente com claustrofobia.

Charlotte hesitou à porta. Não queria se sentar do outro lado de uma mesa, em frente a Hannah, para aquela conversa, mas também não gostava da ideia de um divã.

Hannah sentou-se na grande cadeira de couro com o abajur atrás. Charlotte tornou a olhar ao redor, então foi até o divã e se sentou na beirada. Agora, a luz estava em seus olhos. Hannah notou e ajustou a cúpula. Charlotte disse consigo mesma que, no fim das contas, aquilo não seria tão ruim. A compaixão era, se não a predisposição natural de Hannah, a profissão que ela escolhera.

A confissão que fez a Hannah foi uma variação do relato asséptico feito a Vivi e da história de autoflagelação contada a Horace. A reação de Hannah também foi diferente da deles.

"Portanto, estou aqui sob uma farsa", Charlotte disse ao terminar, "e te devo um pedido de desculpas por isso".

"Vou ficar na fila, atrás da Vivi e de seis milhões de outras pessoas."

Charlotte tentou não se encolher com o golpe. "Imagino que eu mereça isso."

"Imagina?"

"Eu mereço."

"Sinto muito, Charlotte, mas se você escutasse as histórias de sofrimento que eu ouço hora após hora, dia após dia, se lutasse contra os efeitos prolongados de todo aquele horror, tormento, de toda aquela desumanidade, você também não sentiria empatia, ou nem mesmo entenderia. Ou melhor, estaria guardando isso para as vítimas que merecem."

"Eu não estava esperando empatia, nem compreensão. Só achei que deveria ser honesta."

"Agradeço a honestidade, só não posso oferecer absolvição em troca."

"Imagino que você gostaria que eu me mudasse."

"Gostaria, se você estivesse sozinha, mas a Vivi não precisa de mais um rompimento em sua vida."

Charlotte levantou-se. "Obrigada."

"Não estou fazendo isso por você, estou fazendo pela Vivi", ela repetiu, para o caso de Charlotte não ter entendido.

"Mesmo assim, agradeço."

Hannah também se levantou. "No entanto, não consigo imaginar como você fez isso."

Charlotte continuou olhando fixo para ela. *Não*, pensou, *você não consegue. Porque apesar das horas e dias que passa escutando, você não esteve lá.*

*

Acabou que Charlotte estava certa sobre a notícia se espalhar. Vivi contou a suas duas amigas. No final da semana, toda a escola sabia.

"O curioso disso", Vivi disse, enquanto elas esperavam a mudança do semáforo – estavam indo ao museu Metropolitan pela 5ª Avenida – "é o quanto todo mundo pareceu aliviado".

"Não me surpreende."

"Fico enojada."

Charlotte ficou surpresa. Vivi ficava frequentemente enojada com favas ou xarope para tosse, um corte errado de cabelo, mas nunca tinha usado o termo em reação ao comportamento das colegas, nem mesmo quando Alice tinha colado na prova de Latim.

"É como se, de repente, elas não precisassem ter pena de mim, ou pisar em ovos à minha volta, nem nada disso. Todas, menos tia Hannah. Foi ela que sentiu pena de mim."

"Por você não ser judia?"

"Por causa da minha crise de identidade. Ela diz que já é difícil se entender na minha idade, mas ter o tapete puxado enquanto você está tentando fazer isso, não ajuda. Ela diz que não te culpa, mas que você deveria ter pensado em mim."

"Ela me culpa, sim, e tem razão."

O semáforo mudou, e recomeçaram a andar.

"Não, não tem. Fiquei feliz por ser judia, por um tempo. Quero dizer, fiquei brava com você no começo, Por causa de todos os segredos. E depois, foi curioso descobrir que eu não era quem eu pensei que fosse."

"Vou repetir, você continua a mesma pessoa."

"Você sabe o que eu quero dizer. Mas acho que aprendi uma lição, não importa o que a tia Hannah diga."

"Por pensar que você era judia?"

"Por ser judia por um tempo e depois não ser mais. Acho que o mundo todo deveria passar por isso. A mesma coisa em relação a ser negro. Embora eu imagine que seria mais difícil. Mas aposto que se isso acontecesse, não haveria mais preconceito no mundo. Nenhum nazista, nenhuma Ku Klux Klan e nenhuma avó da Eleanor."

"Só uma grande família feliz."

"Não caçoe de mim."

Estavam aos pés da ampla escadaria que leva ao museu. Charlotte parou e passou o braço ao redor dos ombros da filha.

"Essa é a última coisa que eu faria. Ou vai ver que eu estava te provocando por não querer que o orgulho me subisse à cabeça. Não, orgulho é a palavra errada. Ela sugere que eu tenha alguma coisa a ver com isso. 'Admiração' é *le mot juste,* a palavra certa. Estou admirada com sua compaixão, decência e inteligência."

"Você quer dizer que eu tenho um senso moral, como meu pai?"

"Igualzinho."

Subiram a escada. Quando chegaram ao alto, Vivi tornou a falar: "Pode ficar orgulhosa. Você teve, sim, alguma coisa a ver com isso".

"Obrigada. Espero que sim. Mas não posso me comparar a você e seu pai."

Agora, Vivi passou o braço ao redor dos ombros da mãe. Já estava quase da mesma altura. "Pode ser, mas você é tudo que eu tenho." Enquanto atravessavam o imponente hall de entrada ela continuou: "Aliás, contei a Mr. Rosenblum que eu não sou judia. Eu sei que você disse que eu não precisava fazer um anúncio público, mas achei que devia isso a ele. Quer dizer, depois da história com a *menorah* e tudo mais".

"O que ele disse?"

"Que ninguém é perfeito."

Charlotte sorriu e sacudiu a cabeça. "Sempre achei que ele fosse um velho sisudo, mas você revela o comediante que existe nele."

"É preciso saber falar com as pessoas, mãe."

"Vou me lembrar disso."

*

Uma semana depois, Charlotte foi à loja de ferragens comprar lâmpadas. Pensou em ir comprá-las na Lexington. Vivi tinha revelado o comediante em Mr. Rosenblum, mas ela não achava que ele a consideraria uma fonte de humor. Não tinha achado isso antes, e com certeza não achava agora. Mas a loja da Madison era mais conveniente. E ela ia acabar tendo que encará-lo. Mesmo assim, ficou se escondendo pelos corredores, e esperou ele ir atender outro cliente para então ir até o caixa.

Mas não adiantou. Ele a alcançou quando ela estava de saída. Era o primeiro dia realmente quente de primavera, e ele tinha tirado o suéter, mas as mangas da camisa estavam bem abotoadas em volta dos pulsos.

"Então, que novidade Miss Vivienne trouxe!"

"Me desculpe, Mr. Rosenblum."

"Desculpar pelo quê? Você estava ocupando uma vaga no campo que talvez alguém quisesse?"

"Foi um erro. Não deveríamos estar lá."

"Quem deveria?"

"O que eu quero dizer que foi um erro e usei isto para nos salvar."

O rosto gasto dele enrugou-se naquele terrível sorriso branco demais.

"Para seis milhões, ser judeu foi uma maldição. O que há de tão terrível se para Mrs. Foret e sua filha foi uma bênção?"

"Obrigada, Mr. Rosenblum."

"Está me agradecendo por quê? Você achou essas lâmpadas sozinha. Mas vou te dizer uma coisa, você está criando uma filha ótima."

"Obrigada", ela repetiu.

"Reparou que eu não disse *que ótima filha você tem*. Eu disse *você está criando uma filha ótima*."

"Se eu ficar aqui mais um minuto, vou começar a chorar."

"Então, não, não fique aqui. Vá pra casa. Precisa fazer o jantar. Eu preciso trabalhar."

Ela não sabia que iria fazer isto. Mais tarde, ficaria constrangida com o gesto. Inclinou-se e beijou-o no rosto.

Quando ela se afastou, ele ergueu a mão e tocou no lugar onde ela pousara os lábios. "Tal filha, tal mãe", disse.

Dezessete

Dessa vez, a carta foi para o apartamento, e não para o escritório. Dessa vez, ela não a jogou na cesta de lixo, mas não a abriu imediatamente. Esperou até Vivi dormir. Tinha contado a história para a filha, mas não acrescentou nenhum novo capítulo. Pelo menos, não por enquanto.

Sentou-se no sofá da sala de visitas, olhando para o envelope por mais tempo do que deveria. Não tinha nada a temer. Estavam seguras na América. Vivi sabia a verdade. Então, por que o medo de abri-lo?

Virou o envelope para ler o remetente. Ele continuava em Bogotá. Então, também estava a salvo. Não havia mais nada que ela pudesse fazer por ele, nada mais que ele pudesse lhe pedir.

Abriu o envelope, tirou uma única folha de papel e desdobrou-a. A caligrafia era pequena, regular e uniforme. Pensou nas receitas médicas que tinha recebido dos médicos em Nova York, e teve que sorrir. Era um bom sinal. Agora, podia sorrir em relação a ele.

Caríssima Charlotte,

Escrevi esta carta muitas vezes na minha mente, mas agora chegou a hora de colocá-la no papel. O fato de eu escrever não pode afetá-la a esta altura, mas para mim é importante. Por favor, me perdoe quaisquer inadequações. Meu inglês é ainda mais precário do que o francês, mas agora você é americana, então estou escrevendo com o dicionário em mãos. Por favor, me perdoe também por lhe escrever uma terceira vez. Talvez você não tenha recebido a primeira carta da Alemanha, ou a segunda de Bogotá. Ou talvez tenha decidido não respondê-las, mas não posso acreditar nisso. Você respondeu ao rabino de Silva. Sou grato. Aquelas primeiras cartas pediam um favor de você. Eu precisava de alguém que atestasse por mim, e sou grato por você ter feito isto com o rabino de Silva. Esta é para me desabafar.

Depois da guerra, outras pessoas não foram tão complacentes com um judeu disfarçado de oficial da Wehrmacht, como você foi. Um rabino em Berlim, a quem procurei para me ajudar a emigrar, chamou-me de assassino. Um tio, a quem escrevi na Palestina, respondeu que teria sido melhor se eu tivesse morrido num campo de concentração. Quem pode culpá-los? Como eu poderia esperar que me perdoassem, se não consegui perdoar a mim mesmo?

Carrego uma imagem na minha mente daqueles dias em Paris. Carrego muitas imagens. Algumas são felizes, ou pelo menos não vivas de dor. A primeira vez em que entrei na loja e vi você sentada com um livro, banhada de luz, como uma menina numa pintura holandesa. O sol estava atrás de mim, mas nos seus olhos. Você ia dizer bonsoir. *Então, dei um passo à frente e você viu meu uniforme. O desgosto com que você engoliu a saudação atravessou-me como uma bala. Também existem outras imagens. Você parada à porta da loja na escuridão pré-amanhecer, o cabelo despenteado, seu rosto enternecido de amor. Sim, amor, embora você sempre negasse isto. E Vivi, claro, Vivi. Vejo-a olhando para mim com aqueles grandes olhos confiantes. Lembro-me dela engatinhando para o meu colo, e se aninhando ali enquanto eu lia. São estas as imagens que carrego como talismãs contra a vergonha. Mas existe uma imagem que é igualmente contundente, e não é um talismã e sim uma acusação. Vejo os* gendarmes *arrastando o professor para fora da loja, enquanto fico parado e te digo que não posso fazer nada. As outras imagens são de você e Vivi, mas esse é meu autorretrato. Sem tirar nem pôr, como dizem. Os defeitos estão todos nesse retrato.*

Mas aqui está o avesso da imagem ruim, e é por isto que estou te escrevendo. Em meus piores momentos, e tem havido muitos, penso em você e na Vivi, não apenas nas imagens de amor, mas no entendimento de que, talvez, de algum modo, eu tenha salvado vocês duas do pior. Não é, como diz o postulado, a salvação do mundo, mas é melhor do que ficar parado enquanto um inocente é arrastado para a prisão. Vocês são meu único baluarte contra o fato de eu ter feito isso.

Agradeço pelo que você me deu durante aquela época terrível, e pelo conforto que sua lembrança me deu desde então. Sem ela, eu não teria sobrevivido até aqui.

*Com todo meu amor,
Julian*

Charlotte ficou parada por um longo tempo com a carta no colo. Ela também tinha imagens. Por anos, lutara contra elas, mas agora elas refluíam. Sua consciência tornou a doer, não por ter colaborado com o inimigo, não por ceder a Julian, mas por ocultar dele e de si mesma. Tinha se recusado a admitir a verdade por causa das mentiras que precisava contar ao mundo.

Levantou-se, por fim, levou a carta para seu quarto e guardou-a na gaveta da mesa de cabeceira. Queria tê-la à mão, embora não soubesse o motivo.

*

A ideia acompanhou-a pelos dias seguintes. Ele não tinha pedido uma resposta a sua carta. Quando muito, o tom era de tristeza. Estou te agradecendo. O capítulo está encerrado. Mas quanto mais ela pensava naquela época, mais vivo ele ficava em sua lembrança. Via-o parado na loja, segurando um livro em uma mão, enquanto os dedos da outra davam um nó cirúrgico imaginário. Ouvia-o cantando para Vivi com aquela voz triste que sempre era um pouquinho monocórdica. Sentia as mãos dele em seu corpo, as suas no corpo dele, ambos loucos de fome, solidão e desespero. Ou será que estaria invocando essas lembranças como defesa contra Horace? Era uma mulher imoral, oscilando da colaboração para a infidelidade e o inverso novamente. De qualquer modo, não tinha intenção de responder à carta. Mas então, por que ficava pensando nela?

Uma semana depois, chegou outra carta de Bogotá. Essa era mais uma vez do rabino de Silva. Lamentava informá-la da morte do Dr. Julian Bauer.

Charlotte ficou parada na sala de visitas, olhando as palavras. Claro. Como tinha sido tão estúpida? O tom fúnebre, a declaração de ter escrito a carta com frequência em sua mente, mas agora ser hora de colocá-la no papel. A última frase sobre ela lhe ter dado conforto para sobreviver por tanto tempo. Ela tinha lido uma carta de amor. Ele tinha escrito um bilhete de suicídio.

Mesmo assim, tinha que ter certeza. Escreveu de volta para o rabino de Silva. O Dr. Bauer estava doente? Tinha sido um acidente? Com certeza ele poderia lhe dar mais informações.

Ele não podia, disse a próxima carta. Agora, ela tinha certeza.

Por algum motivo, Charlotte ficou obcecada com a maneira pela qual ele havia feito aquilo. As cartas do rabino haviam sido escritas no papel timbrado de uma sinagoga. Havia um número de telefone e um endereço. Certa manhã, depois de Vivi sair de casa, Charlotte foi até o telefone na mesa da sala de visitas e discou para a telefonista internacional. Levou certo tempo para a ligação se completar, mas por fim ela ouviu o sinal chamando no outro lado. Não teve certeza de quanto tempo se passou, até lhe ocorrer que era sábado. Aparentemente, Vivi havia lhe ensinado mais do que ela percebia. Ninguém atenderia o telefone da sinagoga em um Sabbath.

Ligou novamente, quando Vivi saiu no domingo, mas não teve maior sucesso. Na segunda, saiu cedo do escritório. Bogotá era uma hora a menos do que Nova York. Vivi tinha um ensaio para a peça de primavera – estavam ensaiando *Nossa cidade*, de Thornton Wilder –, e só estaria em casa depois das 5 da tarde. Tinha tempo de sobra. Tornou a ligar para a telefonista internacional.

Quando finalmente conseguiu falar com o escritório do rabino, teve dificuldade em entrar em contato com ele. Segundo explicação da secretária, o rabino era um homem ocupado. Em seu espanhol enferrujado, Charlotte disse que tinha consciência disso, mas pediu à mulher que dissesse a ele que uma amiga do Dr. Julian Bauer estava ao telefone. A secretária pediu-lhe que aguardasse um instante. Pela mudança de tom na voz dela, Charlotte soube que seu instinto estava certo. Uma mulher que trabalhasse para um rabino estaria acostumada a lidar com a morte. Uma mulher com escrúpulos religiosos, para não dizer um sentimento antiquado de vergonha social, teria mais problemas em lidar com suicídio.

O rabino veio ao telefone. Seu inglês era melhor do que o espanhol de Charlotte.

Ela voltou a perguntar se o Dr. Bauer estava doente.

Não estava.

Perguntou se tinha havido um acidente.

Não tinha.

"Então, qual foi a causa da morte?"

"Só posso lhe dizer, Mrs. Foret, que o Dr. Bauer morreu tranquilo. Ele não era um homem violento, apesar do seu tempo de serviço no exército alemão."

"O senhor quer dizer que ele se matou com um tiro?"

"O Dr. Bauer morreu tranquilo", o rabino repetiu.

"Ele tomou pílulas? Entrou na banheira e cortou os pulsos?" Agora ela gritava. "Como foi que ele fez?"

"O Dr. Bauer encontrou a paz que procurava", disse o rabino, e então o telefone ficou mudo.

As imagens assombraram-na. Viu-o sentado ao lado de uma cama num quarto solitário, contando os comprimidos, enfileirando-os na mesa de cabeceira. Viu-o indo até o banheiro e voltando com um copo d'água. Será que os tinha engolido aos punhados, ou um a um? *Um a um*, ela pensou. *Ele era – corrigindo, tinha sido – um homem metódico.* Ela o viu tirando os sapatos, estendendo o corpo comprido e magro na cama estreita, esperando pela paz que o rabino insistia que ele tinha encontrado.

Ou teria escolhido um método mais natural? Poderia ter ido para outra cidade, Cartagena ou algum outro lugar no Caribe ou na costa do Pacífico. Viu-o dando entrada em um hotel. Ele levaria uma mala, para não despertar suspeitas. Ao pôr do sol, ou ao nascer do sol, dependendo da posição da costa – Charlotte tinha uma sensação de que ele gostaria de caminhar sol adentro –, ele desceria até a praia. Estaria usando um roupão sobre o calção de banho. Era um homem correto e determinado. Ela o viu tirando o roupão, dobrando-o, pousando-o com cuidado sobre a areia, ao lado dos sapatos. Agora, seu corpo estaria mais velho e provavelmente mais magro do que aquele que ela conhecera com tanta intimidade. Ele se viraria e começaria a caminhar para dentro dos longos raios do sol nascente ou poente, exatamente como veio caminhando para longe deles na primeira vez em que o viu.

Finalmente, Charlotte começou a chorar. A reação foi um alívio, mas não uma entrega. Pouco antes das 5, ela foi até o banheiro, lavou o rosto e limpou os olhos. Não queria que Vivi perguntasse o que havia de errado. Tinha gasto sua quota de explicações.

*

Chegou mais um envelope de Bogotá. Esse era de grandes dimensões. Charlotte abriu-o com cuidado e precaução. Dentro havia um grande documento em pergaminho. Ela o tirou e ficou olhando para ele. No alto, havia os dizeres: *Faculdade de Medicina da Universidade de Heidelberg*. Embaixo, *Julian Hans Bauer*. Ela correu os dedos pelo nome numa caligrafia caprichada. Era ridículo, mas de certo modo lógico, que ela não soubesse seu nome do meio.

O envelope também trazia uma folha de papel timbrado. Era da mesma sinagoga.

> *Cara Mrs. Foret,*
> *Dr. Bauer tinha poucos bens. Deixou seus livros para a nossa sinagoga. Pediu que eu enviasse seu diploma de médico para a senhora. Queria que a senhora se lembrasse dele como um homem que, antes de tudo, não desejava fazer o mal.*
>
> *Sinceramente,*
> *Rabino Sandor de Silva*

Dessa vez ela não chorou. A dor era paralisante.

*

Charlotte pensou que as imagens sumiriam com o passar dos dias, mas em momentos estranhos – lendo o jornal no ônibus, editando um manuscrito no escritório, sentada em frente a Vivi ao jantar – ela o via deitado naquela cama estreita esperando a morte, ou entrando no mar ao encontro dela. E assim como se perguntava como ele teria feito aquilo, embora tivesse pouca importância, tentava decifrar os próprios sentimentos. Luto, com certeza. Culpa, também? Raiva da própria insensibilidade? Não parecia justo que ele tivesse salvado Vivi e ela do pior da Ocupação, mas não tivesse conseguido salvar a si mesmo. A razão assegurou-lhe que ela não poderia ter feito nada que fizesse diferença. Sua consciência contou outra história.

*

Ela não incomodaria ninguém. Horace tinha ido a Connecticut passar o final de semana trabalhando em um manuscrito com um dos seus escritores. Hannah estava em uma conferência em Boston, Charlotte poderia apostar que era com o jovem Federman. E quando ela se mudou para o apartamento, os dois tinham lhe dito para se sentir à vontade em usar o jardim a qualquer hora. Ela raramente tinha feito isso, mas naquela noite de sexta-feira, andando de cômodo em cômodo, todos vazios – Vivi estava em outra noite do pijama –, descobrindo o fantasma de Julian à espreita em cada sombra, sentiu necessidade de fugir. Enfiou um suéter, embora a noite de maio estivesse amena, serviu-se de uma taça de vinho e, por não querer derramá-lo, pegou o elevador para o andar térreo.

Assim que saiu para o pátio, foi assaltada pelo perfume de lilases, só que ela não estava no pátio, mas de volta aos jardins de Luxemburgo. Deixe-me ajudar você, ele tinha dito, e ela empurrou sua mão com um tapa. Onde tinha arrumado coragem para bater em um oficial da Wehrmacht? Mesmo então, ela deveria saber com quem estava lidando. Foi por isso que tinha subido em sua bicicleta e pedalado para longe, como se todo o inferno estivesse atrás dela.

Charlotte seguiu pelo pátio e se sentou em uma das cadeiras de ferro forjado dispostas ao redor de uma mesinha. Ali, o aroma dos lilases era ainda mais forte, em parte uma lembrança perfumada, em parte um castigo olfativo. Dos dois lados do pátio, janelas iluminadas faziam jogos em branco de palavras cruzadas nas *brownstones* vizinhas. Mais ao longe, as janelas iluminadas dos edifícios mais altos nas avenidas 5ª e Park brilhavam na escuridão. O som de carros passando zuniu baixinho à distância. Ocasionalmente, uma buzina estilhaçava o silêncio.

Charlotte não soube quanto tempo ficou ali sentada, quando uma luz foi acesa no escritório e um facho se espalhou pelas janelas salientes até o passeio a seus pés. Ela era apenas uma sombra na escuridão, mas se alguém estivesse olhando pela janela, provavelmente a sombra seria visível.

A porta do jardim foi aberta e Horace saiu. Olhou em volta como que para se orientar, depois seguiu pelo caminho até a mesa e as cadeiras.

"Pensei que você tivesse ido passar o fim de semana fora, cortando e criticando a nova biografia de Bullock."

"Era para eu ter ido, mas o clima não estava propício para um trabalho editorial. Hoje à tarde, quando Bullock saiu para sua caminhada diária, Mrs. Bullock aproveitou a oportunidade para revirar sua escrivaninha. Disse que estava procurando um selo. O que ela encontrou foram contas e recibos de restaurantes onde ela nunca tinha comido, quartos de hotel onde nunca tinha dormido e uma bugiganga da Tiffany que nunca teve chance de usar porque estava balançando no pescoço de alguma outra mulher, o qual, ela gritava quando eu cheguei, tinha toda intenção de torcer. Eu disse que voltaria numa outra ocasião. Você quer uma companhia, ou esta é uma comunhão solitária com a natureza?"

"Não estou uma companhia particularmente agradável."

"Meu tipo preferido de companhia."

Ficaram em silêncio por um tempo. Uma luz foi apagada no vizinho. Um gato surgiu no muro entre os pátios, perambulou por lá, depois desapareceu na noite.

"Quer conversar a respeito?", ele perguntou, por fim.

"Não."

"Achei que não. Tudo bem, vamos só ficar aqui sentados e sentir o cheiro dos lilases."

Ela sentiu as lágrimas recomeçarem e virou o rosto para o outro lado, mas tarde demais.

"A Vivi de novo?"

"A Vivi está bem. Parece que fui até perdoada."

"Então deveríamos comemorar. Outra voltinha pelas dependências. Mas você não parece estar muito no clima para isso. Na verdade, parece que você acabou de perder sua melhor amiga."

Ela não disse nada por um tempo. "Não o melhor, mas um amigo", ela disse por fim.

"Sinto muito."

"Ele se suicidou."

"Por *ele*, deduzo que esteja se referindo ao médico alemão que conheceu em Paris."

"Deus do céu, Horace. Você é um editor. Sua ferramenta de trabalho são as palavras. Quando é que começou a falar por eufemismos? O médico alemão que eu *conheci*? E ele não era um médico, ou melhor, ele era um médico, mas também era um oficial do exército alemão."

"É isso aí, Charlie. Continue se autoflagelando. Tudo bem, você foi além de conhecê-lo, a não ser que estejamos falando no sentido bíblico. E ele não era só um médico; era um oficial do exército de Hitler. Pelo que sei, era um nazista. Um SS. Um Gestapo."

"Ele não era nenhuma dessas coisas", ela gritou, depois parou. "Por que você está me provocando de propósito?"

"Porque estou cansado de você sair correndo ou ficar se pavoneando em sua camisa de onze varas, o que dá no mesmo. Durante anos, você não conseguiu admitir que tivesse acontecido alguma coisa. Agora, de repente você é responsável por toda a maldita Ocupação."

"Eu colaborei com ela."

"Já conversamos sobre tudo isso. Me diga uma coisa: você teria admitido que o amava, se ele não fosse um oficial alemão?"

"É claro."

"É mesmo? Você não sentiria que era uma traição ao seu falecido marido? Ou à Vivi? Não pensaria que não tinha direito de amar alguém, ou de ser amada por estar viva, seu pobre e jovem marido morto e todas as pessoas a sua volta estarem sofrendo enquanto você dava um jeito de sobreviver?"

"Agora você está parecendo a Hannah."

"Ninguém pode estar errado o tempo todo."

"Isso foi cruel."

"Tenha dó, Charlie, nós dois sabemos o que você acha da Hannah. O que nós dois achamos da Hannah. Mas vou te dizer o que é cruel. Jogar a vida fora com as duas mãos. É pior do que cruel. É estúpido, temerário e um desperdício. Você aqui fora sentada, chafurdando na tristeza por aquele pobre homem, que reconheço merecer isso, e com pena de você mesma, que não merece, porque você é uma danada de uma sortuda. Está aqui fora sentada numa noite serena de maio com um homem que te ama. Isso é uma dádiva, Charlie. Aceite-a!"

Ela pensou a respeito por um momento. "Não sei como."

"Tenho uma ideia."

"Eu já te disse. Posso não gostar da Hannah, mas não quero começar a não gostar de mim mesma."

"Deixe-me te contar sobre mim e a Hannah. Não tem nada a ver com o jovem Federman. Ele é uma consequência, e não a causa. Nem mesmo tem a ver com a guerra. Tem a ver com o fato de que enganamos um ao outro. Ou vai ver que enganamos a nós mesmos. A combinação era tão adequada, a superfície tão reluzente, que nenhum de nós se deu ao trabalho de levantar a tampa dessa dupla perfeita e olhar por baixo, até ser tarde demais. E agora, tudo o que restou foi a superfície, manchada pelo uso, pela ruptura e por uma antipatia mútua. Então me diga, quem estaríamos magoando?"

Ela não respondeu.

"Tudo bem, vou colocar de outro jeito. Quem você magoou com seu oficial alemão?"

Ela continuou sem responder.

"Ele não se matou por sua causa. Pelo que você me disse, pelo que posso imaginar, ele se matou porque era um judeu servindo a um regime determinado a destruir judeus. Não o estou culpando. Não estou em posição de fazer julgamentos morais. Mas já passou pela sua cabeça que ele poderia ter ficado pior sem você?"

Ela se virou para ele, surpresa. "Foi o que ele disse na carta."

"Nada mais a acrescentar. Não jogue isto fora, Charlie. Se não for pelo seu bem, então pelo meu."

O rosto dele estava se aproximando, agora, seus olhos violeta no escuro. Mais uma vez, ela o encontrou a meio caminho.

Nenhum dos dois falou ao subir de elevador. Ela estava apavorada demais. Nem conseguia olhar para ele. Seus olhos focavam à frente, observando os andares enquanto passavam. Havia dito a ele que seu estado físico não a incomodava. Isso era verdade quando estava sentada em frente a ele ou mesmo em seu colo. Mas aquilo seria... não sabia o que seria. Era esse o problema. De repente, ela se lembrou de algo. Da conversa que tinha entreouvido na noite em que Vivi acendeu a *menorah*. Ele e Hannah estavam discutindo, e suas vozes chegaram ao vestíbulo.

"Você pode não ser estúpida", Horace tinha gritado, "mas é péssima para esconder aversão".

"Eu estava tentando ajudar", tinha sido a resposta de Hannah.

Ela deveria ajudar? Ou não ajudar? E o que aquilo queria dizer? Deveria desviar os olhos? Ela amava olhar para Laurent. Para Julian também, embora nunca tivesse conseguido admitir isso, nem para si mesma. Deveria fingir que não havia nada de extraordinário?

Ainda olhava diretamente para a frente, para os andares que passavam, quando o sentiu pegando sua mão.

"Vai correr tudo bem, Charlie, juro."

O elevador chegou ao quarto andar. Ele abriu as portas. Ela saiu. Ele foi atrás.

"Tem mais um problema", Charlotte disse, enquanto ele fechava a porta do apartamento dela, depois de entrarem. "Tenho noção de que não é exatamente romântico..."

"Não se preocupe com romance. Tenho o bastante para dois. E se estiver preocupada com precaução, lembre-se do conselho do meu pai. Vim preparado. Veja só o efeito que você tem em mim. Voltei a ser um moleque."

Ele a seguiu pela sala de visitas e pelo corredor até seu quarto. Então, fechou a porta.

Ela ficou parada ao lado da cama. "Não sei direito o que fazer", ela admitiu.

Horace foi até ela. "Deixe tudo por minha conta."

Ele começou a desabotoar sua blusa. Charlotte prontificou-se a ajudá-lo, mas Horace afastou suas mãos para o lado. "Não preciso de ajuda. Andei me preparando para isto por um bom tempo." Escorregou a blusa pelos ombros dela, que estremeceu.

"Frio?"

"Não é por causa do frio."

As mãos dele foram até as costas dela. Desabotoou seu sutiã. Ela fechou os olhos. Então, repentinamente, as mãos dele se foram. Charlotte abriu os olhos. Horace olhava fixo para ela.

"Estou memorizando você", ele disse, "para o caso de você desaparecer".

Ela se inclinou, pegou as mãos dele e colocou-as em seus seios. "Não vou a lugar algum", murmurou junto a sua boca.

Juntos, eles desamarraram a gravata e livraram-no do paletó e da camisa. Ela não estava ajudando, estava impaciente.

"Agora vem a parte acrobática." Ele girou na cadeira e caiu na cama. Ainda olhava para ela. "Obrigado", disse.

"Pelo quê?"

"Por não desviar os olhos. Por não lutar para esconder seu desagrado."

Charlotte subiu em cima dele, inclinou-se até seus rostos quase se tocarem e moveu o corpo contra o dele. "Isto parece um desagrado?"

De algum modo, eles se livraram do restante das roupas, num esforço conjunto para desabotoar, abrir zíperes e puxar as peças. Quando ambos estavam nus, ela tornou a subir em cima dele. Então, ela estava descendo e ele subindo, e os dois esqueceram todo o constrangimento, a tragédia e a tristeza da condição de Horace, e depois a condição em si, movendo-se lentamente no começo, depois mais rápido, depois mais devagar, até ela pensar que poderia uivar de prazer, e por fim, perdida em si mesma, perdida nele, suas costas arqueando num frenesi que não conseguia controlar, o corpo dele tendo espasmos debaixo dela, ela realmente uivou. O estremecimento percorreu-a como um terremoto. A réplica sacudiu-o um momento depois.

Horace passou a noite, embora nenhum dos dois tenha dormido muito. Não pela cama estreita. Mas por cada um despertar o outro, uma vez para novamente fazer amor, várias vezes depois dessa apenas para se tocar no escuro, como que para ter certeza de que o outro estava ali, e então, antes do amanhecer, para fazer amor pela terceira vez.

O sol estava surgindo quando ela o acompanhou até o elevador.

"Eu deveria estar morta de culpa", ela disse. Ele parou para olhar para ela. "Mas não estou."

"Vou soltar um comunicado à imprensa: 'Pela primeira vez na memória recente, Charlotte Foret não está consumida pela culpa'."

"Mas tenho a impressão de que vou ficar."

Ele sacudiu a cabeça. "O que vou fazer com você? Mais direto ao assunto: o que vamos fazer com a gente?"

"Nada."

"Não diga isso."

Ela se inclinou para lhe dar um beijo de despedida. "Não era para ser você quem não tinha medo da verdade?"

Dezoito

De início, ela se recusou a ir. "Não posso deixar a Vivi."

"Leve a Vivi com você. Ela vai estar de férias da escola. Vai ser uma ótima coisa para ela."

"Não posso arcar com isso."

"A casa está pagando suas despesas. Acho que podemos cavar um pequeno extra pra Vivi."

"O que ela vai fazer, enquanto eu estiver trabalhando?"

"Preciso te dar um guia? Notre Dame, torre Eiffel, o Louvre."

"Mas ela vai estar sozinha! Ela só tem 15 anos!"

"Ela é uma menina nova-iorquina. Sabe como se conduzir por uma metrópole. E que pessoa de 15 anos não daria tudo por algumas horas por dia a sós, em Paris? Mas se você estiver de fato preocupada, conheço gente lá. A Hannah também. Aposto que você também."

Ela ficou olhando para ele do outro lado da mesa. "Não é esse o problema?"

"Os tempos mudaram. A guerra acabou faz dez anos. Tudo está perdoado, graças à sagacidade política do seu xará, Charlie de Gaulle."

"Seria bom pensar assim, mas não tenho tanta certeza."

"Vá, Charlie. A Vivi verá Paris, a G&F terminará com alguns bons livros estrangeiros para o ano que vem, e você dará um descanso para alguns demônios."

"Duvido."

"Experimente."

*

Elas partiram no *SS Independence*. Poderiam ter ido de avião; todos diziam que em poucos anos ninguém passaria seis dias cruzando o Atlântico, quando poderia fazê-lo em menos de um, mas ela precisava daquele tempo no mar. Levaria mais do que algumas horas para estar pronta para encarar sua velha persona.

Algumas das amigas de Vivi foram até o navio para a partida. Encheram a apertada cabine, estourando de risadas e excitação, além de conselhos mundanos por parte daquelas que já haviam estado na Europa.

Charlotte e Horace deixaram-nas à vontade e subiram para o deque. O sol de julho brilhava forte, mas a brisa salgada amenizou-o. À distância, os edifícios da cidade pulsavam no calor. Charlotte pegou os óculos escuros na bolsa e colocou-os. Horace pegou os seus no bolso de cima do paletó.

"Ainda acho que estou cometendo um erro", ela disse. "Com o devido respeito à sagacidade política de Charles de Gaulle, as pessoas não estão tão indulgentes como você imagina."

"Só existe uma pessoa que não consegue perdoar", ele disse, ainda olhando para o horizonte.

"Veja quem fala."

Ele se virou para ela, mas seus olhos estavam escondidos atrás dos óculos escuros. "Como vivo dizendo, somos farinha do mesmo saco. É por isso que a gente se merece." Ele voltou a olhar para o horizonte. "Você vai voltar, não vai?"

"Para onde mais eu iria?"

Ele deu de ombros. "Você não é tão americana quanto finge. Ainda consegue enrolar um *r* malicioso, quando vem a calhar. No fim das contas, Paris pode acabar se revelando o seu lugar."

"Vou voltar."

"E aí?"

"Aí, nada. Algumas semanas na França não vão mudar nada aqui."

"Estou te dizendo, a Hannah ficaria satisfeita por se livrar de mim. Ela pode se casar com o Federman, ou com seu próximo estagiário."

"Continuo duvidando disso, mas para dizer a verdade, não é mais a Hannah. Acontece que sou egoísta demais para esse tipo de sacrifício."

"Vivi?"

"Ela já me perdoou muita coisa, mas não acho que me perdoaria isso. Ela adora a Hannah. E as crianças são críticas em assuntos como casamento."

Ele se virou para ela e tirou os óculos escuros. Seus olhos estavam de um azul muito claro na tarde quente. "Ela não será eternamente uma criança. Nem mesmo por muito mais tempo."

"Mesmo assim, não me perdoaria."

"Não tenho tanta certeza. Ela se preocupa com você."

"Eu sei, e gostaria que não se preocupasse."

"Talvez isso acontecesse se ela achasse que você está mais feliz." Horace sorriu, o sorriso malicioso de que ela se lembrava da fotografia tirada antes da guerra. "Sinto muito, Charlie, foi você quem levou para esse lado."

O primeiro sinal para desembarcar soou. Ele deixou de sorrir.

"Você se incomoda se eu disser uma coisa de que você não vai gostar?"

"Sim, mas isso não vai te impedir."

"Não foi a Hannah, nem é a Vivi. Elas são desculpas. É você. Alguma vez você já pensou que poderia ter sido melhor se tivesse ficado em Paris? Talvez você tivesse a cabeça raspada e sofresse o resto da feiura." Ele percebeu o horror no rosto dela. "Não estou amenizando o quanto teria sido horroroso, mas pelo menos você poderia odiá-los por isso. Agora, a única pessoa que você tem para odiar é você mesma. Você se safou ilesa, e não consegue se perdoar por isso."

Ela ficou olhando para ele. "Esse é um bom jeito de desejar *bon voyage*."

"Acho que você já é bem grandinha."

"Ou, como diz a Hannah, um osso duro de roer."

"Exatamente. Você dá conta."

Soou o segundo aviso para desembarcar. Horace começou a se dirigir para a rampa de saída e parou mais uma vez. Alguns visitantes que saíam amontoaram-se num impasse atrás deles. Um homem desferiu-lhes um olhar enfezado, depois percebeu a cadeira de rodas e murmurou um pedido de desculpas. Horace rodou até o convés, longe do estibordo, onde os passageiros já se posicionavam para acenar em despedida. Charlotte foi atrás.

"Acabei de mudar de ideia", ele disse.

"Você acha que eu não deveria ir? Ou não quer que eu volte?"

"Não quero que você enterre os demônios em Paris. Acho que você deveria procurar por eles. E seu oficial alemão. Deus do céu, não consigo parar de chamá-lo assim. Qual era o nome dele?"

"Julian." Ela se lembrou do diploma de medicina que ele lhe tinha deixado. "Julian Hans Bauer."

"Vá procurar Julian Hans Bauer. E a si mesma. Lembre-se dos momentos de alegria, embora eu aposte que eles quase te custaram a vida. Lembre-se do que você deu pra ele. Direto ao assunto, lembre-se do que você negou. Você quer se flagelar em relação a alguma coisa, tente isso."

"Já acabou?"

"Por enquanto."

Ele tornou a se dirigir para a rampa. Ela seguiu ao seu lado.

"Depois volte pra casa", ele continuou. "Estarei aqui."

Chegaram à rampa, e o marinheiro que estava parado ao lado dele prontificou-se a colocar a cadeira na posição de descida.

"Eu consigo me virar", Horace disse secamente, depois olhou para ela e sacudiu a cabeça. "Como vivo dizendo, farinha do mesmo saco." Virando-se para o marinheiro: "Mas agradeço mesmo assim".

Horace começou a descer a rampa. "Faça o que fizer", ele gritou, "não caia na conversa de algum francês sedutor de fala mansa, fumante de Gauloises".

"Não tem muita chance de isso acontecer", ela disse, embora sem ter certeza de que ele a tivesse ouvido.

Charlotte ficou parada, vendo-o sumir na aglomeração de pessoas que deixavam o navio. Um momento depois, avistou-o na ponta da rampa, depois voltou a perdê-lo.

Ela percorreu o deque em direção à proa do navio e ocupou um lugar no corrimão. Quando olhou para o píer, ele estava lá embaixo, na frente dela. Não sorria, nem acenava, só estava ali sentado, olhando para ela.

De repente, Vivi surgiu ao seu lado com vários rolos de serpentinas coloridas. Começou a atirá-las para as amigas no píer. A toda a volta, passageiros jogavam serpentinas, as pessoas em terra tentavam pegá-las, e a tarde de verão vibrou com um arco-íris de tiras emaranhadas. Charlotte pegou um rolo com Vivi, levantou-o acima da cabeça e atirou. Ele disparou por sobre a água em direção ao píer, onde Horace estendeu um braço longo e vigoroso e apanhou-o.

O apito soou novamente, e os rebocadores começaram a conduzir o navio para fora do ancoradouro. Ela e Horace continuaram segurando as respectivas pontas da serpentina, enquanto a distância entre o deque e o píer aumentava. Aos poucos, uma depois da outra, as fitas à volta deles foram se arrebentando. Ela sentiu a serpentina que se estendia entre eles se partir. Continuou segurando uma ponta. No píer, em frente a ela, ele segurava a outra.

Uma nota sobre as fontes e agradecimentos

Embora exista uma grande quantidade de livros de memórias de mulheres que lutaram na Resistência ou espionaram para os Aliados durante a Segunda Grande Guerra, além de livros sobre a história dessas mulheres, suas irmãs que não foram abençoadas, ou amaldiçoadas, com sua ímpia coragem atraíram menos atenção. São essas legiões de mulheres mais comuns que despertaram minha curiosidade e inspiraram este romance. *When Paris Went Dark: The City of Light Under German Occupation, 1940-1944*, ["Quando Paris escureceu: a Cidade Luz sob a Ocupação alemã, 1940-1944"] de Ronald C. Rosbottom, é um relato exaustivamente pesquisado e maravilhosamente vivo da vida cotidiana sob a Ocupação, incluindo uma perspicaz reflexão sobre as nuances da colaboração. Pouco depois de iniciar a pesquisa para este romance, graças às estantes de livre acesso da New York Society Library, deparei-me com uma obra chamada *Hitler's Jewish Soldiers* ["Os soldados judeus de Hitler"] e seu irmão gêmeo, *Lives of Hitler's Jewish Soldiers* ["A vida dos soldados judeus de Hitler"], ambos de Bryan Mark Rigg. A princípio, pensei que os títulos deviam ser um jogo de palavras ou uma provocação, principalmente porque a maioria dos historiadores com quem conversei nunca tinha ouvido falar em milhares de judeus e meios-judeus que houvessem servido nas forças armadas do Terceiro Reich. As histórias desses homens expandiram e aprofundaram o que, originalmente, eu tinha concebido como um romance sobre identidade e o sentimento de culpa do sobrevivente.

Somando-se a esses livros e inúmeras histórias da Ocupação, muitos diários mantidos por meninas e moças pintaram retratos mais vivos e pessoais do que foi, tanto para judeus, quanto para gentios, viver sob o jugo alemão. Para mencionar apenas alguns dos melhores: *Diary in Duo* ["Diário em dupla"], de Benoîte e Flora Groult; *The Journal of Hélène Berr, Rue Ordener, Rue Labat* ["O diário de Hélène Berr, Rua Ordener, Rua Labat"], de Sarah Kofman; *Maman, What Are We Called Now?* ["Mamãe, como nos chamamos agora?"], de Jacqueline Mesnil-Amar; e um de uma mulher que realmente participou da Resistência e pagou enormemente por isso, *Résistance: A Woman's Journal of Struggle and Defiance in Occupied France* ["Resistência: Diário de lutas e desafios de uma mulher na França Ocupada"], de Agnès Humbert.

Além desses livros e memórias, muitas pessoas ofereceram apoio profissional e pessoal. Sou grata à equipe da New York Society Library, por sua ajuda especializada e constante bom humor, e ao Frederick Lewis Allen Room, da New York Public Library, que proporcionou um porto seguro para pesquisa e redação. Também sou devedora a Judy Link, JoAnn Kay, André Bernard, Ed Gallagher e, pelo incentivo acima e além de sua obrigação, Laurie Blackburn. Richard Snow e Fred Allen mais uma vez me assessoraram literária e historicamente. Liza Bennett contribuiu para este livro mais do que pensa. Meus agradecimentos também a Emma Sweeney, agente campeã e boa amiga, e a Margaret Sutherland Brown e Hannah Brattesani, da Emma Sweeney Agency, a todo o time da St. Martin's Press, e especialmente a Elisabeth Dyssegaard, que não apenas é uma editora soberba, mas também uma mulher amável e generosa.

Uma entrevista com Ellen Feldman

Muitos dos seus livros anteriores lidam com personagens reais, como Anne Frank. De onde surgiram Charlotte e seu dilema moral?

Charlotte surgiu do seu próprio dilema moral. A maioria dos livros sobre mulheres da Segunda Guerra Mundial realçam aquelas que demonstraram uma coragem invejável ou difícil de imaginar, mulheres que espionaram para os Aliados, trabalharam na Resistência, ou arriscaram a vida encobrindo suas ações. Fiquei impressionada com essas figuras. Mas enquanto eu lia esses relatos, fiquei imaginando o que as mulheres que não foram abençoadas, ou amaldiçoadas, com tal coragem fizeram, o que eu faria se me defrontasse com escolhas entre o que é convencionalmente pensado como certo e errado, moral e imoral? Suponho que esta seja a eterna questão do espectador. Charlotte é, se não minha resposta a isso, minha exploração disso.

Sim, mas como foi que Charlotte, a personagem singular do romance, criou vida?

Todos os meus personagens, mesmo as figuras históricas, ganham vida da mesma maneira. Porque, logicamente, elas não são as verdadeiras figuras históricas, apenas meu entendimento e minha representação delas. Quando começo um livro, tenho em mente um personagem vago, definido, sobretudo, por nome e circunstâncias, a história individual, e para onde eu quero que ele ou ela vá, embora este último aspecto raramente seja aonde aquele personagem acaba indo. Só quando me aprofundo na história é que o personagem começa a assumir uma realidade própria. Com frequência, as pessoas na página recusam-se a fazer coisas que eu pretendia que fizessem. Elas deixam claro, conforme a escrita prossegue, que uma ação ou emoção em particular não combina com o que elas se tornaram.

Você lista algumas das fontes em que se baseou na pesquisa para *Paris é para sempre*. Você tem algum método em particular para mergulhar no passado?

Começo lendo histórias do período em geral, depois vou para memórias pessoais, revistas e jornais, e material de arquivo, se houver. Adoro me perder em bibliotecas, e adoro a excitação de me deparar com algo pouco conhecido, ou mesmo até então desconhecido, como uma carta, uma anotação em diário, ou um pedaço de papel que dê vida ao personagem ou ao período. De maneira mais geral, até os anúncios em jornais e revistas antigos podem te soltar do presente e te levar de volta para outra época. Uma vez, enquanto lia uma velha revista, dei com um anúncio de um suéter que achei que seria um presente de Natal perfeito para o meu marido. Só quando comecei a anotar a informação, foi que percebi que era uma revista de 1945, a loja não existia mais e, provavelmente, o suéter que eu estava tão louca para comprar tinha sido comido por traças décadas atrás.

Algumas épocas são mais difíceis de pesquisar do que outras?

Para alguns aspectos de *Paris é para sempre*, quase não tive que fazer pesquisa. Vários anos atrás, trabalhei em uma editora da cidade de Nova York. Embora naquela época o negócio tivesse mudado consideravelmente em relação à década de 1950, a natureza humana permanecia a mesma.

A pesquisa chega a mudar sua concepção original do livro?

Sem dúvida. Em *Paris é para sempre*, comecei pensando no que Charlotte faria em certas situações, e em como viveria com as repercussões dos seus atos pelo resto da vida. Em outras palavras, estava interessada na culpa do sobrevivente, embora, na época, não usasse o termo comigo mesma porque acho que começar um romance com um conceito filosófico ou psicológico pretensioso é uma sentença de morte para uma boa história. A biblioteca onde realizo a maior parte do meu trabalho tem acesso livre às estantes. Um dia, quando eu procurava outro livro sobre a França durante a Ocupação, deparei-me com duas obras chamadas *Hitler's Jewish Soldiers* ["Os soldados judeus de Hitler"] e *Lives of Hitler's Jewish Soldiers* ["A vida dos soldados judeus de Hitler"], por Bryan Mark Rigg. Fiquei tão perplexa que me sentei no chão das estantes de história, e comecei a ler. O que encontrei ali não apenas alterava, como aprofundava e expandia a história que eu me propunha a contar. De repente, eu tinha os primórdios de um personagem com o qual nunca tinha sonhado, mais culpa de sobrevivente do que tinha previsto, e o problema adicional de identidade, e como a entendemos.

Em que ponto da pesquisa você começa a escrever? Onde você trabalha? Quando você trabalha?

Depois de certo tempo, e isso difere a cada livro, não consigo manter os personagens e as ideias guardados por mais tempo. Eles gritam para sair da minha cabeça e irem para a página. É então – e escutei muitos escritores usarem esta imagem – que deixo a sala de pesquisa, fecho a porta atrás de mim, e entro na sala da escrita. Fechar a porta é essencial porque na ficção os personagens e a trama sempre excedem a história real, e você não quer que os personagens se percam na trama. Mas existe uma ressalva. Às vezes, eu preciso voltar para a pesquisa porque, antes de começar a escrever, frequentemente não faço ideia do que estou procurando quando leio. Às vezes, um fato disperso que me pareceu irrelevante à primeira vista inspira uma cena ou faz um personagem tomar um rumo diferente. Assim, embora os dois processos sejam separados, eles estão interligados.

Redijo o texto de fato nas salas de escritores de duas bibliotecas: The New York Society Library, uma biblioteca financiada por assinaturas que fica no Upper East Side de Manhattan, e é a biblioteca mais antiga da cidade de Nova York, e na New York Public Library. Ambas têm oásis silenciosos para escritores, aos quais tenho a sorte de ter acesso. A caminhada matinal até a biblioteca me concede tempo para pensar sobre o que vou escrever naquele dia, bem como uma corrida logo cedo ao redor do Reservoir, no Central Park. A caminhada para casa no final da tarde me concede tempo para relaxar ou, com muita frequência, a percepção repentina de que a cena que passei o dia escrevendo simplesmente não funciona e precisa ser completamente repensada ou eliminada.

Atualmente, você está trabalhando em outro livro?

Eu sempre estou trabalhando em outro livro. A ideia para o trabalho atual que venho desenvolvendo derivou de duas frases sobre um personagem com que me deparei na minha pesquisa de *Paris é para sempre*, mas não posso dizer mais do que isto, por enquanto.

Este livro foi composto com tipografia Adobe Garamond Pro
e impresso em papel Off-White 80 g/m² na Formato Artes Gráficas.